Re:ゼロ 5
Re: Life in a different world from zero
から始める異世界生活
Ex 緋色姫譚

Characters

Re: Life in a different world
from zero
The only ability I got in a different world "Returns by Death"
I die again and again to save her.

プリスカ

Prisca

皇帝ドライゼン・ヴォラキアの
実の子の一人。
次代の皇帝を決める『選帝の儀』に
陽剣を引き抜き参加する。

アラキア

Arakiya

プリスカに付き従う
幼い犬人族の少女。

ジョラー

Jorah

ヴォラキア帝国の中級伯。
事情を把握した上で、
プリシラを妻として迎え入れた。

セリーナ

Serena

ヴォラキア帝国の上級伯。
通称『灼熱公』。

オルバルト

Orbart

ヴォラキア帝国九神将の『参』。
ノリと調子のいい好々爺然としている。

ラミア

Lamia

ヴォラキア帝国皇族。
プリシラやヴィンセントの腹違いの姉妹で
『選帝の儀』の参加者。

マイルズ

Miles

ヴォラキア帝国の密偵。
バルロイの兄貴分。

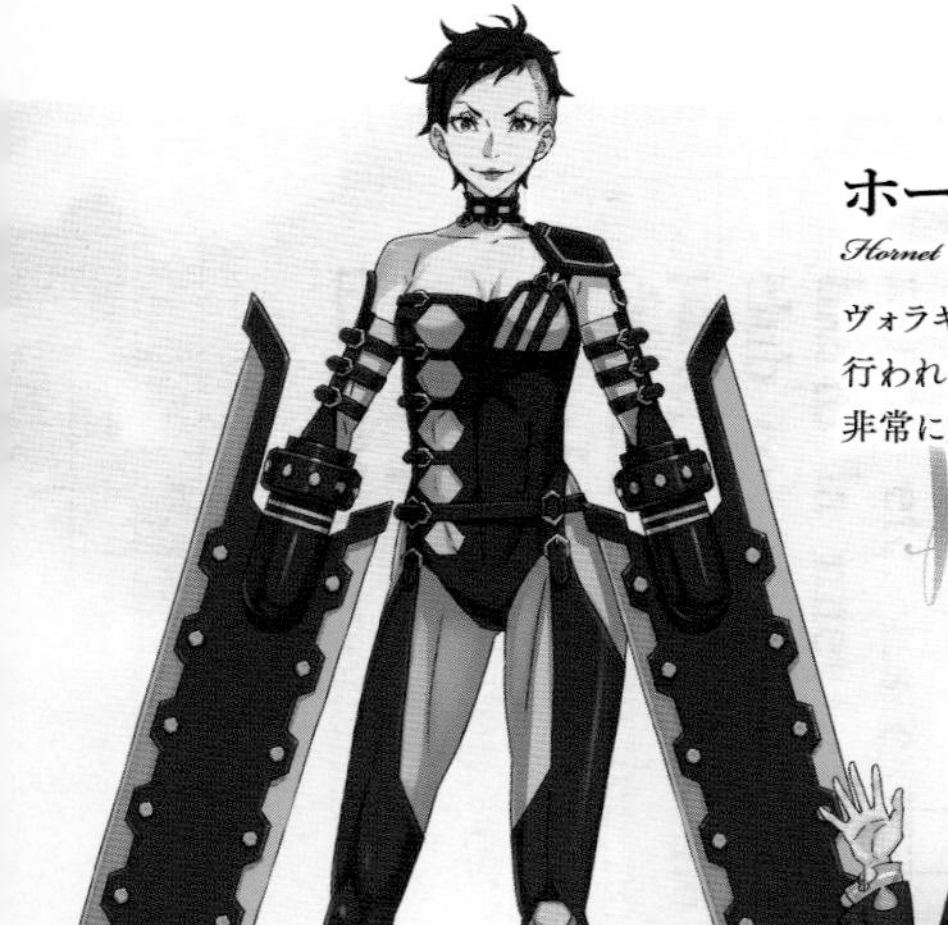

ホーネット

Hornet

ヴォラキア帝国の剣奴孤島で行われるコロシアムの女王。非常に好戦的で享楽的。

ウビルク

Ubirk

ヴォラキア帝国の剣奴孤島に捕らわれている男娼。

「よくきたな、プリスカ。息災だったか？」

それは、互いを認め合った
兄妹の埋められない
断絶と、血の香りがする
再会を意味する
微笑の交換であった。
「当然であろう、兄上。
ここで兄上の首が落ちれば、
より気分が上向こう」

Re: Life in a different world from zero

The only ability I got in a different world "Returns by Death"
I die again and again to save her.

CONTENTS

Re：ゼロから始める異世界生活Ex5

緋色姫譚

長月達平

MF文庫J

口絵・本文イラスト●大塚真一郎

『紅蓮《ぐれん》の残影』

1

木漏れ日の暖かさを額に浴びて、ゆっくりと意識が覚醒へ導かれていく。

「ん、んん……」

細い喉から漏れるのは、いまだ変声期を迎えていない高めの声色だ。

男女の境を感じさせない中性的な声は、その声の主のあどけない容姿と相まって、どこか背徳的な魅力を伴ってさえいた。

そんな声を漏らし、寝台の中で身じろぎするのは、幼く愛らしい少年だった。

癖のついた桃色の髪と、乳白色のすべらかな肌。年齢は十歳前後に見え、声の印象を裏切らない、天使と見紛《みまが》うような無性の清らかさを体現した少年だ。

少年の名前はシュルト——一時は生まれの貧しさと飢えの前に落命しかけ、しかし、その命を拾った強運の持ち主である。

「ふわ……」

白いシーツの上、体を起こしたシュルトが欠伸《あくび》をしながら目をこする。

そうする少年の瞳は紅玉《こうぎょく》を嵌《は》め込《こ》んだような真紅で、その容貌の魅力をさらに一段階押し上げていた。ある種、純粋性という完成された容姿の持ち主、それがシュルトだ。

ただし、そうした客観的な評価と、自身の評価とはえてして食い違うもので。

「むぅ、細いままであります……」

寝ぼけ眼をこすり終え、覚醒した意識が現実に追いついてくると、シュルトは自分の二の腕をぷにぷにと摘《つま》み、不満げに赤い頬《ほお》を膨らませる。

不満の原因は単純で、いくら鍛えてもちっともたくましくならない腕や足、その他様々な鍛錬の成果を無に帰す自分の肉体にあった。

昨夜も、しっかりと木剣を素振りしてから床についたにも拘《かかわ》らず、シュルトの二の腕は柔らかいまま。それなのに、ほんのりと痛む感覚があるのだから情けない。

厳密に言えば、シュルトが体感する痛みとは筋肉痛と呼ばれるものであり、少年の無垢《むく》なる願いに着実な進捗があった証《あかし》なのだが——、

「体が痛むのは不調の証拠と、アル様が仰《おっしゃ》っていたのであります。……またこの痛みが取れるまで休まなくてはならないであります」

鍛錬するにあたり、助言を求めたアルの言葉をシュルトが反芻《はんすう》する。アルの言葉に従って組み立てられた予定だと、一日素振りして、五日は休む計算だ。

——無論、これで鍛錬の成果が出るのを望むのは無謀と言わざるを得ない。その背景にはアルの画策があるわけだが、その事実はシュルトには知る由もなかった。

ただ、そうしたアルの画策が全て、彼の大人げない稚気に由来するわけではなく、

「──起きたか、シュルト」

「あ」

その声を聞いた途端、シュルトの体がぴょんと跳ね、寝台の上で向きを変えた。そうして振り返ったシュルトの視界に、部屋の奥にいる人影が飛び込んでくる。

豪奢《ごうしゃ》な椅子に腰掛け、優雅に長い足を組んだ人物だ。女性的な起伏に富んだ肢体を薄手の寝衣《ねまき》に包み、紅《くれない》の瞳で膝の上に載せた本を読み進めている。

ただそれだけの姿が、まるで至上の絵画の一枚のように思えるのは、事実としてシュルトには彼女の全てが光り輝いて見えるからだ。

「──。おはようございますであります、プリシラ様」

「うむ。今朝も愛《う》いな、シュルト。昨夜の抱き心地も褒めてつかわす」

「は、はいであります……」

陶然とした面持ちで挨拶したシュルトに、女性──プリシラが鷹揚《おうよう》に頷《うなず》く。同時にもらった褒め言葉は、シュルトにとって嬉《うれ》しいやら恥ずかしいやらで複雑だ。

プリシラの雑用係兼添い寝係、それがシュルトに与えられた役目とわかっていても、できるならもっとちゃんとした形で大恩に報いたい。

それが、シュルトの偽《いつわ》らざる本音であり、願いであった。

「じー、であります」

「なんじゃ、今朝はずいぶんと妾《わらわ》を熱心に見つめておるな。何かあったのか？」

「い、いえ、何でもないであります。プリシラ様は今日も世界一お綺麗《きれい》であります！　プリシラ様のお傍《そば》にいられて、僕は幸せ者であります！　でも……」

「でも、なんじゃ？」

「もっと、プリシラ様のお役に立ちたいのに、僕にはその力がないであります。アル様みたいに、ブンブン剣が振れたらよかったでありますが……」

言いながら、シュルトは改めて自分の細い腕に無力感を覚える。

プリシラの騎士であるアルや、私兵団である『赤拵《あかごしら》え』ほどでなくともいい。せめて、プリシラに迫る艱難辛苦《かんなんしんく》、その一つから彼女を守れるぐらいの力があれば。

「いざとなったら、僕がプリシラ様の盾になって……あ、でも、体も小さいであります。プリシラ様、僕を持ち上げて盾に……あうあう！」

「たわけたことを言うでない。妾が妾の所有物をどう扱うか、それは妾が決めることよ。妾に指図するなどと、いつからそこまで偉くなった？」

そう言って、いつの間にか立ち上がったプリシラがシュルトの頭をぐいぐいと撫《な》でる。そのプリシラの掌《てのひら》に翻弄され、シュルトは「そ、そんなつもりは……」と目を回しながら弁明した。

「うう……盾になるのがダメだと、僕はどうすればプリシラ様のお役に立てるでありますか？　あ、プリシラ様にしがみついて、鎧《よろい》に……」

「いずれの装具か、という話ではないわ。シュルト、妾は貴様に剣としての役目も、盾としての役目も期待しておらぬ。せいぜいが、今と同じで枕の役目よ」

「枕、でありますか……」

プリシラの容赦のない言葉に、シュルトがしゅんと項垂《うなだ》れる。

わかっていたことではあるが、大恩人に戦力外を通告されるのは辛《つら》いものだ。それもこれも、この柔らかい二の腕が悪い。もしくは、枝のように細い両足か。

「──ふむ」

と、そんな調子で我が身を恨むシュルトを眺め、プリシラが豊満な胸を誇示するように腕を組んだ。それから彼女は吐息をこぼすと、

「シュルト、もし貴様が枕の役割に甘んじるのを拒むなら、剣を振るより本を読むがいい。その方が、よほど妾のためになる」

「……本、でありますか？　本を読んだら、プリシラ様の盾になれるでありますか！」

「なれぬ。思い上がるでない」

「思い上がってしまったであります……」

一瞬見えた光明に飛びついて、すぐにシュルトは早合点を反省する。そんなシュルトの様子に目を細め、プリシラはさっと部屋の中を腕で示した。

そこはプリシラの寝室だが、部屋には大きな寝台の他、彼女が読むための本が収められた書架が並んでいる。プリシラの屋敷──バーリエル邸には大規模な書庫もあり、その蔵

書量は王国でも随一と言えるだろう。

元々、プリシラの夫であったライプが相当に本を溜《た》め込《こ》む主義だったようだが、プリシラが屋敷の実権を握って以来、ますます買《か》い漁《あさ》る本の量は増えている。

それは、ただの『読書家』の一言で終わらせるのは無理がある、知識の簒奪《さんだつ》だ。

「──知恵は時に、剣や盾よりも命を守る術《すべ》となる」

「え？」

「大昔の、知恵者などと呼ばれたものが残した言葉よ。妾《わらわ》も概《おおむ》ね同感ではあるが、これはあと一歩、真理には届いておらぬ」

「それは、ええと……」

プリシラの言葉は難しくて、シュルトはよくよく追いつけなくなってしまう。だが、そんなシュルトの困惑に、プリシラは歩調を合わせたりはしない。

いつだって、プリシラは自分の速度で歩いていく。その颯爽《さっそう》とした背中を見ていたいから、プリシラに魅《み》せられるものたちは常に走り続けなくてはならない。

走らなくては、立ち止まらない彼女に追いつけなくなるから。

「──────」

「──知恵とは万能の杖《つえ》よ。剣や盾など、それこそ必要なとき以外に何の役に立つ。剣と盾が土を肥やすか？　人を癒《いや》すか？　命を育むか？　いずれもせぬ。知恵だけが、万事においても役立つ杖となろう。妾は、妾のみで立って歩む。だが、転ばぬわけではない」

「こ、転んでしまったら、痛いでありますっ……」

「そうさな、転べば痛い。傷にもなろう。血も流れよう。しかし……」

「――っ！　杖があったら、転ばないで済むであります！」

プリシラの言葉の意味を解し、シュルトが勢いよく挙手して言った。それを聞いて、プリシラは満足げに唇を緩め、またシュルトの頭を撫《な》でる。

今度はぐいぐいとではなく、優しく、柔らかに、愛《いと》おしむように。

「故に、読書に勤《いそ》しむがいい。妾の剣でも盾でも枕でもなく、杖となりたくばな」

「わ、わかったであります……！　あ、でも、僕、字が読めないであります……」

「そこはアルにでも習うがいい。アレも暇を持て余しておろうよ。それに、ああ見えて教えるのは達者であろう。できなくば、残った方の腕も落としてやるだけじゃ」

「責任重大であります！　アル様のために頑張るであります！」

両腕をなくしたアルの生活の大変さを思い、シュルトが背筋を正して返事する。その姿勢にプリシラが頷《うなず》くと、ふとシュルトの視界に一冊の本が映り込んだ。

それは、先ほどまでプリシラが座っていた椅子の上に置かれた本だ。真っ赤な装丁に金色の装飾が施されたそれは、シュルトにとって見覚えのある一冊だった。

毎夜、プリシラの枕役として添い寝するシュルトは知っている。それが、朝早く目覚めるプリシラが、欠かさず目を通しているお気に入りの本であることを。

「プリシラ様、あの本はどんな本なんでありますか？」

「──。あれか？　あれは読み物としての本ではない。そうさな、覚え書きのようなものよ。貴様が読んでも、何ら面白みはあるまい」

「覚え書き、でありますか？」

イマイチ、思い当たる節のない単語を聞いて、シュルトが難しく首を傾《かし》げる。その様子にプリシラは件《くだん》の本を手に取って、その装丁を指でなぞりながら、

「読み解けたところで、身になるものなど何もない。もっとも、書物に何を求めるかはそのもの次第……ただ、物語に胸躍らせるのも、書を読む喜びの一つじゃ」

「──？　でも、僕はプリシラ様の杖《つえ》に……」

「妾《わらわ》とて、学ぶためだけに書を読むわけではない。──ふむ」

そこまで言ったところで、プリシラが再び椅子に腰掛けた。そして、彼女は膝の上で本を開くと、その書の内容に目を走らせ、

「興が乗った。シュルト、少し妾が読み聞かせてやろう」

「プリシラ様が、でありますか？　わあ、楽しみであります！」

「ふ、素直な反応が愛《う》い奴《やつ》よ。で、あれば……そうさな」

寝台の上、礼儀正しく正座したシュルトを眺め、プリシラがそっと話し始める。思いがけずに恵まれた機会に、シュルトは興味津々と耳を傾けた。

そんなシュルトの鼓膜へ、まるでたおやかな歌のように、プリシラの声が滑り込む。

その、語られる物語の始まりは、実にお約束通りで──、

「昔、昔、あるところに、それはそれは美しく、可憐《かれん》で、愛らしい娘がいた」

2

「――――」

――豪奢《ごうしや》なドレスを纏《まと》った、それはそれは美しく、可憐で、愛らしい少女だった。

血のように赤いドレスの裾を揺らし、背筋を正して歩くのは、まだ幼さを残した年若い少女だ。紅色をした切れ長の瞳と、陶磁器のように透き通る白い肌、端整な顔貌《かおかたち》の全てが、少女の未来の魔性を予感させるのに十分な輝きを放っている。

周囲に六名の侍従を従え、少女は堂々とした足取りで赤い絨毯《じゅうたん》を踏みしめる。開かれた大扉を潜《くぐ》れば、少女を出迎えるのはこれまた豪勢な食堂と九名の侍従だ。

白いクロスのかかった長テーブルの中心につくと、侍従の一人がさっと椅子を引いて、少女のための食事の準備に取りかかる。台車に載せた食器類が運び込まれ、少女の前に配膳が為《な》されていく。広い食堂を使うのは少女一人だけで、その他の人員は全員、彼女が食事をするためだけに配置された立場に過ぎない。

「今日はどうなっておる？」

ふと、食事の準備が進む中、少女が傍らの侍従に今日一日の予定を尋ねる。すると、侍

従は恭しく一礼し、

「本日はお食事のあと、お部屋にてご修学のご用意が。それと、ご昼食をヴィンセント様がご一緒なさりたいとのことです」

「修学、か。ずいぶんと大味な予定よな。しかし、兄上がいらっしゃるというのは朗報じゃ。以前の、シャトランジの敗戦の雪辱を晴らしたいところよ」

静々と答えた侍従に、少女が尊大な口調で応じて頷《うなず》く。その少女の態度に言及せず、侍従は腰を折ったまま一歩下がり、他の侍従の列へ戻った。

その徹底した態度に片目をつむり、少女は「まぁ、よい」と正面へ向き直る。すると、その間に食事の配膳は完了し、湯気の立つスープが最初の一品として用意されていた。

「では、失礼いたします」

「うむ」

配膳が終われば、そのまま食事が始まる——とはいかない。

侍従の一人が進み出て、少女に一声かけてから、そっと匙《さじ》を手に取った。そして、スープを一匙すくうと、少女ではなく、自分の口元へそれを運ぶ。

ある程度、高貴な立場となればあって然《しか》るべき食前の毒見だ。

もはや見慣れた光景なのか、侍従の毒見に少女もこれといった反応をしない。一匙、味と毒の有無を確かめる。

基本的に、少女に出される食事の全ては毒見が入るようになっている。そのため、作り立ての料理が作り立ての状態で少女の下へ届くことは少ない。

無論、必要な措置とは重々承知しているが――、

「何とも、味気ない」

と、それは少女の唇だけが紡いだ言葉で、他の誰にも聞こえなかった。

そんな少女の呟《つぶや》きを余所《よそ》に、毒見役の仕事が終わる。そうして、ようやく冷めたスープを啜《すす》る順番が回ってきたと、少女は美しい顔に気だるげな色を浮かべ、

「――――」

スープを一匙、口へ運ぶ。そのまま、すぐに次の一口に手を付けるのは、早々にこの渇いた食事を切り上げたい本心の表れか。いずれにせよ、食事の礼儀作法さえ守られていれば、食事の速さに文句をつける人間はこの場にいない。

――何より、食事の速さや作法など、もはや問題ではなかった。

「――ぅ？」

不意に、少女の唇から奇妙な音が転《まろ》び出る。

音を立てて、少女の手から匙が離れた。そのまま、少女は代わりにテーブルクロスを掴《つか》み、引き寄せ、その上にあった皿や食器の配置が乱れる。

「か、ぐ、ぅ……ッ」

反対の手で喉を掴み、呻《うめ》き声《ごえ》を漏らす少女。その赤い瞳が見開かれ――否《いな》、瞳は元々の赤ではなく、それ以外の血の赤によって染まっていた。

少女が血の涙を流し、鼻や口からも出血が始まる。その常軌を逸した光景に、周囲の侍従は騒然となりながら、しかし見ていることしかできない。

その侍従の中に唯一、呆然《ぼうぜん》自失となる以外の反応をしているものがいる。それは少女と同じく、顔の各部から血を流した人物——毒見役だ。

「と、どいた……」

顔中から出血した毒見役が、壮絶な苦しみの中で笑みを浮かべて膝から崩れる。手をつくこともしない倒れ方は、その瞬間に彼女が事切れていた証拠だ。

同じ毒を味わいながら、少女に無害と思わせるまで耐え抜いた。そして、結果を見届けてから倒れたのは、刺客としての役目を全うしたと言える。

その、命懸けの執念の結果は実った。

「——ぉ、か」

椅子が倒れ、少女が床の上に横倒しになる。最後の最後まで、その手足は生に縋《すが》り付《つ》くように震えていたが、やがてその震えもなくなり、静寂が食堂に落ちた。

「————」

二人の死者——刺客と標的が共倒れになり、食堂全体の時が静止する。死亡した二人はもちろん、侍従たちも迂闊《うかつ》に動くことができない。

音を出せば、時が動き出せば、全てが自分の責任になってしまう。そんな、奇妙で不確かな強迫観念が彼女たちの行動を縛っていた。

そこへ——、

「——なんじゃ、刺客は諸共《もろとも》に死におったのか」

食堂の入口に現れた少女が、倒れる二人の亡骸《なきがら》を眺めて退屈そうに言い放った。

「——」

その少女の登場と発言に、食堂の中にいた面々の顔を驚愕《きょうがく》が覆う。当然だろう。何故《なぜ》なら少女の顔は、直前に毒に倒れた主人と瓜二《うりふた》つで——否《いな》、違う。

「——」

倒れた少女を見下ろし、腕を組んだ少女。その顔貌《かおかたち》のいくつかの部位は、確かに死亡した少女と似通っているが、細部まで見たときの出来が違う。

亡骸の少女が高名な芸術家の傑作の一枚だとすれば、それを見下ろす少女は決して芸術家が、人の身が到達し得ない境地へ至った美の結集だ。

凝然と目を見張り、侍従たちは理解した。——本物の、美貌の恐ろしさを。

「——プリスカ様」

ふと、亡骸のすぐ傍らに立つ侍従の一人がその単語を口にした。すると、それを聞いた少女——プリスカが振り返り、小首を傾《かし》げる。

太陽の如《ごと》く煌《きら》めく橙色《だいだいいろ》の髪と、紅玉《こうぎょく》そのものを嵌《は》め込《こ》んだような切れ長の瞳。こうして本物を前にすれば一目でわかる。——成り立ちからして、凡百とは違う生き物と。

「ご、ご無事で何よりです……」

「ふん、月並みどころではない言葉よな。そもそも、妾《わらわ》がこのようなつまらぬ手法に倒れるものか。相応に役立つ影武者の用意も安くはないというに」

頭を下げた侍従を睨《にら》み、プリスカが倒れた少女の下へ歩み寄った。

影武者——要人に容姿の似た身代わりを用意し、危険な役割を代行させる。権謀術数渦巻く暗闘の中では珍しくもない手法で、影武者当人も命懸けは承知の上だ。

それでも、苦しんで死ぬことを望むわけではない。その顔が、少なからず自分と共通点のあるものが選ばれたとなれば、プリスカの心中も穏やかではなかった。

「つまりは、妾にこの死に顔をさせたいものがおったというわけじゃからな」

「————」

亡骸《なきがら》を見ながら呟《つぶや》く、十一、二歳の少女に侍従たちが震え上がる。それを臆病と、いったい誰が笑えよう。少女の幼くも妖艶で、凶悪な横顔と紅《くれない》の瞳を見て、誰が。

「侍従長、こい」

「は。はっ」

プリスカに手招きされ、侍従の代表者が前に出る。緊張が顔と肩に出ている、自分より二十は年上の相手を見据え、プリスカは「ふむ」と片目をつむった。

それから、彼女は侍従に耳を貸せと、さらに手招きすると、

「確か、今日、屋敷にいるものは貴様が選んだものたちであったな」

「……その、通りです。ですから、不手際の責任は全て私に」

「たわけめ。何のために貴様にこの役目を任せたと思う」

「何のために、ですか？」

厳しい叱責を浴びると思っていたのか、侍従は思わぬ問いかけに目を丸くする。そんな侍従の困惑に、プリスカは唇を緩めた。

ひどく嗜虐的《しぎゃくてき》に、この年頃の少女が浮かべるには、あまりに残虐な笑みを。

その、いっそ蠱惑的《こわくてき》にすら思える笑みを湛《たた》えたまま、プリスカは続けた。

「──無能を長《おさ》に据えておけば、妾を亡き者にする絶好の機会と、愚物共が揃《そろ》って沸き立つであろう？　いい加減、まとめて毟《むし》っておかなくては面倒故な」

「────」

そう、プリスカが言い切った直後だった。

「──っ」

困惑する侍従長の周囲、居並ぶ侍従が揃って武装、懐から抜いた短剣が振るわれる。

紅《くれない》の瞳でそれを見取り、プリスカは即座に決断。目の前の侍従長の胸倉を掴《つか》むと、振るわれる短剣の途上へその体を割り込ませた。

鋭い短剣が肉を抉《えぐ》り、侍従長の悲鳴が上がる。だが、短剣には即効性の毒でも塗ってあったらしく、侍従長の悲鳴はすぐに途切れ、白目を剥《む》いて倒れ込んだ。

その間、プリスカは大きく飛《と》び上がり、食事の並んだテーブルの上に着地、自分の足下から白いクロスを引き抜き、追い縋《すが》る侍従──否《いな》、刺客たちの頭上へ放った。

「────」

その被《かぶ》さってくるクロスが、刺客たちの声なき連携に一瞬で切り裂かれる。しかし、刹那でも視界を遮ればプリスカの狙いは果たされた。

「か──」

先頭の刺客の喉を、食事用のナイフが貫く。プリスカの小さな足が蹴り飛ばしたそれが薄皮を破り、追撃の蹴りがそれをさらに奥へ押し込んだのだ。

喉を貫通され、致命傷を負った男が震える手で短剣を持ち上げる。が、プリスカは相手の懐へ飛び込むと、その腕を掴《つか》んで別の刺客の胸へ短剣を突き立てた。猛毒の塗られた短剣は掠《かす》めただけで意識を奪う。それが心臓付近へ刺されれば即死は免れない。

「小娘一人に何を！」

「手こずっている、と？　所詮、貴様らの如《ごと》き塵芥《ちりあくた》なぞこの程度であろう」

攻め切れない、と業を煮やした相手の叫びを嘲笑《ちょうしょう》し、プリスカは手近な椅子を振り回して相手の短剣をもぎ取る。音を立てて床を滑る短剣、それを目で追った刺客の眼球に指が突き立てられ、視力を奪われて倒れる首を容赦なく踏み折った。

圧倒的な立ち回りで、小勢とはいえ大人を翻弄するプリスカ。それでも、数の暴力は覆し難く、徐々に立て直した相手が空間を埋め始める。

クロスや食器、武器らしい武器が手元にないことも不利な要因だ。

しかし──、

「いい加減、妾《わらわ》の手ずから手折るのも飽きてきたな」

そうした雰囲気を微塵《みじん》も感じさせず、プリスカは退屈そのものの視線を敵へ向ける。その紅《くれない》の瞳に、刺客たちが揃《そろ》って身を硬くした。

一斉に襲いかかれば、誰が倒れようともいずれかの短剣は届く。毒の刃《やいば》は掠めるだけで相手の命を奪うことが可能だ。たとえ、それがプリスカであろうとも。

故に、刺客たちの自分の命を惜しまない戦法は正しい。

ただし――、

「――っ」

「揃って愚物か、貴様ら。何故《なにゆえ》に、貴様らの襲撃を予期していた妾が、一人でここへ足を運んだと思う？」

同時に飛びかかった刺客たちへと、プリスカの冷たい声音が毒のように染み込む。

その言葉の真意に、刺客たちが頭を巡らせる時間があったかどうか。

それは、その体を炎に呑《の》まれ、声も上げられずに焼け死ぬ姿からはわからない。

「――――」

プリスカの命を狙った刺客、都合十四名が一斉に燃え上がる。

それは途中、プリスカの返り討ちに遭って絶命したものも例外なく、だ。立ち上る炎は緑色をしており、いっそ幻想的に命が燃ゆる光景にプリスカが手を打つ。

「おお、なかなかの見世物じゃな。炎の美しさは揺るがん。たとえ、薪《まき》が愚物らの命であろうとな。——褒めてつかわす」

「……光栄の、至り」

燃える刺客を眺めながら、称賛を口にしたプリスカに応える声がある。それは、飛びかかろうとした刺客たちと、プリスカとの間に割って入った小柄な影だ。

「————」

外見年齢はプリスカと大差ない、十代前半の幼い少女だ。頭部に犬人特有の獣の耳が生えていて、その手には雑木林で拾ってきたような粗末な枝を掴《つか》んでいる。

幼く、凹凸の少ない白い肌を最低限の薄布だけで覆った姿はどこか背徳的で、銀色の短い髪の中、前髪がひと房だけ赤いのが特徴的だった。

彼女は燃える刺客たちを眺めると、感情の薄い瞳のままプリスカに振り返る。

そして——、

「処分、完了。ご無事でけぷっ」

「これ。今のは、妾《わらわ》に噯気《あいき》をかけたのか？」

「アイキ……ううん、げっぷ」

「たわけ。それを噯気と呼ぶのじゃ」

ゆるゆると首を横に振った少女の頭を、プリスカが掌《てのひら》で軽く小突く。それを受け、少女は「あいた」と抑揚のない声で呟《つぶや》く。

それから、少女は自分の頭の犬耳に触れ、

「プリスカ、様。……どう？」

「何とも大味な問いかけであるが、先も言った通り、褒めてつかわす。妾《わらわ》は傷一つない。その上、件《くだん》の奴輩《しやつばら》の処分は派手で見応えがあった」

「……全部、精霊のおかげ」

ほんのりはにかんで、少女が耳に触れていた手を下ろす。と、その少女の掌《てのひら》の上に、淡い光がぼんやりと浮かび上がる。

実体を持たないそれは、マナを媒介に顕現する精霊、その中でも力と意思の希薄な微精霊と呼ばれる類《たぐい》の存在だ。精霊の中には人間と意思を疎通し、契約を交わすことで力を貸し与えるものもいる。

この少女もまた、そうして精霊から力を借りる存在の一人だ。

ただし、少女の場合は精霊と契約するのではなく――、

「――あぐ」

掌の上の微精霊を、少女がその口に躊躇《ちゆうちよ》なく放り込んで、咀嚼《そしやく》する。

それを見て、プリスカは紅《くれない》の瞳を細め、口の端を楽しげに緩めた。

「何度見ても独特よな。『精霊喰《ぐ》らい』の食事とは」

「けぷ」

再びげっぷする少女に、プリスカは腕を組み、肩をすくめた。

――『精霊喰らい』。それがこの少女の特性であり、精霊と契約するのではなく、精霊

を喰らうことでその力を獲得する、簒奪者《さんだつしゃ》の異能だ。

無論、精霊を食すことも、喰らった精霊の力を奪うことも誰にでもできることではない。極々限られた資質の表れであり、だからこそプリスカも重宝している。

「――アラキア、よく妾の言いつけを守った」

「……プリスカ様が、言ってたから」

少女――アラキアの名を呼んで、プリスカが灰の塊となった刺客たちを踏みつける。その足が向かったのは、一つだけ、燃えカスにならずに残った亡骸《なきがら》の下だ。

倒れる少女、苦悶《くもん》の表情で死んでいるプリスカの影武者。プリスカは少女の傍らにしゃがみ込むと、その目を閉じさせ、表情を指で整える。

「一度でも、妾と見違えさせた顔よ。それがこれとは見るに堪えぬ」

「その子、は……？」

「妾の役に立った。それだけで生の価値があろう。家族の下へ戻し、相応の代価を払ってやる。それが、妾の代理を務めた大儀への報酬じゃ」

アラキアに答え、プリスカが立ち上がる。そうした彼女の横顔には、すでに自分の身代わりとなった少女への関心は消えている。

そうして、視線を少女から室内へ、それから天井へ向けたプリスカが呟《つぶや》く。

「さて、後片付けは兄上に任せるとするか」

3

「それで、客人を迎える立場であの惨状か。我が妹は相変わらず、苛烈なものよな」

と、来訪者は食堂の惨状を指し、愉快げに唇を歪《ゆが》めて笑った。

嗜虐《しぎゃく》的な笑み、それを浮かべるのは黒髪の青年だ。切れ長な黒瞳は美しいだけでなく知性的で、この世の深淵《しんえん》まで見通すかのような妖しげな輝きを有している。

年齢は二十歳前後といったところだが、佇《たたず》まいと風格は青臭い印象と全くの無縁。すらりとした立ち姿には、為政者として他者を跪《ひざまず》かせる天性の素養が備わっている。

青年の名はヴィンセント・アベルクス。——神聖ヴォラキア帝国貴族の一人であり、プリスカ・ベネディクトの腹違いの兄である。

十数名の従者を連れ、プリスカの屋敷を訪問したヴィンセント。その彼を出迎えたのが、ほんの一時間前に侍従を皆殺しにしてしまったプリスカと、唯一の生き残りであったアラキアの二人。そこで事の顛末《てんまつ》を聞いた最初の感想が冒頭の一言だ。

命を狙われた妹にかける言葉として、適切なものとは到底言えないが——、

「苛烈も何もない。羽虫が過《よぎ》れば払うか落とすか焼くかする。当然のことをして、それを咎《とが》められる理由なぞ妾《わらわ》にはない。そもそも」

「妾を咎めるなど、思い上がるな……と？」

「兄上とて、例外ではない」

発言を先読みされても、プリスカは気にした風もない。そんな妹の態度に片目をつむって、ヴィンセントは長い足を組み替え、プリスカの傍らの少女を見た。

無表情、無感情、ついでに言えば躾《しつけ》のなっていない棒立ち具合だ。自分を飾る装飾品にうるさいプリスカが傍《そば》に置くには、甚だ手入れ不足にしか見えない。

しかし、無意味なことをしない妹の判断力を、ヴィンセントは高く評価していた。刺客を緑の炎で焼き尽くしたのも、その実力を裏付けている。

「まぁ、詮索はすまいがな。それで、此度《こたび》の刺客の出所はわかっているのか？」

「皆目。仕掛けは杜撰《ずさん》だったわりに、火元を辿《たど》らせぬ手腕は徹底しておる。業腹じゃが、これ以上は辿れまいよ。兄上こそ、心当たりは？」

「生憎《あいにく》と、お互いに狙われる理由には事欠かぬからな」

聞き返され、ヴィンセントが酷薄な笑みを浮かべて答える。元々期待薄だったのか、プリスカはその答えに気落ちもしない。ただ、短く「そうか」と答えるのみ。

――場所はプリスカの屋敷の客間、被害のなかった一室だ。

食堂の惨状はそのままに、プリスカはそこで来訪した兄たちを出迎えた。実際、妹の屋敷で大勢が死んだ事実を聞いても、兄の表情は小揺るぎもしなかった。プリスカもだが、ヴィンセントもこの手の出来事には慣れ親しみすぎている。

幼少期から、命を狙われるような事態は日常茶飯事だ。腹違いの兄弟が多い中、プリスカはヴィンセントの、この胆力は自分に通ずると評価していた。

七つも下の妹にそう評されて、ヴィンセントは嬉《うれ》しくも何ともないだろうが。

ともあれ――、

「屋敷については俺の方で手を回してやるとしよう。俺としても、せっかく生き延びた妹がつまらぬ理由で失われては寂しいからな」

「寂しい、とは殊勝な理由よな。とはいえ、愛する兄上からの厚意、ありがたく受け取っておくとする」

「可愛《かわい》げのない」

「愛すると付け加えた点が、妾《わらわ》からの精一杯の愛情表現であろうに」

唯一、もてなしの証《あかし》として自ら淹《い》れた紅茶のカップを掲げ、プリスカが嘯《うそぶ》く。

それを聞いて、ヴィンセントは口先だけの愛情表現に苦笑し、差し出された紅茶のカップに口を付け、短く息をついた。

互いに嫌味《いやみ》と腹の探り合い、それがこの兄妹《きようだい》間で交わされるお約束のやり取りだ。ともすれば嫌い合っているようにすら見えるやり取りだが、これで存外、プリスカもヴィンセントも互いに互いを気に入っている。

躊躇《ちゆうちよ》なく、出されたお茶に口を付けることが、その証明とさえ言えた。

「――閣下、閣下！　ひとまず、辺りの見回りは終わりましたよ」

と、そんな静かな兄妹のひと時に、不意に割り込んでくる声があった。

客間の扉を外から開けて、堂々と姿を見せたのはこれまた小柄な少年だ。プリスカやアラキアと同年代の、青い髪を頭の後ろで括《くく》った線の細い人物だった。

中性的で、少女と見紛《みまが》うほど整った顔つきをしているが、佇《たたず》まいと仕草が少年的で、性別を勘違いする要素は極端に少ない。

少年は弾むような足取りでやってくると、ヴィンセントの座るソファの背もたれにもたれかかった。そして、ヴィンセントの肩口に後ろから顔を伸ばすと、

「いやはや、人使いが荒いですねえ、閣下。それに仕事が地味です。地味仕事。別にこき使われるのは構わないんですが、適材適所があるじゃありませんか」

「姦《かしま》しいぞ。そもそも、飼い主に説教をするでない。飼い犬の自覚が足りぬな」

「飼い犬にだって流儀がある。芸を見せるにも場所が、舞台があるでしょう？　僕は僕に相応《ふさわ》しい、僕らしさ満載の舞台に立たなくては。ほら、人生って有限ですし」

ああ言えばこう言うを地でいく少年の受け答えに、ヴィンセントが嘆息する。それから唇を尖《とが》らせる少年が、目の前のプリスカを見て「あ」と口を開けた。

「これはこれは、お美しいお嬢さんですね。とても綺麗《きれい》な瞳をしていらっしゃる。その紅玉《こうぎょく》のような瞳に映る僕、かなり男前だと思うんですが、どうですか？」

「兄上、道化を傍《そば》に置くのは兄上の自由じゃが、こうもうるさくては敵《かな》わぬ。到底、妾の趣味ではないな」

「道化？　道化の類《たぐい》がいったいどこに……？」

肘掛けに頬杖《ほおづえ》をついて、プリスカが勢いのある少年をそう評する。が、当の少年本人に

は伝わらなかったようで、彼の視線は室内をきょろきょろと忙《せわ》しない。

「道化、道化、道化は見当たりませんねえ。あれ、もしかしてワンちゃんとお間違いでないですか？　ワンちゃんでしたら、お嬢さんの隣で居眠りしてますが」

「……ワンちゃん？　わたし？」

不意打ち気味の話題に、アラキアが自分を指差して首を傾《かし》げる。

「ええ、他にいます？　垂れたお耳が可愛《かわい》らしいですよ、ワンちゃん。ただ、人目を惹《ひ》きたいにしても露出が過剰では？　あまり露骨だと、相手は引きますよ？」

「露出、過剰……ワンちゃん……」

早口に軽口、そんな調子の少年の言葉にアラキアがちらとプリスカを見る。その視線の意図を察して、プリスカは顎を引いた。

「兄上」

「うん？」

「代わりの道化を見繕っておくがいい」

そうプリスカが言った直後、アラキアの姿が隣から掻《か》き消える。

瞬《まばた》きの刹那、彼女が次いで出現したのは客間の天井だ。そこに逆さに足を付け、アラキアの体がヴィンセントと接する少年の頭上へ飛びかかる。

「わんわん」

構えたアラキアの手が青く輝き、炎を纏《まと》って少年を焼き尽くさんとし——、

「ずいぶんと気の短い。ですが、その反応は嫌いじゃないです、むしろ好き」

――いつの間にか、少年の抜き放った一振りの刃《やいば》がアラキアの掌《てのひら》を受け、不意打ちを完全に防いでいた。

少年が握るのは、刀と呼ばれる西の大国、カララギ都市国家特有の刀剣だ。少年はそれを器用に扱い、アラキアの必殺の一撃を軽々としのいでいた。それだけでなく、少年の抜いた刀のもう一本、その刃がアラキアの首筋に当てられている。

「――」

少年が刃を振り切っていれば、アラキアの首が落ちていた。――そう確信させるほど、少年の剣気は研ぎ澄まされたものだった。そして真に驚くべきは、鞘《さや》に収まった刀の如《ごと》く、その剣気を隠し切っていた少年の力量か。

「拾い物よ。戦場で、放り捨てられた武器を品定めしていたところを拾った」

「欲しい得物にはなかなか手が出ませんからねえ。戦働きで名前を上げて、俸給でいい感じの刀を買うつもりだったんですが、閣下に気に入られまして」

さっと、少年はあっさりアラキアの首から刃をどけて、抜いた二振りの刀をそれぞれ自分の腰の鞘へ戻した。

「あ、別にまた仕掛けてきても構いませんよ。今度は受けずによけてみましょうか？　そうしたら、僕のすごさが際立つかもしれませんし……って、いたたたたっ⁉」

「やめよ。図に乗るでない。俺は、まだプリスカを敵に回すつもりはない。まだな」

一言も二言も多い少年の耳を引っ張り、強制的に黙らせるヴィンセント。それから青年は容赦なく、耳を引いて少年を前へ突き出すと、

「名乗っておけ。覚えられて損のない相手だ」

「それは重畳、お見知りおきを。僕の名前はセシルス・セグムント――こちらにおわす、ヴィンセント・アベルクス様の懐刀、いずれは帝国最強の名を轟《とどろ》かせる、この世界の花形たる主演役者です」

「――――」

その堂々たる名乗りを聞いて、プリスカが初めて軽く目を見開く。それから、プリスカは桃色の唇を割り、「は」と息を吐くと、

「大言壮語を吐くモノよ。何より、一切の偽《いつわ》りがないところが度し難《がた》い」

「まぁ、特段、嘘《うそ》を言う理由もありませんし。ああ、プリスカ様……でしたか？　プリスカ様のワンちゃんもいい線いってましたよ。僕が相手では形無しですが」

「……わたし、こいつ、嫌い」

けらけらと屈託なく笑う少年、セシルスにやり込められたアラキアが膨れる。プリスカはそのアラキアを手招きし、膝にもたれかかってくる少女の頭を撫《な》でた。

そうして、少女の頭を撫でながら、

「時に兄上、妾《わらわ》と敵対する気は『まだ』ないと言ったな？」

「耳敏《みみざと》いな。――ああ、確かにそう言った」

「妾と同様に、兄上も言葉は正しく使おう。なれば、わざわざそう言った意味も透けて見える。……つまり、そういうことじゃな？」

「本当に、話の早い妹よな」

プリスカの追及に、ヴィンセントが快いとばかりに頬《ほお》を歪《ゆが》めた。その兄妹《きょうだい》のやり取りの意味がわからず、アラキアとセシルスは首を傾《かし》げる。

ただ、消極的なアラキアと違い、セシルスは躊躇《ちゅうちょ》なく「なんです？」と聞く。

「お二人だけでわかり合った雰囲気ですが、それ、今日の訪問と関係が？」

「察していた……いいや、貴様の場合は山勘か。無論、関係がある。こうして、特に用事もなく互いの屋敷を行き来するほど、気を許せる間柄ではないからな」

セシルスの問いかけに応じて、ヴィンセントが立ち上がった。それから、年少組と比べて長身の彼は正面のプリスカ、妹を真《ま》っ直《す》ぐに見下ろした。

その黒瞳に見据えられ、プリスカも紅《くれない》の瞳で見つめ返し――、

「始まるか」

「ああ、始まる。――選帝《せんてい》の儀だ。プリスカ、お前も帝都へ向かう準備をせよ」

そこで一度言葉を切り、ヴィンセントは続ける。

それは――、

「父上――皇帝が崩御なさるぞ」

4

——神聖ヴォラキア帝国は、世界図の南方部分を丸々支配する大帝国である。

支配領土、すなわち国土の広さは世界随一で、四大国として肩を並べる他の三国と比較しても、飛び抜けて広大な地を占拠している。

温暖な気候と肥沃な大地に恵まれたヴォラキア帝国は、おそらくは四大国の中で最も生きやすい環境と言える。——ただし、それは自然環境の話だ。

豊かな大地に生きる人間は、当然ながら強くたくましく育まれる。

そうした大地の伝統により、ヴォラキア帝国では強者が尊ばれ、弱者が虐げられる価値観が一般的なものとして浸透した。それは長く歴史を重ねても変わることなく——否《いな》、重ねた歴史の分だけ重みを増し、絶対的な不文律として帝国民を縛っている。

そうした帝国の在り様、それを最も強く反映しているのが、帝国の代表たるヴォラキア皇帝であり、その血族である皇族たちである。


「こうして兄弟が一堂に会すると、なるほど、なかなか壮観なことじゃな」

大広間を見渡しながら、その顔ぶれを確認したプリスカがそんな感想をこぼした。そのプリスカの感想に、「そうさな」と応じたのはヴィンセントだ。

隣り合い、酒のグラスを傾ける異母兄。彼の存在を筆頭に、この場にはプリスカとヴィンセントの兄弟が両手の指では足りないほどにやってきている。

プリスカの兄弟、その数は男女合わせて六十六人にもなる。——もっとも、今も生きているものと限定すれば、人数は三十一人まで一気に減るが。

「——」

男兄弟が十八人、女姉妹が十三人。そこにプリスカを加えた総勢三十二人が、現皇帝であるドライゼン・ヴォラキアの実の子たちだ。

ヴォラキア帝国は多種族が入り乱れる人種の坩堝《るつぼ》だ。皇帝はそうした中で人種を選ばず、各地の有力者から嫁をもらい、多くの子を生《な》す。今代の皇帝の子は全部で六十七人——それ故に、種無しなどとも揶揄《やゆ》された少子皇帝である。

歴代の皇帝は百、二百の子が当たり前だったとなれば、そう揶揄されるのも致し方ないところではあるが。

「まぁ、作られた側からすればたまった話ではないがな。六十人も兄弟姉妹がいたところで、顔と名前が一致せぬ。——賢王から賢者が生まれれば苦労はない」

六十七人の内の一人である身として、プリスカは端的な感想をこぼした。

会ったこともない兄弟がいる身だ。一部、血が繋《つな》がっていたところで何の関係がある。それは愛する理由にも、手心を加える理由にもならない。

それこそ、ヴィンセントの語った利害の一致、それが唯一無二の繋がりだ。

「あらぁ？　ずいぶんとつまんない顔してるわねえ、プリスカぁ」

「――」

「まあ、久しぶりなのに挨拶もなしなの？　姉様、悲しいわぁ」

そう、甘ったるい声を引っ提げて現れた少女にプリスカが冷たい目を向ける。

プリスカと同じ橙色《だいだいいろ》の髪色と、艶っぽいたれ目が特徴的な少女だ。年齢はプリスカより四つか五つ上で、女性的な起伏に富んだ体つきをしている。

彼女もまた、プリスカの姉妹の一人だ。名前は――、

「消えよ、ラミア。貴様の甘ったるい声を聞いていると胸が悪くなる。妾《わらわ》にとって、毒の短剣より貴様の声の方がよほど脅威じゃ」

「つれないし、言ってくれるものだわぁ。なんで、あなたみたいな子がヴィンセント兄様はお気に入りなのかしら？　ねえ、お兄様」

「生意気なところが、俺の好みでな」

冷たいどころか、殺意さえ滲《にじ》ませたプリスカの一声に少女――ラミアは下がらない。それどころか、ラミアも声に毒を隠さぬまま嫣然《えんぜん》と微笑《ほほえ》んだ。

ラミアがプリスカに絡むのは昔からだ。そこに構ってほしい、というような可愛《かわい》げがあれば話は別だが、彼女のそれは純粋なる敵意からの行動。

その証拠に、ラミアは「そうそう」とわざとらしく微笑み、

「そう言えば、屋敷で使用人に襲われたんですって？　怖いわねぇ。屋敷の中でさえ気が休まらないなんて、可哀想《かわいそう》だわぁ」

「雌犬めが、白々しく囀《さえず》るな」

そうそう漏れるはずのない事情を聞こえよがしに語るのは、自分へ辿《たど》り着《つ》けないとわかっているからの余裕か。狡猾《こうかつ》な女と、プリスカはラミアを睨《にら》みつける。

そのプリスカの視線を受け、ラミアは嬉《うれ》しげに頬《ほお》を緩めながら、

「いい顔だわぁ、プリスカ。何にも知らないで、可哀想な子」

口元に手を当て、ラミアはプリスカを嘲笑《ちょうしょう》する。と、それからラミアはプリスカから興味を逸したように、代わりにヴィンセントの方へすり寄ると、

「それにしても、なんで今日は水晶宮《すいしょうきゅう》の方じゃなく、別館の方なのかしらぁ。お父様の体調も悪いってお話だし、変だと思わない？」

「当然、意味があろうよ。水晶宮は帝都の象徴、それ故に砕かれるわけにゆかぬ。だからどうなっても構わぬ別館を選んだのだろうよ」

「――。それって」

一瞬、目を細めたラミアがヴィンセントに真意を問おうとした。

しかし、その質問が放たれるより早く、状況が動く。

静かな音と共に扉が開かれ、大広間の視線がそちらへ集中する。ゆっくり、開かれた大扉を潜《くぐ》って姿を見せたのは、老齢へ差し掛かる白髪の男性だ。

「――――」

腕や首はやせ細り、肌艶も病人のように色を失っている。が、その紅《くれない》の双眸《そうぼう》だけが爛々《らんらん》

とした輝きを放っていて、生命力ではなく、覇気がその体に満ち満ちていた。

「――皇帝、ドライゼン・ヴォラキア」

その姿を見やり、プリスカが短く男性の名を呼んだ。

そう、彼こそが神聖ヴォラキア帝国の現皇帝にして、この場にいる三十二人の皇族たちの実父、ドライゼン・ヴォラキアその人だ。

「――――」

そのドライゼンの歩みに、集められた子どもたちが跪《ひざまず》き、それぞれ敬意を表する。

それまでの雑談の一切が消え去り、静寂が落ちる室内を、ドライゼンのゆっくりとした靴音だけが響いていく。やがて、皇帝が広間の最奥、玉座を模した椅子へつく。

長々と息を吐くドライゼン、その視線が大広間を一望して――、

「――よくぞ集った、と言いたいところだが」

「――――」

「余に跪かぬものが、ちらほらと見受けられるな」

ドライゼンの言葉に、跪いていたものたちが驚いたように顔を上げる。そして、慌てて振り返る彼らの視線の先、プリスカを始めとして、跪いていないものが数名。

その中にはヴィンセントも、ラミアの姿もあった。それ以外にもちらほらと、十人に満たない数ではあるが――、

「お前たち、何のつもりだ？　父上……皇帝閣下がおわしたのだぞ。無礼であろう！」

「無礼？　無礼とは笑わせる。真にヴォラキア皇族たらんとすれば、妾《わらわ》と貴様と、どちらが正しいかは自明の理であろう。形式に従うしか能のない、無能めが」

「な……っ」

声を荒らげた兄の一人に、プリスカが容赦のない反論をぶつける。兄弟も六十人いるとなると、上の方の兄との年齢差はそれこそ親と子のようなものだ。

二十も年下のプリスカの言葉に、その兄は顔を赤くして声を震わせる。

「プリスカ、お前……兄に、なんて口の利き方をする」

「兄？　ああ、そうか。そうであったな。悪いが、こうも数が多いとわざわざ顔と名前を覚える価値のある兄弟にもなかなか恵まれぬ。貴様は、我が兄であったか」

「――っ」

その侮辱に耐えかね、赤い顔をした兄が立ち上がる。そのまま、年少の妹相手に飛びかかりかねない勢いだ。しかし、

「――やめよ」

「ぐ……父上、ですが」

「余への不敬？　それが建前なら愚にもつかん。そも、余の前に跪かぬことを咎《とが》めたつもりもない。――むしろ、それでいい」

そう言って、兄妹《きょうだい》の争いを止める皇帝。だが、その内容は兄寄りではなく、プリスカの行いを許容するものだった。

その証拠に、ドライゼンは骨の浮いた手を組みながらプリスカを見据え、

「——プリスカ。何故《なぜ》、余に跪《ひざまず》かなんだ？」

「知れたこと。妾《わらわ》を跪かせるに値する価値を見なかったからよ。老いたな、父上。帝国民は精強たれと、その教えの頂に立つ身とは到底思えぬ」

「くは」

生まれて十年と少しの娘にそう言われ、しかし皇帝は激昂《げきこう》するでもなく笑った。

ちらと、その紅《くれない》の瞳がプリスカ以外の、跪かなかった面々へ向かう。

「——」

そのいずれも、プリスカの言葉を否定しない。

多かれ少なかれ、全員が同意見。——今の皇帝に、跪く価値を認めていないのだ。

「それでこそ、ヴォラキア皇族。それでこそ、我が子らよ」

「父上……っ！」

「ロンメル、貴様は先ほど言ったな。無礼と。無礼であると。そんなものに如何《いか》なる価値がある。——ロンメル、試してみるか？」

「試す……？」

ロンメルと呼ばれた男が、皇帝の言葉に眉を顰《ひそ》める。と、次の瞬間、皇帝が中空に手をかざして、強く腕を振るった。

直後、ロンメルの眼前で空間が歪《ゆが》み、そこから突如として剣の柄《つか》が出現する。

「────」

目を見開くロンメル。それ以外の面々も息を呑《の》んだ。

それほどまでに、出現した剣の柄は美しかった。その柄の先、刀身や鞘《さや》の装飾が如何なる美麗さを誇るのか、想像で思わず喉が鳴るほどに、だ。

「──『陽剣』ヴォラキア」

「これが、代々ヴォラキア皇族に伝わる宝剣……」

ドライゼンの言葉に、熱に浮かされたような顔でロンメルが呟《つぶや》く。頬《ほお》を畏れと高揚で硬くした彼は、父王の言葉に従い、唾に喉を鳴らしながら前へ進み出た。

「こ、これほどの大任、光栄の極みです、閣下」

歓喜に身震いするロンメル、その言葉にドライゼンは応えない。周囲の視線が否応《いやおう》なしに期待を高める中、ロンメルは意を決し、中空を鞘とする宝剣の柄へ手を伸ばす。

──帝国の名を冠した『陽剣』は、古《いにしえ》の建国当時から存在する宝剣。

そのヴォラキアの名が示す通り、ヴォラキア帝国の皇帝にのみ扱うことが許されるとされており、実物を目にするのはプリスカもこれが初めてだった。

その、『皇帝にのみ扱うことが許される』という言葉の真の意味も。

「──え？」

陽剣の柄を掴《つか》み、空間から引き抜こうとしたロンメルが唖然《あぜん》と声を漏らす。

それもそのはず、陽剣の美しい刀身が抜き放たれると思った瞬間、剣を掴んだ彼の手が発火、そのまま、業火が一瞬でその体を呑《の》み込《こ》んだのだ。

「──ッ」

おびただしい炎に呑まれ、ロンメルが声にならない悲鳴を上げる。が、最初に喉や肺を焼き尽くされ、声は声にならない。断末魔さえ上げられない。

そのロンメルの代わりに、皇帝に跪《ひざまず》いた面々が必死の声を上げた。しかし、それは何の慰めにもならない。悶《もだ》え苦しむ隙さえ与えられず、燃え上がるロンメルが絨毯《じゅうたん》の上に倒れ込み、仰向《あおむ》けとうつ伏せの区別もつかないほど黒焦げに焼ける。

ものの数秒、それがロンメルという一人の皇族が焼き尽くされるまでの時間だ。

「まぁ、焦げ臭い」

人体の焼かれた嫌な臭いにえずくものもいる中、眉を顰《ひそ》めたラミアの感想は端的だ。侍従をまとめて焼いたばかりのプリスカも、驚きはあっても嫌悪はない。

その驚きもロンメルの死ではなく、その死因となった陽剣の仕組みへの驚きだ。

「皇帝以外に触れることも許さぬ魔剣とはな」

動揺する兄弟姉妹の中、ロンメルの死の真相を静かに受け取るものは十名前後。当然、その一人であるヴィンセントの呟《つぶや》きは、プリスカと同じ結論だ。

「ち、父上！　これはいったい、何事を……」

「──静まれ」

突然の兄弟の死に動転する声を、ドライゼンのその一声が黙らせる。

老いた皇帝が広間を一望し、我が子らを透徹した眼差《まなざ》しで睥睨《へいげい》する。その赤い瞳の凶気的な光に多くが射竦《いすく》められる中、プリスカは気付いた。

「な、なんだ……？」

同じものに気付いた一人が、情けない声でそう言った。

それは、眼前に浮かんだ空間の歪《ゆが》みと、そこから突き出した赤い剣の柄《つか》だ。それはプリスカの眼前——否《いな》、ヴィンセントやラミアの眼前にも生じている。

何の冗談か、空間から突き出すのはヴォラキア皇族三十一人——一人減った残りの全員と同じ数の、『陽剣』ヴォラキアの柄だった。

「これより、『選帝《せんてい》の儀』を始める」

想像を飛び越えた現実を前に、生気のみなぎる声でドライゼンが言い放った。

枯れた老木、老いたる皇帝、跪くに値しない隆盛の残り火と、そうプリスカが見限った姿と印象を違《たが》え、目を剥《む》くドライゼンの存在感は猛《たけ》る炎のようだった。

そして——、

「『陽剣』は主《あるじ》を選ぶ。剣に選ばれることは、皇帝となるための最初の資格」

「——」

「さあ、剣の形をした運命を抜け。——それが貴様らの、逃れようのない宿業よ」

言いながら、皇帝——否、先代皇帝ドライゼン・ヴォラキアが立ち上がる。その立ち上がったドライゼンの頭上にも、宝剣の柄が現出した。

それを、ドライゼンが力強く掴《つか》む。——瞬間、その全身が炎に包まれた。

「——」

それは、『陽剣』が先代の皇帝を見限り、次の所有者たる皇帝を求めている証《あかし》だ。

ドライゼン・ヴォラキアが崩御し、ヴォラキア帝国の皇帝の座が空席となる。それは先代皇帝の崩御から始まる、綿々と受け継がれてきた次代の皇帝を決める儀式。

すなわち、『選帝《せんてい》の儀』の始まりを意味していた。

「——プリスカ」

ふと、燃える父王に誰もが目を奪われる中、ヴィンセントがプリスカを呼んだ。

先代皇帝の崩御、それを予言した兄はこうなると知っていたのか。いずれでも構わない。

呼びかけに視線を向け、兄の黒瞳とプリスカの紅《くれない》の瞳が交錯、兄妹《きょうだい》はわかり合う。

そして、プリスカは躊躇《ためら》わず、自分の眼前の剣に手を伸ばして——、

「——この世界は、妾《わらわ》の都合の良いようにできておる」

——宝剣が引き抜かれる。

神聖ヴォラキア帝国の次代の皇帝を決める『選帝の儀』が始まる。

それは、皇帝の血を引く兄弟たちの、情け容赦のない殺し合いの始まりだった。

5

――ヴォラキア皇帝、ドライゼン・ヴォラキア崩御。


その事実と『選帝の儀』の始まりは、思いの外、静かに帝国に浸透していった。

壮絶な炎に呑《の》まれ、我が子らの前で焼死を遂げたドライゼン――晩年の彼はヴォラキア皇帝に相応《ふさわ》しいとは言い難かったが、それでも最期の矜持《きょうじ》は見事なものだった。

皇帝の崩御に伴い、帝国の帝位には一定の空席期間が生じる。だが、歴代の皇帝で代替わりに慣れた帝国民は、皇帝崩御にも帝位の空席にも動揺は少ない。

偉大なる皇帝の死を惜しみ、黙祷《もくとう》を捧《ささ》げたのち、帝国民の興味は次代の帝位争い、すなわち『選帝の儀』の勝敗へと移る。彼らは皇帝の子らの名前を挙げ、次なる皇帝の座に就くのが誰なのか、談笑の中で話題に上らせるようになるのだ。

そして、燃え上がる皇帝の前で、次代の皇帝となるべく最初の関門――『陽剣』を握る資格へ挑んだものこそが、帝国民の注目する『選帝の儀』の参加者たちである。

もっとも――、

「――陽剣を抜いて残ったのは十一人。それをたった十一人というべきか、十一人もいるというべきか、答えに悩むところではあるがな」

肘掛けに頬杖《ほおづえ》をついて、プリスカが吐息と共にそう呟《つぶや》く。

『選帝《せんてい》の儀』が始まり、次代の皇帝の座を争う戦いはすでに動いている。当然ながら、プリスカも陽剣を抜いて『選帝の儀』への参加権を得た一人だ。

皇帝が焼死した際、すでに焼け死んでいた愚兄を除いて、残る候補者——すなわち、プリスカの兄弟は三十人だったが、陽剣へ挑んだもの、挑まなかったものも含めて、最終的な資格者は十一人まで数を減らした。

つまり、プリスカ以外の十人の兄弟が、帝位を巡って争う敵というわけだ。

「敵とは笑わせる。昨日まで、存在も意識していなかった兄弟姉妹と殺し合いとは」

極端な姿勢を示し、プリスカは自らの形のいい顎をそっと指で支える。

有資格者は十一人。それ以外は剣に焼かれることを恐れて剣を取らなかったか、己の器を測り違えて剣に焼かれた愚か者のみ。臆病者と死人は警戒に値しない。

そのため、明確な敵は自分以外の十人だけ——その中には当然、ヴィンセント・アベルクスの存在もある。目下、兄弟たちの中で彼が最大の脅威であり、一番の障害であることは全員の共通認識であると言えよう。

それ故に——、

「——同盟、とはな」

「あらぁ、そんなに変なこと？　この状況なら、手を取り合うのは自然な発想じゃなくて？　協調性のないプリスカには、そんな考えは浮かばなかったかもしれないけどぉ」

そう言って、紅を塗った唇を緩め、毒花のようにラミア・ゴドウィンが笑う。

プリスカの異母姉であるラミアも、陽剣を抜いた十一人の候補者の一人。そしてプリスカにとって彼女は、この世で最も忌々《いまいま》しく思う人間の一人でもある。

その嫌悪に近しい感情は、ラミアがプリスカに抱くものと同質のはずだ。

これまでの日々、この異母姉妹は嫌い合い、ともすれば殺し合いに発展しかねないほどの剣呑《けんのん》な関係性を凄絶に積み上げてきた。

そんな間柄だけに、『選帝の儀』の開始直後、こうして自分から屋敷を訪ねてきたラミアの考えとその提案に、プリスカは紅《くれない》の瞳を細めている。

その思案の間、ラミアはソファに腰掛け、空っぽの応接室に瞳を巡らせながら、

「それにしても、寂しい屋敷だこと。使用人の数も足りてないし……派手好きなくせに、こういうところでケチってると余計にみすぼらしく見えるわよぉ？」

「生憎《あいにく》と、使えぬ使用人を根こそぎにしたばかりでな。どこぞの毒婦にたぶらかされた愚物共であったが、容易に代わりは見つからん」

「へぇ、毒婦。それは大変だったわねぇ」

白々しく笑い、ラミアが自分の爪を眺めながら気のないお悔やみを口にする。

先帝崩御の場での牽制《けんせい》を思えば、あの使用人たちの暴挙にラミアが関わっているのは明々白々だったが、プリスカはこの場でそれを言及はしない。

証拠はなく、ラミアなら言い逃れる準備は入念に済ませてあるだろう。今回は、その準

備を無駄にするだけで良しとしておく。何より――、

「――――」

「――？　どうかしたのぉ、プリスカ？」

「どうもせぬ。ただ、使用人の有無に拘《かかわ》らず、貴様をもてなすなどありえんと思っただけのことよ」

「あらら、嫌われちゃった。まぁ、知ってるし、お互い様だけどねぇ」

互いに嫌悪を隠さないまま、プリスカとラミアが視線を交わす。

もてなしの是非など無意味な話だ。そもそも、出された茶に口など付けない。それが血縁者のもてなしならなおさら。それもヴォラキア皇族の嗜《たしな》みである。

その嗜みに従わないのは、両者の間によほどの信頼関係が結ばれているか、相手に対して敵意がないことを示す場合以外にはありえない。

そのどちらも、プリスカとラミアの間では望むべくもないことだった。

そんな血で血を洗うような関係性だからこそ、ラミアの提案には一考の価値がある。

「それで、どう？　姉様からの提案は考えてもらえるのかしらぁ？」

「そうさな。少なくとも、非凡な手筋であったことは褒めてやろう。――よもや、最初に妾《わらわ》と結ぼうとするとは思わなんだ。てっきり、貴様であれば」

「ようやく大義名分を得たから、遠慮なくあなたを叩《たた》き潰《つぶ》そうとするって？　プリスカったら挑発がお上手ねぇ。そんな考えなしな真似《まね》、私がするわけないでしょぉ？」

酷薄に微笑《ほほえ》み、ラミアがプリスカと同じように頬杖《ほおづえ》をつく。相手の仕草を真似るのは、対話する上で相手の共感を引き出す一種の技術だ。

ラミアはそれを、理屈ではなく、本能で解しているところがあった。

無論、プリスカにそれは通用しないが、彼女はその姿勢のまま「もちろん」と続け、

「プリスカを最初に潰そうって考えなかったわけじゃないわぁ。でも、私にだって考える頭はあるの。整った、形のいい頭がねぇ」

「――――」

「感情的にあなたを叩き潰して……それで？　その先はどうなるのぉ？　そんな後先考えない行いなんて愚かなことよぉ。あのとき、陽剣に挑まなかった子たちみたいにね。ああ、挑んで焼け死んだ子たちはもっと愚かだけど」

死者を、それも血縁者の死を揶揄《やゆ》するラミアの物言いに、プリスカは片目をつむる。

怒りではない。ただ、全く同意見であることが癇《かん》に障った。

――ここまで、ラミアの意見はプリスカと完全に一致している。

怖気《おじけ》づいたものや、陽剣に焼かれたものたちへの思惑も業腹だが同意見だ。『選帝《せんてい》の儀』の開始と同時、最も目障りな姉妹に仕掛けるか一考した点も。

無論、それは反りの合わない姉妹であるという点より、ラミア個人を危険な敵と判断したためだ。ラミアは可能な限り早く排除すべき競合相手であることは間違いない。

だが、ラミア以上に警戒すべき敵がいる。それが――、

「──私たちの敬愛する、ヴィンセント・アベルクス兄様」

「……つくづく、不愉快な女よ」

「それは褒め言葉と受け取っておくわねぇ」

プリスカの心中を言い当て、ラミアが勝ち誇った笑みを浮かべる。そのラミアの瞳の奥底に隠れた殺意を見て取り、プリスカはわずかに溜飲《りゅういん》を下げた。

少なくとも、この話し合い──互いを嫌い合う姉妹が、今すぐに殺し合いへと発展させられないことへの屈辱、それを我慢しているのは自分だけではないらしい。

「ヴィンセント兄様に対抗するためには、誰かと手を組む以外にない。どうせ手を組むなら、塵芥《ちりあくた》を選んでも仕方がない。毒を飲むなら猛毒を。──それも、私とあなたの共通見解じゃないかしらぁ」

「それで、同盟などと提案してきたわけか。貴様らしい姑息《こそく》な策謀よな」

「姑息なんてひどいじゃない。狡猾《こうかつ》、とでも言ってちょうだいな」

「なるほど、狡猾か。女狐《めぎつね》に相応《ふさわ》しい言葉じゃ。妾《わらわ》も異存はない」

ころころと鈴の音のような笑い声をこぼすラミア、彼女の余裕ぶった態度の裏側には、自分がこの場で決して窮地に陥らない確信がある。

彼女の保有する『剪定部隊《せんていぶたい》』が、プリスカに暴挙を起こさせないという確信が。

──ラミア個人の所有する戦力『剪定部隊』は、ヴォラキア皇族がそれぞれ抱えている私兵団の中でもとりわけ強力であると有名だ。

もちろん、その大部隊がプリスカの屋敷を取り囲んでいるわけではないが、その部隊の存在自体がこちらに対する威嚇。――こうして余人を介さず二人きりでいようが、ここがプリスカの屋敷であろうが、姉妹の立場は決して対等ではないのだと。

無防備に見えるラミアは、決して『無防備』ではないのだという確信があるのだ。

「――――」

そのラミアの戦力と比べ、プリスカの有する戦力は、弱小のベネディクト家の頼りにならない私兵を除けばアラキア一人しかいない。

そういう意味では、この同盟の提案は不釣り合い極まりない。ラミアの方に、プリスカと組む利点がほとんど存在しないためだ。無論、真っ向からぶつかっては勝ち目のないプリスカを、自分に屈服させたいという嗜虐《しぎゃく》心は満たせるだろうが。

「――プリスカ、私はあなたを評価してるのよぉ。ベネディクト家なんてちっとも興味はないわ。あくまで、私の興味はあなた単体」

「――――」

「だからぁ、敵になる前に味方にしておくの。どうせ、最後には殺し合いになるでしょうけどぉ、だからこそ、そうなる前は……」

「手折られぬよう、守ってやろうと？　ずいぶんと思い上がった考えよな」

「だけど、それが嫌だから拒むなんて選択肢があるの？」

言いながら、ラミアが両手を広げ、十六歳という年齢に見合わない豊満な胸を揺らす。

そうして、彼女は真っ直《ます》ぐにプリスカを見据えた。

「私は、この日のために前もって備えてきた。歴代のヴォラキア皇帝の崩御した歳《とし》を考えれば、そろそろだと思っていたものぉ。想定より数年早かったけど誤差の範囲……他の、準備不測の誰とぶつかっても負ける気はしないわぁ。ただし」

「ただし？」

「あなたと、ヴィンセント兄様は別。ヴィンセント兄様は誰から見てもわかる脅威。だけどね、プリスカ。あなたは、脅威に見えない脅威だもの」

「――――」

「危ないのはわかってる。でも、どれぐらい？　どんな風に？　手を出して、噛《か》まれて初めて毒だとわかるんじゃ遅いのよぉ。だから……」

「妾《わらわ》を手元に置いて、眺めておきたいとでも？」

「別に、膝の上でも姉様は構わないわよぉ？」

スカートの内に隠れた足を組み替え、ラミアが己の腿《もも》を艶めかしく撫《な》でる。薄く微笑《ほほえ》むこの少女は、自分の美貌が他者を惑わす武器だと知っている。

多くの男が、彼女の肢体に触れるためなら道を外れることを躊躇《ためら》うまい。そう思わせる蠱惑的《こわくてき》な魔性がラミア・ゴドウィンには備わっていた。

姉妹であり、彼女を嫌悪するプリスカにその色香は通用しない。しかし、その色香とは別に、ラミアの提案は即座に却下できない価値があった。

故に、即断しないプリスカを見て、ラミアは満足げに頷《うなず》く。

「あなた相手にこれを言う機会があるとは思ってなかったわぁ。——今すぐ決める必要はないから、色好《いろよ》い返事を待っているわねぇ」

即断で断られなかった事実に唇を綻ばせ、ラミアがゆっくりと立ち上がった。

そのまま、彼女は悠然とプリスカへ背を向ける。まるで、その場で斬りかかってくることを期待するような無防備な姿だ。——否《いな》、プリスカがその挑発に乗らないことを、乗れないことを、殊更に強調するような態度と言えた。

「そうそう、次は返事を聞きにくるけどぉ……いつになるかはわかるわよねぇ？」

「文字通り、剪定《せんてい》が済んでからであろう？」

「ふふ。よくできましたぁ」

背中を向けたまま、首だけで振り返るラミア。その美しく忌々《いまいま》しい顔が扉の向こうへ滑り込み、音を立てて応接室の扉が閉まった。

「——女狐《めぎつね》め」

部屋の外まで見送ることもせず、出ていく背中にプリスカは呟《つぶや》いた。

どうせ、勝手知ったる我が家とばかりに案内不要で出ていくのだ。外で待機する『剪定部隊』が迎えれば、彼女の歩みを止められるものなど帝国にはいない。

「……姫様、よかったの？」

ラミアがいなくなり、プリスカ一人となった部屋で新たな声が発生する。それは、ぬるりとプリスカの影から抜け出してくる銀髪の少女、アラキアだ。

プリスカの傍付《そばづ》きであり、唯一の保有戦力とも言える彼女だけは、ラミアとの接見に影の中で同席させていた。もっとも、この状況でラミアが仕掛けてくる可能性は万に一つもなかったのだから、その警戒も保険以上の意味はない。

ラミアも、おそらくアラキアの存在には気付いていたことだろう。

「故に、良いも悪いもない。今、手出ししても得るものがない。業腹ではあるがな」

「……首は、手に入ったよ？」

「首と引き換えに失うものを考えよ。妾《わらわ》が言いつけておかなんだら、貴様、あれの首を落としておったろう」

「……わたし、あれ、嫌い。プリスカ様、馬鹿にする」

聞き分けのない子どものようなことを言うアラキア、彼女の瞳が静かな敵意に細められるのを見て、プリスカは上機嫌に頬杖《ほおづえ》をついた。

自分の感情に素直な娘だけに、慕ってくる姿は愛玩動物じみて見える。その愛らしい在り様こそが、アラキアを傍に置いている理由の一つでもあった。

その代わり、頭の血の巡りが少し悪いのが玉《たま》に瑕《きず》だが――、

「妾や兄上と比べるのも酷な話よ。そも、貴様は妾の言いつけは守る。それさえ破らなければ、そのまま健やかに伸びるがいい」

「――？　うん、はい、わかった」

わかっていなそうな返事だが、わかろうとする努力は欠かすまい。ならば、プリスカからはそれでよしとする。その上で、

「小細工を弄《ろう》する頭の回る女よ。しばらくは、あれの都合で動いていると見せておく。アラキア、貴様も勝手な真似《まね》をするでないぞ」

「――――」

「アラキア、返事はどうした？」

返事がないことを不審に思い、プリスカが形のいい眉を顰《ひそ》める。すると、その問いかけにアラキアは自分の前髪、一部分だけ赤いそれに触れながら、

「……わたしが、役立たずだったこと、怒ってる？」

「役立たず？」

「……ヴィンセント様の、青髪に負けた、から」

「――ああ、あれか」

不安げなアラキアの言葉を受け、プリスカは先日のこと――ヴィンセントが屋敷へ同行させた少年剣士、その剣技にアラキアが敗北したのを思い出す。

基本的に、プリスカ以外の物事に拘《こだわ》らないアラキアだが、その性質を支えているのが『精霊喰《ぐ》らい』の特性と、その戦闘力だ。その自信が同年代の少年に脅かされたことで、彼女はひどく怯《おび》えている。プリスカの役に立てないと、そう見限られることを。

だが――、

「たわけ」

「あいたっ」

しゅんと項垂《うなだ》れる額を指で弾《はじ》いて、プリスカはアラキアを涙目にさせる。その表情を愛《め》でながら、プリスカは「たわけ」と今一度重ねると、

「使い物にならぬ道具を手元に置き続けるほど、妾《わらわ》は愚かでも酔狂でもない。弁《わきま》えるがい、アラキア。妾の道具を、勝手に貶《おとし》めるな」

「……自分のこと、でも？」

「貴様、自分が自分のものとでも思っておるのか？」

「――――」

その言葉に、アラキアは目を見開くと、すぐに首を忙しく左右に振った。少し長めの獣の耳が揺れて、まるで元気よく尻尾を振っているかのようだ。

実際、尻の方の尻尾も激しく揺れていたので、気持ちは立て直したようだが。

「それで、プリスカ様……センテイ、って？」

「剪定《せんてい》とは、花や木の成長のため、不要な枝葉を落とすことよ。早い話、『選帝《せんてい》の儀』を正常に執り行うための雑務と言えよう。妾は些事《さじ》に関わるつもりはないが……」

「ない、けど？」

「ラミアは、率先してそれをやるであろうよ。――俗悪であるからな」

6

――『選帝の儀』とは、ヴォラキア帝国の皇帝が代替わりになる際に必ず実施されることになる儀式であり、その内情は壮絶な血縁同士の殺し合いだ。

ヴォラキア皇帝が帝国領土各地の有力者から妻を娶《めと》り、多数の子どもを作ることは前述の通り。そうして皇帝の血を引く多数の中から、次代の皇帝が選び出される。

皇帝の崩御を切っ掛けに始まる『選帝の儀』、それは次代の皇帝となる資格を有する人間が一人になるまで続けられる血の継承戦――すなわち、皇帝は必然的に兄を、姉を、弟を妹を、自分の血族を殺さなくては引き継げない。


――帝国民は精強たれ。


それがヴォラキア帝国全土に広がる教えであり、帝国民の在り方の根幹。

その規範たるヴォラキア皇帝と、その皇族が率先して示さなくてはならない鉄血の掟《おきて》。

それが『選帝の儀』の根底にある、血を流さずして終結しない儀式の本質だ。

「――だからといって、何百年も前から続いている因習を延々と続けるのも芸がない。時代が変われば物の見方も変わる。何事も、適応していかなければ」

そう言いながら、バルトロイ・フィッツはグラスに入った葡萄酒《ぶどうしゅ》を傾ける。

齢《よわい》二十七になるバルトロイは、先帝となったドライゼンの子の中で年齢的にちょうど中間に位置する。一番上は四十歳、一番下は十歳までいる六十人以上の兄弟。――だが、血を分けた兄弟たちの関係は決していいとは言えない。

ヴォラキア皇族に生まれついた以上、いずれ開かれる『選帝《せんてい》の儀』のことは常に頭の片隅にある。故に、兄弟同士が仲良くすることは稀《まれ》だ。

親しくなれば情が湧く。情が湧けば、いずれ殺し合う相手に冷酷になれなくなる。

それを恐れ、兄弟たちは疎遠に、あるいは互いを嫌い、憎み合うようになるのだ。

「と、それもひどく画一的な考え方だ。――ラミア、君もそう思うだろう？」

振り返り、バルトロイは訪問者である妹――美しい赤い瞳のラミアを見やる。

その呼びかけに、ラミアは「ええ」と薄く微笑《ほほえ》むと、

「バルトロイ兄様の考えには感心するわぁ。いったい、いつからこんなことを考えていたのかしらぁ」

「当然、少なくない時間を費やしたさ。なにせ、この忌むべき儀式自体が長年続いてきたものだ。錆《さ》びた鎖に素手で触れれば、掴《つか》んだ手を切りかねない」

その分、事前の備えを万端にしておくのが肝要だ。

感心した風に頷《うなず》くラミアを見ながら、バルトロイは自分の手を強く握りしめる。その手はドライゼンが焼死した現場で、同じ陽剣の柄《つか》を掴んではいない。

バルトロイはあの場で、『選帝の儀』への参加を辞退した立場だ。

バルトロイと同じように、陽剣を拒んで資格を失ったものは他に九人——それ以外は陽剣に挑み、生還したのが十一人と、失敗して陽剣に焼かれたのが十人。

最初に焼け死んだロンメルを含め、あの日に十一人の兄弟の命が失われた。正直、これ以上の犠牲は可能な限り減らしたい。

「そこで、私とラミアとの密約が活《い》きてくる」

「——私が帝位を得た暁には、バルトロイ兄様を含め、『選帝の儀』を辞退した兄弟たちを庇護《ひご》下《か》に置く」

「ああ、そうだ。そのために、他の九人を説得したのだから」

ラミアのこぼした言葉に、バルトロイは頷く。

バルトロイ以下の十名、脱落組とでもいうべき兄弟は、『選帝の儀』の始まる以前から資格の放棄を決めていたものたちだ。結局、説得し切れなかったものたちは陽剣に挑み、灼熱《しゃくねつ》にその命を奪われてしまった。だが、無駄な抵抗ではなかったはずだ。

本来なら失われるはずの十人、その命が陽剣に焼かれるのを防げたのだから。

前述したばかりだが、原則、ヴォラキア皇族の兄弟同士は親しくしない。しかし、バルトロイは自らその例外となるべく行動した。他の兄弟たちと積極的に交流し、悩みや相談事を持ちかけられる関係性を作り上げた。

——全ては、この『選帝の儀』のために。

「だけど、どうして私を選んだのぉ？　こう言ってはなんだけど、私なんて兄弟の中じゃ小娘だったでしょぉ？」

「決まっている。ラミア、今の私の考えは君が与えてくれた着想だったからだ」

「私が？」

「そうだとも。だから、君になら話が通じるものと思った。まだ幼かった君が言ってくれたんだよ。兄弟同士、傷付け合わない方法はないものかと」

何ができるか模索していた時期、まだ若造だったバルトロイには、幼い妹のこぼした儚《はかな》い夢のような一言がまさしく天啓に思えた。

以来、懸命に考え、走り続け、今のバルトロイがある。

「目論見《もくろみ》通りに『選帝《せんてい》の儀』が始まったが、君の勝利は動かない。君には、私を始めとした十人の兄弟が協力する。そうすれば……」

「――ヴィンセント兄様にも勝てる、でしょぉ？」

「ああ、そうだ」

ヴィンセントの名前に、バルトロイは喉の渇きを覚えながら頷《うなず》いた。

ヴィンセント・アベルクスは、バルトロイにとっても血の繋《つな》がった異母弟だ。しかし、その傑物ぶりは凄《すさ》まじく、良くも悪くも兄弟であるという実感に乏しい。

あらゆる知識や軍略に通じ、恐ろしく冴《さ》え渡《わた》る深謀遠慮を有するヴィンセントは、一時はヴォラキア貴族として最底辺まで家格を落としたアベルクス家を立て直し、自らの才覚と実力のみで上級伯へと押し上げた。

順当にいけば、最も皇帝の座に近しいのはヴィンセントだ。そういう意味では、バルトロイが話を持ちかける相手はヴィンセントであるべきだが――、

「ヴィンセントに、兄弟へかける情けは期待できない」

「それに、自分の力だけで勝利できる相手に取引を持ちかけるのは難しいものねぇ？」

「ラミアは本当に賢いな」

「ふふ、別に怒ったりしてないわよぉ？ だって、ヴィンセント兄様の次に、私に目があると思ってくれたってことでしょぉ？ 悪くない気分だものねぇ」

ラミアの自負と自尊心、そこから漏れる本音にバルトロイは苦笑する。

事実、そうだ。ヴィンセントを除けば、最も勝てる可能性が高いのはラミアだろう。

もちろん、その二人以外の九人の候補者も粒揃《つぶぞろ》いであるが、ヴィンセントに最も届き得る可能性が高いのがラミアだとバルトロイは考える。

――もう一人、気になる妹がいるにはいるが、彼女もまたヴィンセントと同じ性質。

「幼くとも、ヴォラキア皇族としての資質は十分……」

もしも、『選帝の儀』の開催が五年遅れていれば、その妹も十分に帝位争いの舞台に上がれる土壌を整えていただろう。だが、そうはならなかった。

そうはならなかったから、バルトロイはラミアにこの話を持ちかけたのだ。

「そうそう、バルトロイ兄様、今後のことなんだけどぉ」

「――ん、すまない。考え事をしていた。今後のことか。確かに重要だ」

帝位争いの資格を放棄させた九人の兄弟、彼らにも今後の動きを伝える必要がある。

現状、九人にはバルトロイが誰と手を結んでいるのかも秘匿した状態だ。

『選帝《せんてい》の儀』という、ヴォラキア帝国で最も重要視される儀式を壊しかねない策謀――どこから情報が漏れるかわからない。慎重に慎重を期す必要があった。

とはいえ、その苦労も報われる日が近い。――約束は、守られるはずだ。

「兄弟たちを助けるためとはいえ、陽剣に挑ませてすまなかった。もし、あの場で……」

「私まで燃えちゃってたら、大変なことになってたわよねぇ」

「違いない。いや、笑い事じゃないんだが」

首を横に振り、バルトロイは苦笑しかけた自身を戒める。先ほどから感じている喉の渇きを潤そうと、空にしたグラスに再び葡萄酒《ぶどうしゅ》を注《つ》いだ。

大役を果たした達成感からか、酒の進みがやけに早い。こうしている間にも、自分と血の繋《つな》がった兄弟が命の奪い合いをしている現実、そこから目を背けたいのか。

ごくごくと、喉を鳴らして酒を嚥下《えんげ》し――、

「ところで、バルトロイ兄様。私、少し思ってることがあるんだけど……」

「うん？　なんだい？」

「人間が身の丈以上の力を出すには、怒りと必死さが大事よねぇって話」

「怒りと、必死さ……？」

急に何を言い出したのかと、バルトロイはソファに座りながらラミアを見る。ラミアは変わらぬ姿勢のまま、細い指を二本立てて、「ええ、そうそう」と頷《うなず》く。

「バルトロイ兄様が集めてくれた九人……状況が状況だものぉ。きっと、みんな必死になって協力してくれるわよねぇ。でも、中には怯《おび》えてしまう人もいるでしょう？」

「……争いが、得意じゃないものの集まりだからね」

「だけど、一丸とならないと私たちの目的は果たせない。だから、その怯えを忘れられるぐらい、強烈な怒りが必要なのよぉ。例えば……」

「たと、えば……？」

ラミアの蕩《とろ》けた声が、妙に遠く聞こえる気がする。

バルトロイは頭の重さと、世界の希薄さを感じながら、ゆらゆらと頭を前後に揺する。やけに喉が渇く。足りない、足りないと酒を注ぐ。グラスから、酒が溢《あふ》れる。

やがて、グラスが倒れて、絨毯《じゅうたん》に赤紫の液体が染み込んでいく――、

「――例えば、みんなが頼りにしていた優しいお兄様が、卑劣な罠《わな》で命を落とすとか」

ラミアの声が、聞こえない。

喉が渇く。喉が渇く。酒が飲みたい。――ラミアの、土産の酒が。

「――――」

酒が――。

7

酒の染み込んだ絨毯《じゅうたん》の上、倒れるバルトロイをラミアが見下ろしている。

すでに呼吸は止まり、兄は身じろぎ一つしない。

ふと、伸ばしかけた爪先を引いて、ラミアは自分のグラスを取ると、一口も口を付けていない中身を床のバルトロイへ浴びせかけた。

——結果、兄はピクリとも動かない。

「まあ、驚いた。……本当に、何の対策もしてなかったのねぇ」

最後の最後までバルトロイが死を装っている可能性を捨ててはいなかったのだが、そんな警戒も無意味なほど呆気《あっけ》ない、無警戒の果ての死だった。

ラミアは空になったグラスを床に投げ捨て、兄の亡骸《なきがら》に紅《くれない》の瞳を細める。

「何年もかけて自分の犬死にの準備をしてきたなんて、本当に愚かなお兄様」

何を勘違いしていたのかと、ラミアには本気でバルトロイの思惑が掴《つか》めない。

彼は、ラミアが天啓を授けてくれたなどと言っていたが、ラミアからすれば、純朴な妹を装って彼の背中を押しただけだ。それも、自分の都合のいい方向へ。

その結果、まさか競合相手を十人も減らしてくれるとは思わなかったが。

「どうせ、陽剣に触れたら焼け死んでいた十人でしょうけどねぇ」

ただ、血縁であるというだけで助けたがったバルトロイの思考が理解できない。そもそ

も他者を救おうなんて傲慢《ごうまん》な考え、力のある人間にだけ許される遊びだ。

強者におもねり、その温情に縋《すが》ろうと知恵を絞った時点で、バルトロイは自分の願いを叶《かな》えるための最善の方法を自ら投げ捨てていた。

「だから、死んでしまう羽目になるのよ、バルトロイ兄様」

――帝国民は精強たれ。

それがヴォラキア帝国の不文律、強者が弱者を虐げる権利を認める鉄血の掟《おきて》。その掟の前ではヴォラキア皇族であろうと、弱者は強者に喰《く》われるしかない。

そうして喰われた弱者の『死』は、強者の理屈で自由に使われるしかないのだ。

「――閣下、無事に制圧済んでございます」

死者を見下ろすラミアの背に、掠《かす》れた男の声がかかる。

客人としてラミアを迎えたバルトロイの屋敷、応接間に姿を見せたのは屋敷の人間ではなく、ラミアの関係者だ。

その豊かな髪を白くして、理知的な瞳を収めた顔に深い皺《しわ》を刻んだ老齢の男。ラミアを閣下と、ヴォラキア帝国における最上の尊称で呼んだ彼こそが、ラミア・ゴドウィンの陣営における作戦参謀――、

「――ベルステツ、ご苦労様。そっちは問題なかったでしょうねぇ？」

「滞りなく。閣下のご指示通り、バルトロイ様は屋敷に最小限の人員しか配置しておられませんでしたので」

「ふーん、そう。……血の繋《つな》がった兄妹《きょうだい》だけれど、擁護のしようがないわねぇ」

「――――」

ベルステッと、そう呼ばれた老人が恭しく頭を下げ、沈黙する。

使える人間は余計な口を開かない。ラミアは老いた人間が嫌いだったが、それは老いた人間に無能が多いことが原因だ。有能なら、存在することは構わない。

老人はすぐに喋《しゃべ》るから、黙らせておくに越したことはないとも思っているが。

「そういう意味で、お父様の潔さには感心してるわぁ。引き際がみっともないと、全盛期の功績さえも容易《たやす》く陰るものだものぉ。そうはなりたくないわねぇ」

どれほど精強であろうと、老いは人間を耄碌《もうろく》させる。そうなる前に頂点を挿《す》げ替《か》える帝位継承の仕組みは理に適《かな》っていると、ラミアはそれを評価していた。

自身も老いて、この知性も美しさも衰える前に命に幕引きしたいものだ。

「まぁ、それもできるだけ引き延ばすつもりではいるけどねぇ」

「――。では、以降も計画通りに進めます。よろしいですか?」

「ええ、そうしてちょうだい」

ラミアの述懐には付き合わず、ベルステッツは次なる仕事の裁可を求める。それを咎《とが》めずに頷《うなず》き返し、ラミアは片目をつむった。

バルトロイは倒れ、彼の説得に応じた愚かな兄弟たちは旗頭を失った。

すでに『選帝《せんてい》の儀』に参加する資格もない以上、右往左往する彼らは新たな導き手――

ラミアの言いなりになるしか道はない。

「バルトロイ兄様が集めた顔ぶれでしょぉ？　みんな頭が空っぽでしょうから、兄様の死の話を聞かせれば、簡単に丸め込めると思うわぁ」

己の器を見誤り、陽剣に挑んで焼け死んだ兄弟と同等の愚かしさ。

それがバルトロイに対する、ラミアの正直な見解だ。ただし、その愚かしさがラミアに利する結果を生むという意味で、その命には確かな価値があった。

「ねえ、バルトロイ兄様。別に私は兄様のことを憎いと思っていたわけじゃないのよぉ」

退室する前、ラミアは兄の亡骸《なきがら》を振り返り、顔を伏せたバルトロイに声をかける。

当然、返事はない。ラミアも、特にそれを求めていない。

これは懺悔《ざんげ》や謝罪ではなく、単なる報告だった。

「ただ、兄様が一番小娘の話に感化されやすくて、操りやすかっただけ」

それも、幼いうちからいくつも用意した布石の一つに過ぎなかったと、そういう報告。

それだけを死者への手向けとし、ラミアは頭を下げる参謀にあとを任せ、悠然と部屋から退室した。扉を抜け、竜車に乗り込む頃には兄の顔さえ忘れる。

そして――、

「さあ、剪定《せんてい》は済ませてあげたわよぉ。――この先が楽しみねぇ、プリスカ」

嫣然《えんぜん》と微笑《ほほえ》むラミアの関心は、すでに次の対象へと移っているのだった。

8

――『選帝《せんてい》の儀』とは、言い換えれば帝国内部で起きる内戦だ。

次代の皇帝の座を争い、ヴォラキア皇族が自らの戦力と智謀《ちぼう》知力をぶつけ合うのだから、国土の全てが戦場であり、決戦場となるのが通例だった。

当然だが、内戦の間、他国との緊張状態はより一層強まる。

国内での足並みが乱れ、国力の低下が免れない以上、それは自然の成り行きだ。

数十年前、隣国であるルグニカ王国で大規模な内戦が発生した際、彼《か》の国もヴォラキアを始めとした他国の侵略を警戒していた。それと同じことだ。

そして、決してそればかりが原因ではないだろうが、『選帝の儀』を発端とした内戦は基本的に早く終息する。――年単位、皇帝の座を空位にしてはいられない。

そうした考えが働くからなのか、『選帝の儀』は長くとも一年以内に決着する。

つまり、何が言いたいかと言えば――、

「――ここが、『選帝の儀』の佳境というべきであろうよ」

完成した包囲網を見やり、プリスカは赤い扇を自分の唇に当てながら呟《つぶや》いた。

低い山の頂に組まれた陣の中、プリスカの周囲を固めるのはベネディクト家の有する私兵団だ。プリスカの趣味で具足を赤に統一した兵士たち、彼らは精兵と呼ぶにはいささか頼りなく、実戦不足であり、錬度も低い。ただ、士気だけは高かった。

「無能は無能なりに、妾《わらわ》の指示が行き届けばそれでよい。アラキア、いるな」

「……ん、お傍《そば》に」

プリスカの呼びかけを受け、赤拵《あかごしら》えの私兵の隙間からアラキアが現れる。その少女の突然の出現に、気配を全く悟れなかった私兵団は動揺する。

その動揺を手で制し、プリスカは姿を現したアラキアに目を向けた。

普段通り、露出の多い装いに細い枝を手にした戦闘態勢だ。全身鎧《よろい》の私兵たちと比べると頼りない装備だが、アラキアの格好《かっこう》にはちゃんと理由がある。

以前、ヴィンセントが連れた少年剣士に揶揄《やゆ》されたが、アラキアが肌の大部分を露出しているのは、『精霊喰《ぐ》らい』という特性を最大限に活《い》かすためだ。

彼女曰《いわ》く、微精霊は自然との調和を好むため、人の手が入ったモノを敬遠する。

故にアラキアは肌を晒《さら》し、裸体に近い格好をすることで『精霊喰らい』たる自分の周囲に微精霊を引き寄せ、糧としているのだと。

全てはアラキアが、自分の能力を最大限に発揮するためのこと。そのために肌を露《あら》わにする必要があるなら、いくらでもすればいいとプリスカは考える。

「これが醜ければ考え物であるがな」

「――？　姫様、どういう意味？」

「貴様は美しい、という話じゃ。妾の鑑賞に堪え得る程度にはな」

「……ありが、とう？」

唐突に容姿を褒められ、アラキアは釈然としない様子で首を傾《かし》げた。プリスカも、この話題をそれ以上掘り下げるつもりはない。

それ以前に、余談をいつまでも続けている場合でもなかった。

「閣下！　ご報告が！」

そう言って、プリスカの下へ伝令が駆け込んでくる。

赤い具足を揺らし、私兵の間を抜けた伝令はプリスカの前に跪《ひざまず》き、書状を献上した。それをアラキアが受け取り、結びを解いてプリスカへ引き渡す。

その受け取った書状に目を通し、プリスカは「ふん」と鼻を鳴らした。

「これを貴様に持たせたのは？」

「は。ゴドウィン家の参謀、ベルステツ・フォンダルフォン伯です！」

「ベルステツ……あの老骨か」

思い当たる顔と名前を照合し、プリスカは片目をつむった。

基本的に、プリスカの頭は塵芥《ちりあくた》を記憶しない。そのプリスカの記憶に残る以上、ベルステツは覚える価値のある相手ということだ。

邪毒のような策謀を好むラミア。その悪魔めいた智謀《ちぼう》は当人の資質もあるが、それを支え、才を伸ばした人間の影響も少なくない。ベルステツがそれに当たる。

ラミアという毒花に水を与え、大輪を花開かせた庭師の一人だ。

「姫様、お手紙、なんて？」

「大したことではない。このあとの城攻めにあたり、妾《わらわ》たちに後詰めに回れと」

「ゴヅメ……」

「つまり、戦いを後ろで見ておれということよ」

　書状の内容を聞かせてやると、アラキアの表情が徐々に変化する。最初は無理解に眉を顰《ひそ》め、次に目を丸くし、最後には不満そうに頰《ほお》を膨らませた。

「……姫様、もしかして、わたしたち、馬鹿にされてる？」

「恥を掻《か》かせる目論見《もくろみ》はあろう。あの女狐《めぎつね》なら嫌がらせの手を緩めることはせぬ。じゃが、それで勝機を危うくするほど向こう見ずではない」

「それなら？」

「事実、妾たちの手を借りずとも勝てると踏んでおるのだろうよ。もっとも、あれがそう考えるのも無理からぬ布陣と言えるがな」

　そう言って、プリスカは苛立《いらだ》つアラキアを宥《なだ》めながら、軽く周囲へ顎をしゃくる。その動きにつられ、視線を誘導されたアラキアの瞳にいくつもの軍旗が映り込む。

　それはプリスカの陣地と同様の、複数の陣地に配置された私兵団――ラミア・ゴドウィンの呼びかけに従い、集まった六人の資格者による混成軍だ。

　ラミアはプリスカへ持ちかけたものと同じか、あるいは異なる条件かは不明だが、とにかく他に四人の兄弟と話をし、今回の計画を企てた。

　その計画とは――、

「――ヴィンセント・アベルクスの包囲網」

　遠く、森を挟んだ位置にあるアベルクス家の所有する居城。

　混成軍に囲まれる城を、切り立った崖の上から見下ろして、プリスカは最も脅威となるであろう兄の窮状の一因になりながら目を細める。

　道理に適《かな》った策だった。

　次期皇帝の座に最も近いヴィンセント、彼を早々と盤上から追い落とすためなら、本格的に関係の断絶する前の兄弟と手を組むこともできる。

　他ならぬプリスカも、その計画の一翼に加わった立場だ。

　その戦力差は歴然、攻城戦は攻め手の戦力が守り手の三倍必要であるというのが通説であるが、単純な数なら五倍以上の兵力差がある。

　錬度の低いプリスカの私兵団が士気を高く保てるのも当然だ。自分たちの側が圧倒的に有利であるとわかっていれば、怯《おび》えて竦《すく》む理由などどこにもない。

　業腹ではあるが、ラミアの計画は包囲網の形成という意味で一分の隙もなかった。

　あとは――、

「――兄上が、女狐の作った狩場でどれだけ抗《あらが》えるか次第、じゃな」

9

――ラミア・ゴドウィンは不世出の傑物である。

それが、ゴドウィン家の『剪定部隊《せんてい》』に加わっている兵士たちの信仰だ。揃《そろ》いの具足に身を包み、その両手に大鋏《おおばさみ》を構える『剪定部隊』の恐ろしさは、ヴォラキア帝国に広く大きく知れ渡っている。

その武名が拡大したのは、ラミアが御年九歳だった七年前へ遡る。

当時、ゴドウィン家は傘下の中級伯に反乱を起こされ、領地の半分近くを切り取られる大打撃を受けていた。

強者が尊ばれるヴォラキアでは、豚への忠誠よりも狼《おおかみ》の反骨心が歓迎される。故に、反乱の鎮圧に苦戦するゴドウィン家を救おうという外野は存在しなかった。

そのゴドウィン家の窮地を覆し、反乱を一挙に鎮圧したのがラミア・ゴドウィンだ。

彼女は玉砕を視野に入れ始めた当主を病気を理由に隠棲《いんせい》させると、代わりに家の実権を握り、その智謀《ちぼう》を振るって中級伯の軍勢を圧倒。中級伯を唆《そそのか》し、反乱を起こさせた黒幕までもを暴き出し、帝国に語り継がれる究極の見せしめを行った。

そのために編成されたのが『剪定部隊』であり、のちのゴドウィン家の切り札だ。

全員が顔の見えない装備を纏《まと》い、携えた凶悪な大鋏で容赦なく敵を切り刻む。人間の尊厳と戦士の矜持《きょうじ》を破壊する残酷な所業、敵対者への凄惨な報復行為の全貌は瞬く間に帝国全土へと伝わり、ラミア・ゴドウィンの名は轟《とどろ》き渡った。

部隊の全員が血も涙もない冷酷な兵士、まともな神経の人間をそんな存在に作り変えるためには、それこそ支配に近い崇拝、信仰を抱かせる必要がある。

それを少女はやってのけた。故に、『毒姫』ラミア・ゴドウィンは傑物なのだ。

それに付き従い、『毒姫』の思い描く展開を実現することが『剪定部隊』の本懐――。

「――」

それは半ば、思考放棄と運命論に囚《とら》われている人間の在り方だったが、そうでなくては己の心を守れないのも事実――『剪定部隊』は、正気では成り立たない。

正気を奪い、常軌を逸した行動を正義であると認識させ、実行させる。

それは紛《まぎ》れもなく、上に立つものの資質であり、能力であった。

故に――、

「――ヴィンセント・アベルクスを討つ！　ラミア様のために！」

「――ラミア様のために!!」

轟然《ごうぜん》と声を揃えて、『剪定部隊』が一挙に敵陣へと攻撃を仕掛ける。

その『剪定部隊』の突進に合わせ、混成軍もアベルクスの城を目指して走り出した。

足踏みが地響きとなり、大地が揺れる錯覚の中、アベルクスの私兵団は動かない。居城での籠城戦は常道だが、この戦力差では下策も下策。

あるいは籠城は戦う覚悟ではなく、諦念と絶望がさせた選択だったのかもしれない。

だとしたら、その絶望は『剪定部隊《せんていぃ》』の踏み込みを強くさせる一因にしかならない。

「──覚悟!!」

と、咆哮《ほうこう》と共に最初の一団が敵陣へ切り込んで──、

「──いやぁ、皆さんの気概、いいですね。嫌いじゃないです、むしろ好き」

瞬間、突風が吹き抜けたと、先頭の一団は誤認した。

そのぐらい、真正面から飛び込んできた『何か』の速度は圧倒的で、目で捉えられる限度を超越していたのだ。

しかし、その突風の結果は誤認のしようがないほど明快に訪れる。

「──ぁ」

不意にぐらりと視界が揺らいで、『剪定部隊』の多くが足を止め、自分の頭に手をやった。大鋏《おおばさみ》を取り落とし、ふらつく頭を支える。だが、無理だ。

頭を支える首が、鮮やかな一閃《いっせん》によって断たれてしまっているから。

「────」

頭部を支え切れず、唇から声にならない声が漏れる。

そのまま、首を断たれた一団が倒れるより早く、走り抜ける後続に突き飛ばされ、蹴倒され、踏みつけにされて頭と胴が泣き別れだ。

そうして、先頭集団が斬り込まれたことに後続が気付く頃には遅い。

「戦場では直感、判断力、剣の腕、あらゆる意味で速度が重要です。その点、僕はかなりのものだと自負していますが、皆さんは少々後手に回りすぎですね？」

動揺が周囲に伝染するのと、銀閃が死を蔓延《まんえん》させるのとは速度に差がない。

気付いたときには殺されていて、恐ろしい剣客が集団に紛《まぎ》れていると知れ渡った頃には、落とされた首は十の位では足りなくなってしまっていた。

「いやはや、すごい、さすがは閣下！　望みの刀を与えてくだされば、僕の戦働きが倍増するとわかっていらっしゃったような顛末《てんまつ》！」

そう言って、刀身に付着した血を払い、快活に笑ったのは青髪の少年だ。

明るい桃色のキモノ姿にゾーリを履いて、二本の刀を腰から下げた優麗な美少年――それが多くの死を運んだ死神と、一目でわかる濃密な剣気を纏《まと》っている。

『剪定部隊』を戦慄が支配し、大鋏が一斉に少年へと向けられた。

「油断をするな！　取り囲んで、確実に断て！」

「おや、立て直しの速さは大変結構。いいですね。僕も、待望の見せ場で斬る相手が巻き藁《わら》同然とあっては華がないと思っていました。ここは一つ、斬られ役にも勢いがなくては主演の活躍が陰るというもの！」

「頭のおかしいガキが……！　お前、ヴィンセント・アベルクスの……」

「頭がおかしいとはこれまたひどい。ですので、後者の問いに答えておきましょう。それは肯定します。是《ぜ》です。いかにも、その通り！」

己を取り囲む『剪定部隊《せんていぶたい》』を見回しながら、少年が大きく首を巡らせ、刀を構える。あまりに実戦的ではないその構えは、戦いではなく、見得《みえ》を切るための構えだ。

そして実際、少年は力強くゾーリで土を踏むと、朗々とした声で言い放つ。

「僕の名前はセシルス・セグムント！　ヴィンセント・アベルクス閣下の懐刀にして、いずれはヴォラキア一の剣士と謳《うた》われるもの！　そして、この世界の花形にして主演役者。あなた方を斬り倒し、閣下の道行きを祝福する帝位の贈呈人です」

「――――」

「おや？　予定ではここで拍手喝采のはずなのですが……照れなくていいんですよ？」

首を傾《かし》げ、少年の頭の後ろで括《くく》った髪が揺れる。

しかし、少年――セシルスの望んだ拍手が響き渡ることはついぞなく、代わりに爆発したのはコケにされた『剪定部隊』の怒りだけだった。

大鋏《おおばさみ》が残酷な音を奏で、突っ込んでくる猛者の群れにセシルスは指で額を掻《か》き、

「やっぱり、相手に名乗らせるより先に、自分が名乗ったのが失敗でしたかね？」

と、ズレた解決法を思案しながら、刀を振るって大鋏を迎え撃つのだった。

10

「――ゴドウィン家の精鋭、アベルクス勢と激突しました！」

ついに合戦が始まり、眼下から大気を鳴動させるような鬨《とき》の声《こえ》が届く。

悪趣味極まりないラミアの私兵団『剪定部隊』を先頭に、ヴィンセント包囲網は着実にアベルクスの居城へ迫り、戦線を押し上げていく流れだ。

とはいえ――、

「本来、早々に突破するはずの前線が崩れなんだは、あの剣士の力量か」

音を立てて扇を閉じ、プリスカは最前線の戦いに紅《くれない》の目を凝らす。

遠く、豆粒のようにしか見えない戦場だが、プリスカの目にはそこで圧倒的な剣力を振るい、軍勢を押しとどめる恐るべき剣の冴《さ》えが映っていた。

『選帝《せんてい》の儀』が始まる前、わざわざヴィンセントが見せびらかしにきた隠し玉だ。その力量がアラキア以上であるとわかってはいたが。

「――こうして見れば、圧巻じゃな」

文字通りの一騎当千、一人で軍勢を押しとどめるなど、信じ難《がた》い戦果だ。

ヴィンセントの籠城に対し、五倍の兵力を用意したラミア。しかし、兵力差の理屈はあくまで兵士の質が一対一で比較できる場合で、一騎当千――一人で千の兵士の働きをするものがいた場合、全く当てにならなくなる。

「……うずうず」

「アラキア、あれがそんなに気になるか？」

そのプリスカと同じものを見ながら、待機を命じられたアラキアが唇を歪《ゆが》めている。彼女はプリスカの言葉に「うん、はい」と答えると、

「いっても、いい？」

「いいと言ってやりたいところじゃが、許さぬ。このまま、妾《わらわ》の傍《そば》についておれ。この戦場で、あの剣士との再戦は叶《かな》わぬかもしれぬが……」

「……しれぬが？」

「——貴様の力は、必要になる」

そう言い切るプリスカに、不満げだったアラキアの表情が変わる。彼女は目をぱちくりさせると、それまでのふやけた顔を戦士のそれと切り替えた。

それでいい、とプリスカは顎を引いて、手近な兵士に小勢の編成を命令する。

今、激突している両軍の人数からすれば、誤差程度の微々たる数だ。その小勢を連れ、プリスカは陣地から出陣する準備を整える。

すると——、

『プリスカ、いずこへ行く？』

「——」

不意に投げかけられた声に、プリスカは片目をつむった。

周囲はそんなプリスカの反応に気付かない。届いた声にも無反応だ。何故《なぜ》なら、その声は彼らには届いていない。直接、プリスカの意識へ届けられたものだからだ。

念話とでもいうべき一方的な意思疎通、それを実行し得る知己は一人しかいない。――プリスカと同じ立場で、この戦場に参加する『選帝《せんてい》の儀』の資格者。

『不躾《ぶしつけ》じゃな、パラディオ。貴様、誰に断って妾に話しかけておる？』

『――。姉妹との会話に許可がいるとは思わなんだ』

慣れるのにコツのいる念話だが、プリスカは即座に相手に切り返した。そのことに、話しかけた側がわずかな動揺を得たのがわかる。

大方、突然の念話に動揺する相手の精神的優位に立つ、それが狙いなのだ。

『ずいぶんと姑息《こそく》な真似《まね》をする。手品と小細工の魔眼族ではそれが限界か？』

『……ラミアに後詰めを命じられたはず。勝手な行動は慎むがよい』

『言いなりのお人形とは可愛《かわい》らしいものじゃな。何なら、妾が貴様の服も着せ替えてやってもよいぞ。――もとより、女狐《めぎつね》の掌《てのひら》で踊るつもりなどない』

『……この状況で裏切るつもりか？』

『は。いよいよ以《もっ》て笑わせる。妾は、穴を埋めにゆく』

声の主――パラディオの困惑が念話越しに伝わってくる。

心の声で会話する念話は、その心情を隠しづらいのが明確な欠点だ。精神的に脆《もろ》いものほど、念話でその心の内がつまびらかになる。パラディオも例外ではない。

もっとも、パラディオにもプリスカの侮蔑と嘲弄が剥《む》き出《だ》しで伝わっただろうが。

『今のがわからぬ輩《やから》に解説してやるつもりはない。好きに報告せよ』

『兄を兄とも思わぬ不敬。プリスカ、貴様が嫌いだった』

『安心せよ。今の失言で、貴様の首は妾《わらわ》が手ずから刎《は》ねると決めた』

嗜虐《しぎゃく》的に笑い、プリスカは鼻白む気配と一方的に念話を打ち切る。それでも、相手の意識に直接乗り込んでくるのがパラディオの異能だが、反撃はなかった。

臆病者め、とプリスカはその弱腰を内心で嘲笑《あざわら》う。

体の一部に魔眼を宿し、特殊な異能を授かる魔眼族。――それ自体は稀有《けう》な才能の発露だが、扱う側の性根があれでは宝の持ち腐れというものだ。

「……姫様？」

「なに、監視役を気取った密告屋を躾《しつ》けたところよ。準備はよいな？」

確認にアラキアが頷《うなず》くと、プリスカは紅《くれない》の瞳を細めて、畳んでいた扇を開いた。扇が風を切り裂く音がやけに大きく響いて、小勢の注目がプリスカへ集まる。

それらの前で堂々と、プリスカは戦場――大軍同士が激突する最前線と、全く関係のない方向へ腕を向けた。

そして――、

「――ヴィンセント・アベルクスを討つ。貴様らはただ、妾についてくるがいい」

11

「――閣下、お足下にご注意ください。ぬかるんでございます」

鬱蒼《うっそう》と生い茂る木々の隙間を抜け、すぐ傍らを歩く美丈夫を先導する。足下に注意するよう呼びかけたのは、長身痩躯《そうく》の黒ずくめの青年――チシャ・ゴールドだ。

屈強な精鋭が周囲を固める中、主《あるじ》の一番傍《そば》を歩くチシャは内心で自分が貧乏くじを引いたことを大いに悔やんでいた。

元々、チシャは帝国貴族や、アベルクス家に仕える家の出身者ではない。

平凡な帝国民の一人であり、ヴィンセントの傍付きとして召し抱えられたのも、街道で立ち往生する竜車の手助けをした際、それがたまたま皇子のものだった偶然の産物。

溝に車輪を取られた竜車を動かすために披露した算術、変わり者のヴォラキア皇族はそれがいたく気に入ったらしく、チシャの身柄はその場で摘み取られた。

以来、不向きであると自覚しながらも、チシャはヴィンセントに付き従ってきた。

その不向きの最たるものがこの戦場――否《いな》、『選帝《せんてい》の儀』と呼ばれる帝位継承の戦いだ。どうして自分がここにいるのかと、自問する夜を何度越えたことか。

とはいえ、他にこの大役を任せられる人間はいない。細かな指示をするのは面倒だし、主人からの信頼の問題もある。信頼という意味ではセシルスもいい線いっているが、あの馬鹿犬に作戦内容を厳密に守れと言いつけても無理な話。

結局、チシャの思いついた計画はチシャ自身が実行するのが得策とわかる。

「浮かない顔だな、チシャ。常日頃から悪い顔色がより悪く見えるぞ」

「……ええ、そうでございましょう。当方、我が身を嘆いておりますところで」

「ほう？　何故《なぜ》、嘆く」

「それはもちろん、命懸けの計画など当方の趣味ではありませんのと、献策のみならず、同行までするとはますます当方らしくないと」

やれやれと、チシャは丁寧に撫《な》で付《つ》けた己の黒髪に触れ、大げさに嘆く。

低く咳《せ》き込《こ》むようなチシャの声色だが、不思議と聞き取りにくいと言われたことはない。現状も小声での会話だったが、それを聞く主人は愉快げに喉を鳴らしていた。

笑っている場合ではない、とその頭を小突けたらどれだけ痛快だろうか。もちろん、それをやるにはチシャは理性的すぎるし、相手が大物すぎるのだが。

――遠く、戦場で交わされる剣戟《けんげき》と怒号が聞こえる。

奪うことと守ることと、互いの主義主張が激突する命の炸裂《さくれつ》。それらが中心としているのは紛《まぎ》れもなく、今、チシャのすぐ傍らに立つヴィンセント・アベルクスだ。

『選帝《せんてい》の儀』が始まり、下馬評で最も帝位に近いとされたヴィンセント。当然ながら、他の候補者の的にされることは予想がついたが、実に苛烈な包囲網だ。

この攻撃力に晒《さら》されるのは、想定していた中でも最上位の危険度に位置する。

だが――、

「あくまで、当方の想定に収まる範疇《はんちゅう》。なれば、事態の推移はこちらの掌《てのひら》……」

「――なるほど。兄上も悪くない手駒を集めている。褒めてつかわす」

「――――」

進路上、囁《ささや》くようなチシャの言葉を遮ったのは、鼓膜を打つ炎のような声だった。

それを炎と錯覚したのは、一瞬、確かに思考が焼き尽くされたからだ。その少女の声は強く圧倒的で、全てを呑み込み、焼き尽くす自信に満《み》ち溢《あふ》れていた。

そのことに息を呑《の》み、頬《ほお》を硬《こ》くしたチシャの視線の先、暗闇から一団が現れる。それは傍らに銀髪の少女を連れ、赤拵《あかごしら》えの兵士を背後に従えた紅《くれない》の姫君――。

「――プリスカ・ベネディクト」

堂々と姿を見せた少女、プリスカにチシャは己の喉の渇きを自覚する。敬称を忘れた呟《つぶや》きだったが、当のプリスカはそれを咎《とが》めない。――否《いな》、眼中にないのだ。

彼女は驚愕《きょうがく》するチシャを飛び越え、その傍らに立つヴィンセントを見つめる。

そして、血塗られた兄妹《きょうだい》は互いの視線を交わし、唇を緩めた。

「よくきたな、プリスカ。息災だったか？」

「当然であろう、兄上。ここで兄上の首が落ちれば、より気分が上向こう」

それは、互いを認め合った兄妹の埋められない断絶と、血の香りがする再会を意味する微笑の交換であった。

12

——『選帝の儀《せんてい》』が始まって三ヶ月、早くも帝国内戦は佳境を迎えつつあった。

次代のヴォラキア皇帝の座を継ぐ資格を持った候補者たちが集い、最有力候補とされていたヴィンセント・アベルクスを狙い撃ちにする包囲網の展開。

いずれも、武名劣らぬ私兵団を投入した戦いは、アベルクス上級伯の領土を血で染め、戦場には死と破壊の香りが蔓延《まんえん》していく。

飛び交う怒号と怨嗟《えんさ》の絶叫は、この流血の内戦がどれだけ悲惨で、過酷なものであるかを如実に反映している。正常な神経の持ち主ならば、誰もが目を背け、心に重たい傷を負うこととなるだろう惨状。——だが、限られた人員はそうではない。

次代のヴォラキア皇帝となるべく、為政者の志を宿したヴォラキア皇族。

そのヴォラキア皇族に仕え、彼らの矛《ほこ》として、盾としての役割を負った忠臣。

あるいは破滅的な自己性を御され、自らの欲得のためのみに力を振るう逸脱者。

そうした、ある種の選ばれたモノたちは、自分たちのすぐ横で繰り広げられる惨状、命が煌《きら》めき、散っていく光景に何ら心を動かさない。

そういった常外の精神性の持ち主でなければ、辿《たど》り着《つ》けない領域がある。

——それが超越者の資質であり、支配者や、それに準じる資格を有するモノたちだ。

深い森の中、互いの陣容を後ろに敷きながら堂々と向かい合う男女。血を分けた実の兄《きよう》妹《だい》も、その例外ではない。――否《いな》、むしろ、この二人こそが最たるモノだ。

この瞬間、両者の意識の中には互いの存在しかない。自分たちの存在が、多くの人間の命を左右し、帝国の未来を決定するとわかっていて、その態度を貫き通す。

その我道の行き着く先が、ヴォラキア帝国の未来であると、そう見透かして――。

「――ふ」

向かい合う兄妹、ヴィンセントとプリスカの再会は、迅雷の如《ごと》く苛烈だった。

深緑の景色の中、再会の挨拶を交わした兄妹は示し合わせたように手を伸ばす。次の瞬間、両者の手にはそれぞれ、赤々と輝く美しい宝剣が握られていた。

――世界に存在する、比類なき力を持つとされる十本の魔剣。

『陽剣』はその中の一振りであり、資格者以外が触れれば立ちどころに魂まで焼き尽くされる魔剣だ。代々ヴォラキアの皇帝に受け継がれてきたとされる陽剣、それが『選帝の儀』の間だけ、資格者たちの人数分現れる理由は知られていない。

だが、複数ある陽剣の輝きがそれで陰るかと言われれば、断じて否だ。

「――――」

二振りの陽剣は太陽の如く、薄暗い森の闇を眩《まばゆ》く切り裂いた。

プリスカとヴィンセント、陽剣を手にした両者が軽やかに前進し、舞い踊るような流麗さで剣撃を交差、生まれる赤と白の光が森を包んだ。

それは二種類の炎が絡み合い、その熱量を高めていく美しい光景だった。

触れるもの、近付くものを焼き尽くしてしまうだろう焔《ほのお》の喰《く》らい合い。地上に複数存在しないはずの魔剣同士の斬り合いは、まさに常外の夢だ。

反応の遅れた二人の従者たちは熱波に肌を炙《あぶ》られ、初めて状況を理解した。

──自分たちの主《あるじ》が、互いの生存を懸けた殺し合いを始めたのだと。

「──なんという失態! 当方、呆《ほう》けている暇などなかったはずが!」

肌を焦がす熱風が広がり、それを浴びるチシャが我に返って失態を嘆く。彼は自らの懐をまさぐると、そこから一枚の扇子──鉄扇を抜いて、主への助力を試みる。

しかし、飛び出そうとするチシャは、その体を前ではなく横へと飛ばした。刹那、チシャのいた空間と、これから踏み込むはずだった空間が同時に『削《そ》がれる』。

まるで、獣に喰い千切られるような凄絶な一撃。それを目の当たりにしたチシャは、今の一撃を放り込んだ存在を睨《にら》み、その切れ長の瞳をすっと細めた。

「……姫様の、邪魔、させない」

灼熱《しゃくねつ》の斬り合いを続ける兄妹《きょうだい》、それを背後にチシャと向かい合うのは、褐色の肌を惜しげもなく晒《さら》した幼い犬人族の少女──アラキアだ。

その手に握られているのは何の変哲もない木の枝で、悠然と構える立ち姿は隙だらけに見える。しかし、対峙《たいじ》するチシャは頬《ほお》を硬くし、息を呑《の》んだ。

それが、セシルスと同じ類《たぐい》の『猛獣』であるのだと理解して。

「当方、肉体労働には向かない性質《たち》でして……貴方《あなた》が、プリスカ様の懐刀の」

「――？　アラキア。姫様のため、戦う」

チシャの問いかけに、アラキアの答えは端的なものだ。だが、だからこそ、揺るがぬ絶対の芯がそこにあると感じられ、チシャは深々と息を吐いた。

問答による動揺や、言葉による交渉は無意味であるとわかった。

ならば、会話を続けても得るものはない。そう鉄扇を構えるチシャの後ろでは、同じようにヴィンセントの兵たちが各々の武器を掲げ始める。

「当方や後ろの兵たちも、同じように忠を捧《ささ》げたもののために戦う次第。生憎《あいにく》と、決闘などという非効率的な手段にも訴えません。ご理解を」

「えっと……？」

「端的に申し上げて、数の暴力で押し切らせていただく次第」

言い切るチシャの言葉を号令に、雄叫《おたけ》びを上げる兵たちが一斉に突っ込む。

それを見て目を丸くするアラキア。彼女はちらと、背後の二人の戦い――楽しそうに陽剣を振るうプリスカと、それを迎え撃つヴィンセントの姿を目の端に捉え、それを邪魔させまいとするように前へ進み出た。

「難しいこと、わからない。でも、姫様のためだから。死んで」

13

押し寄せてくる兵たちの形相には、いずれも鬼気迫る戦意が宿っていた。

「――――」

剣や槍《やり》は、彼らの鋼の戦意を実現させる唯一の手段だ。それをアラキアの肌へ突き立て、肉を穿《うが》ち、骨を砕いて、命を凌辱《りょうじょく》する。戦いとは、そのための儀式。命と命の奪い合い。――アラキアもまた、その流儀に従う。

「ぱく」

気の抜けるような一声、それに合わせてアラキアは自分の口内に精霊を取り込む。ちょうどプリスカとヴィンセントの戦いに触発され、周囲に火の微精霊が集まり始めていたところだ。その中の一体を取り込み、我が力と変える。

それが、精霊を喰《く》らうことで力を簒奪《さんだつ》する『精霊喰らい』の本領――、

「――わうわう」

低く身構えるアラキア、その全身が淡く青い炎に包まれる。火勢は業火というには美しすぎて、炎を纏《まと》ったといった印象が強い。その神秘的な装いに兵たちが刹那の揺らぎを得たのと、彼女が後ろ足に力を込めたのは同時だった。

風のように悠然と、アラキアの体が飛びかかってくる兵たちの最前列を抜ける。

攻撃を躱《かわ》され、素通りされた男たちは振り返り、戦列の中央へ滑り込んだアラキアを追

撃しようとして、気付く。――その全身が、青い炎に呑《の》まれたことに。

「ぐ、があああああ――っ!!」

灼熱《しゃくねつ》に頭のてっぺんから爪先までを焼かれ、兵たちが苦痛の絶叫を上げる。

炎の羽衣を纏ったようにすら見えるアラキアと異なり、兵たちを呑み込む青い炎には可《か》愛《わい》げがない。地面を転がろうと、土を被《かぶ》ろうと、消えない炎となって存在に絡みつき、その命が尽き、肉体が灰燼《かいじん》と化すまで燃え上がるのをやめない。

「怯《ひる》むな!」

しかし、ヴィンセントの私兵もさるもので、彼らは燃える仲間を救えないと判断するや否《いな》や、即座にアラキアへの攻撃に意識を切り替えた。

だが、悲しいかな。――統制の取れた数の暴力も、それ以上の暴力には対抗できない。

大抵の場合、戦いというものは数が勝敗を分ける。個人個人に大きく差がないと考えれば、一人より二人の方が強く、十人より百人の方が強いのは自明の理だ。無論、そうした戦力差を覆すために策を練るのが、戦術家の腕の見せ所であるのだが。

「……まったく、嫌になる」

兵たちに攻撃を命じたチシャが、鉄扇を握った手にもう片方の手を重ねる。

彼もまた、そうした戦術を駆使し、敵対者を屠《ほふ》ることを役目とする一人だ。その能力を買われたからこそ、この状況下ですらヴィンセントの傍《そば》に置かれている。

策謀を巡らせ、事態を支配し、敵を撃滅する。戦術でそれをするのが役割だ。

そんな役目を背負い、多くの戦場を俯瞰《ふかん》してきた彼だからわかる。――世界には、そうした道理を踏み躙《ふにじ》り、数をものともしない超越者が存在すると。

ほんの数ヶ月前、ヴィンセントが自陣に加えた少年がその類《たぐい》のモノであり、そして、目の前で跳梁跋扈《ちようりようばつこ》する存在、アラキアもそうした存在の一人だった。

「がっ！」「ぎぐっ!?」「じぁぁぁ――っ！」

次々と苦鳴を上げ、強兵たちがことごとく地にねじ伏せられていく。

あるものは全身を焼かれ、あるものは顔面を抉《えぐ》られ、あるものは手足を砕かれ、あるものはズタズタに引き裂かれ、地面に倒れ込み、二度と立ち上がれない。

獣のように地面に四肢をつくアラキア、彼女の武器は枝切れ一本だが、それが兵たちの刀剣を砕き、矜持《きようじ》も命も奪い尽くす。奪い尽くしていく。

「これ以上は……」

無為に兵を失えないと、チシャは苦渋の選択のつもりで前へ出る。

数の差をものともしない超越者、それを相手に雑兵をけしかけるのは命の浪費だ。将兵の命を預かる立場として、そんな愚行は続けられない。

「皆さん、お下がりを。ここは当方が、あれのお相手を」

兵たちへ呼びかけると、途端、アラキアが動きを止める。彼女は地面に犬のようにしゃがみ込んだまま、背の高い青年を見上げ、「じー」と首を傾《かし》げた。

そして、そんな動物のような仕草のアラキアへ、青年は吐息をつくと、

「ヴィンセント・アベルクス様の参謀、チシャ・ゴールド」

「——プリスカ姫の犬、アラキア」

互いの名を名乗り、『選帝《せんてい》の儀』の資格者たちの腹心同士が激突する。

しかし、激突は一度きり、そして決着は一瞬のことだった。

鉄扇を構えるチシャの下へ、アラキアが地を這《は》うように襲いかかる。低空からの攻撃に合わせ、チシャは握った鉄扇を打ち下ろし、少女の頭部を狙った。

一筋の赤毛が混じった銀髪が、どす黒い血で染まるかと思われる直撃の寸前、アラキアは大口を開け、光を呑《の》み込《こ》んだ。——刹那、少女の姿が視界から消える。

目を見張るチシャ、その体を地を滑るアラキアの素足が蹴り上げた。衝撃に浮かび上がるチシャの長身、そこへ文字通りの追撃が突き刺さる。

背中から腹を貫通する一撃、アラキアの枝が胴を穿《うが》ち、地面に体を縫い止めていた。

「が、はぁ……っ」

大量に吐血し、枝木に貫かれるチシャは倒れることもできない。そんなチシャの惨状から飛びずさり、アラキアは「うん」と両手の指を立てながら振り返る。

そうして、強敵を仕留めたことを主《あるじ》へ報告しようとして——、

「ひめさ——」

次の瞬間、頭上から降り注ぐ赤い光が、森ごとアラキアたちを呑み込んでいた。

14

――ラミア・ゴドウィンにとって、その年の園遊会は忘れ難《がた》いものとなった。

毎年、実父であり、皇帝であるドライゼン・ヴォラキアの誕生日に催される園遊会。

七日間にわたって行われるその会では、否応《いやおう》なしにヴォラキア皇族の兄弟が顔を合わせることとなる。無論、『選帝の儀《せんてい》』のことがあるため、可能な限り、皇族同士が接触することのないように日程は組まれる。

それでも、総勢で六十人以上の兄弟だ。全てを回避できるわけではない。

「――――」

その年の園遊会、父王への挨拶を終えた当時九歳のラミアは、参加する日程が同じだったヴィンセントの姿を探していた。

立場上、ヴォラキア皇族の精神性は早熟なものが多い。未熟な卵が孵化《ふか》を待つことなく割られる立場であり、成長の遅いものは死ぬしかないからだ。

故にラミアも、普通の九歳の幼子の可愛《かわい》げなど微塵《みじん》もない、聡明《そうめい》な娘だった。

この頃から周囲を見る目は養われており、有能なものが好きだった。ヴィンセントの姿を探すのも、賢く美しい彼と話すのが最も心躍ることだったから。

下の弟妹に馴《な》れ馴《な》れしいバルトロイをあしらいつつ、広い水晶宮《すいしょうきゅう》で催される園遊会の会

場、その中でようやくヴィンセントを見つけ、彼の下へ向かい――、

「――プリスカ・ベネディクト、それが妾《わらわ》の名じゃ」

「――――」

ヴィンセントの傍ら、真紅のドレスに身を包んだ幼子と出会った。

ラミア・ゴドウィンが反乱を起こした中級伯を処するため、無能な当主を強硬な手段で隠棲《いんせい》させるのはそれから三ヶ月後のことである。


「――魔石砲、着弾確認。着弾点の煙が晴れ次第、戦果を確認します」

「魔晶石《ましょうせき》は撃ち切って構わないから、成果を確実に出しなさいねぇ。報告は正確に、適時行いなさい」

「は」と恭しく一礼するベルステッツに命じて、ラミアは頬杖《ほおづえ》をつきながら、光の焼け野原となった森の惨状を見やり、その瞳を細める。

多くの兄弟姉妹と結び、ヴィンセントの包囲網を完成させたラミア・ゴドウィン。

その計画に不倶戴天《ふぐたいてん》の敵であるプリスカまで加えたのは、それだけヴィンセントを仕留めるための確実な戦力を欲したから、ではない。

プリスカの存在こそが、ヴィンセントを仕留める毒となると確信していたからだ。

「言ったわよねぇ、プリスカ。私はあなたを評価してるんだって。ヴィンセント兄様の次に厄介なのはあなた……あなたは、兄様の考えに一番近い子だものぉ。だから、あなたな

らヴィンセント兄様を見つけてくれる。そう思ったのよねぇ」

ヴィンセントも、『選帝《せんてい》の儀』で自分が最も狙われると予測していたはずだ。

当然、徒党を組んだ兄弟に包囲されることも計算ずくだったはず。戦場もアベルクス家の領地なのだから、逃げ延びるための準備も欠かしていないだろう。

悔しいが、逃げに徹するヴィンセントの策を読み切ることはラミアには難しい。だが、ラミアは自分にできないことは、できる人間にさせればいいと考える性質《たち》だ。

だから、それをした。

『ヴィンセントとプリスカは同じ地点にいた。間違いなく、砲撃に巻き込まれておる』

協力者であるパラディオの念話に、ラミアは自分の策が成ったと確信する。

魔眼族の血を引くパラディオは、他の兄弟には内密にしているが、その魔眼の有する異能を以《もっ》て、特定の相手の居所を追跡し続けることが可能となる。そのためには対象の体の一部が必要で、ヴィンセントのそれを入手することはできなかったが――、

「わざわざ、私が直接あなたのところへ足を運んだのが、ただの牽制《けんせい》のためだなんて思ってはいなかったでしょう?」

『選帝の儀』が始まる以前から、パラディオの魔眼を用いた策は温めていた。

標的のヴィンセントは慎重な男だ。しかし、ヴィンセントを狙うためなら、直接彼に照準を定めずとも、彼の傍《そば》にいくと確信が持てる相手に照準を合わせればいい。

それがプリスカだ。直接足を運んで同盟を持ちかけたのも、ヴィンセントの包囲網へと

彼女を呼び寄せ、この策を成功させるためのお膳立てだった。

――このために、ラミアはプリスカを殺すのを七年以上も我慢したのだから。

「ようやく、胸がすく思いだわぁ、プリスカ」

豊かな胸に手を当てて、ラミアは腹違いの妹の憎たらしい顔を思い出す。

ヴィンセントとプリスカの脱落が確認できれば、あとは『剪定部隊《せんていぶたい》』の手でヴィンセントの兵たちを惨殺し、他の兄弟たちを牽制する。一番の難敵と不確定要素さえ潰せば、他の兄弟姉妹などラミア・ゴドウィンの敵ではない。

『ラミアよ、これが終われば……』

『ええ、わかってるわぁ。そのときは、私の髪の毛でも爪でも差し上げる。いつでも四六時中、好きなときに私を狙ってくればいいわよぉ』

ヴィンセントを討てば、パラディオとの同盟関係は解消される。

その後、契約通りにラミアの体の一部を引き渡すことになるが、全ての鍵を握る情報戦で圧倒的優位に立てる魔眼の異能も、使い手が愚図《ぐず》では宝の持ち腐れだ。

生憎《あいにく》と、パラディオではラミアに勝てない。もしも彼がヴィンセント包囲網と同じく、ラミアを倒すために他の兄弟たちに協力を求めたとしても無意味だ。すでに有力な資格者の多くはラミアに弱味《よわみ》を握られており、彼に与《くみ》するものはいない。

ラミアに勝てる可能性があったのは、ヴィンセントとプリスカの二人だけ。――パラディオは、可能性を自ら閉じたのだ。

そのことに気付かないパラディオの愚かしさは、妹にいいように操られて犬死したバルトロイとそう変わらない。——否《いな》、

「まだ勝てると勘違いしている分、バルトロイ兄様よりも愚かでしょうねぇ」

「——閣下、煙が晴れます」

濛々《もうもう》と白煙に呑《の》まれた森林を演出したのは、そのあまりの威力から使用を忌避されている魔石砲十門による一斉砲撃だ。

魔石砲の威力は射出される魔石の大きさと純度に依存するが、戦場の一角を丸々吹き飛ばした破壊力と規模から、この砲撃に懸けるラミアの本気が窺《うかが》える。

用意された最高純度の魔晶石《ましょうせき》は破格のものであり、帝都ルプガナの水晶宮《すいしょうきゅう》に備えられた魔晶石砲を除けば、帝国でこの火力を発揮できるものは他にはない。

魔石砲自体が砲撃の威力に耐えかね、使い潰しになるような砲撃の嵐だ。当然、その破壊の前にはヴォラキア皇族といえど塵芥《ちりあくた》となることは避けられない。

故の、必勝を期した一撃だった。それが——、

「——馬鹿な」

遠見のための天眼鏡《てんがんきょう》を覗《のぞ》き込《こ》んでいた偵察兵、その一人が愕然《がくぜん》と呟《つぶや》く声がする。肉眼では見えない戦果が、その男の眼《め》には映し出されたのだろう。

だが、そこまで詳細な結果ではなくとも、異常事態はラミアの目にも見て取れた。

——魔石砲による砲撃を受け、白く焼き払われたはずの森林地帯。その一部が丸々被害

を免れ、そのまま健在な状態で残っていたのだ。

そして、そんな常識の外側の結果を導き出したのは――、

「――着弾点に人影！　銀髪の犬人族……プリスカ・ベネディクトの腹心！」

偵察兵がおののくように叫んだのを聞いて、ラミアはその瞳を丸く見開いた。プリスカの腹心、口数と表情変化の少ない、混血の娘がいたことが思い出され――、

「やってくれるじゃないの、プリスカぁ……ッ」

立ち上がり、偵察兵の下へ向かったラミアが天眼鏡を奪い取る。そして、爆心地で煙を吐く存在、プリスカの腹心が仰向《あおむ》けに倒れるのを見届けた。

如何《いか》なる方法でか、あの混血の娘はラミアの用意した魔石砲を完全に防ぎ切った。

犬娘の生死は不明、倒れて微動だにしない。だが、重要ではない。重要なのは、爆心地の被害規模。あれでは、プリスカとヴィンセントを殺せていない。

策の第一段階はしくじった。――しかし、ラミアには二の矢、三の矢がある。

「まさか、バルトロイ兄様の保険が活《い》きるなんてねぇ」

皇帝の座へ挑む権利を放棄し、自ら敗北者となった兄が残した献策。

バルトロイと同じように資格を捨てた九人の兄弟姉妹を手札に、被害を受けたヴィンセントとプリスカの両者を同時に攻め取る――。

「伏兵たちを動かしなさい。覇気のない連中でも、壁代わりにはなる……」

「――閣下！」

天眼鏡《てんがんきょう》を下ろし、次なる指示を出そうとしたラミアを鋭い呼び声が遮った。

直後、ラミアは視界の端を過《よぎ》った影へ向け、反射的に腕を振り上げる。その腕に握られた陽剣が大気を焼き切り、彼女の柔肌《やわはだ》を狙った矢をも焼き尽くしていた。

しかし、その初撃を防いでも、ラミアを狙った攻撃は次々と降り注ぐ。反応の遅れた彼女の兵たちがその身を守ると、ラミアは囲まれる我が身を顧みて、

「どうやって、私の陣を特定したっていうのぉ？――まさか」

自問の答えを察し、ラミアは兵たちの隙間から攻撃する敵手を盗み見る。そうして火中を覗《のぞ》き込《こ》んだラミアは、己の予感が的中したのを確信した。

ラミアへ攻撃を仕掛けているのは、ラミアがバルトロイの下から奪い、ヴィンセント包囲網の伏兵として利用しようとしていたはずの、資格を喪失した兄弟たち――ラミアに逆らえないはずの臆病者たちが、一斉に反旗を翻していた。

この土壇場で、自らが皇帝の座を掴《つか》むための野心でも芽生えたか。――否《いな》、そんな真っ当な決断力を彼らは有しない。ならば、答えは一つだ。

「――ヴィンセント・アベルクス」

包囲網を包囲網で返され、その実現に暗躍した敵の智謀《ちぼう》にラミアは歯噛《はが》みする。この状況の絵を描いた男、ヴィンセントの美しい顔が忌々《いまいま》しく思い浮かんだ。

埋伏の毒だ。『毒姫』などと称されるラミアが、懐に毒を招き入れてしまった。

いったいいつから――と、そう考えたラミアの聡明《そうめい》な脳はある可能性に気付く。

「……まさか、バルトロイ兄様と結んでいた？」

犬死し、敗北者となったはずのバルトロイ。彼が集めた兄弟がそのままヴィンセントの反撃の嚆矢《こうし》となったことから、その可能性が浮上してラミアは戦慄する。

バルトロイに謀《たばか》られた可能性と、自分以上に用意周到なヴィンセントの執拗《しつよう》さに。

おそらく、ラミアに魔石砲を撃たせることまで計算の内だ。そうして砲を失わせ、生じた隙にラミア包囲網を完成させる筋書き。──だが、この策には一点だけ無理がある。

ラミアの魔石砲を防ぐためには、あの混血の犬娘の存在が必要不可欠という点だ。

ヴィンセントの計画の成立に、プリスカの腹心が欠かせない事実。そこから導き出される答えは単純明快──、

「──手を組んでいたのねぇ、プリスカぁ」

プリスカとヴィンセントの密約、それがラミア包囲網を成立させる絶対の条件だ。

そう前提条件が整理されたところで、謀られたラミアへと攻撃が勢いを増した。

「閣下！　この場は私共にお任せを。閣下は『剪定部隊《せんていぶたい》』と合流し、撤退ください」

兵たちを指揮するベルステツが、敵に一枚上手をゆかれたラミアに撤退を進言する。

一瞬、ラミアは感情的にその提案を撥《は》ね除《の》けかけたが、ベルステツの判断は適切だ。この場に留《とど》まっても死ぬだけと、すぐに冷静さを取り戻した。

「ベルステツ、この場は任せたわぁ。死んでも、踏みとどまりなさい」

「は。閣下も、どうかご無事で」

言葉少なに別れを告げて、ラミアが戦場となった自分の陣から撤退する。

親衛隊の精兵だけを連れ、裏切った兄弟たちの兵と激突するベルステツを尻目に、ラミアの脳内ではこの状況からの離脱と、その後の立て直しの方針が計画されていく。

しかし、彼女の組み立てた作戦はいずれも——、

「——感情で縛り付けた相手は、より強い感情を与える側に屈するものです。例えばそれは羨望や嫉妬《しっと》、もっと単純で安い手段なら、恐怖でしょうかね」

「——」

ラミアの頭の中で、計画が音を立てて崩れ落ちていく。

彼女の立案する作戦、それをことごとく打ち崩してくれたのが、他ならぬ、目の前に悠然と佇《たたず》む人影。——ヴィンセントの懐刀、本物の『人斬り』たる存在。

「やあ、どうも。駆け付けるのが遅くなってしまい、申し訳ありません。これでも急いだんですが、初登板の刀とは息を合わせるのがなかなか大変で。でも、だいぶ感覚も掴《つか》めてきましたからね。もうみっともない姿は見せずに済むかと思いますよ」

そう言いながら微笑《ほほえ》むのは、一振りの刀を握った血塗《ちまみ》れの少年だった。

いったい、どれだけ大勢の人間を一人で斬り捨てたのか。その全身は浴びた返り血で真っ赤になり、珍しいキモノも元の色がわからないほどどす黒く染め直されている。

だが、その少年の異常性は返り血に塗れた姿にはない。

塗れた血を意に介さず、飄々《ひょうひょう》とした言動を貫く姿勢と、その言動の行き着く先が『死』

であることを疑わせない圧倒的な鬼気、それこそが最たる異常性だった。

「……閣下」

低い声でラミアを呼び、『剪定部隊《せんてい》』の鎧《よろい》を纏《まと》った兵たちが前へ進み出る。

彼らはラミアを背後に庇《かば》い、その少年を彼女に近付けまいと盾になることを選んだ。それが自分たちの『死』であると、そう確信していながら。

「ふむふむ、なるほど。玉砕覚悟で主君を守るというわけですか。それはなかなかご立派な態度！　実に見事です。そうした悲壮さ、嫌いじゃないです、むしろ好き」

「――貴様のような怪物を、閣下の下へは辿《たど》り着かせん!!」

雷速で踏み込む少年を、大鋏《おおばさみ》を手にした『剪定部隊』が迎え撃つ。激突の瞬間、聞こえるのは禍々《まがまが》しい刃《やいば》が肉を断ち切る音ではなく、鮮烈な斬撃の迸《ほとばし》る残響。

それが兵たちを殺していくと知りながら、ラミアは『剪定部隊』の屍《しかばね》を踏み越え、少年の刀が届かぬ場所へ、追いつけない場所へ、逃げる、逃げる、逃げていく。

そして、ラミアが逃げ延びた先で――、

「安心せよ、ラミア。――貴様は、妾《わらわ》が手ずから葬り去ってやる」

陽剣を手にしたプリスカ・ベネディクトが、ラミア・ゴドウィンを待っていた。

15

「――プリスカ・ベネディクト、それが妾《わらわ》の名じゃ」

園遊会で初めて顔を合わせた妹は、その幼い体に不遜さを詰め込んでそう名乗った。

当時五歳で、園遊会に初参加だったプリスカ。あれほど探していたヴィンセントから紹介され、その後の兄の言葉も耳に入らないほどラミアは衝撃を受けた。

本能的に理解した。――彼女こそが、ラミア・ゴドウィンの生涯最大の天敵だと。

「そう。私はラミア・ゴドウィン、あなたの優しい姉様よぉ」

微笑《ほほえ》みを取り繕い、そう応じたラミアの本性をプリスカも一目で看破した。

姉妹は初対面のその日、互いに互いを敵だと認識し合ったのだ。

「――――」

その場でプリスカを縊《くび》り殺さなかったのは、ヴィンセントの警戒が緩まなかったため。

あの聡明《そうめい》な兄も、どうやら一目で姉妹の相性の悪さを察したらしい。

今後も定期的に刺客は送り込むつもりだが、嫌がらせ以上の効果は望めまい。

そして、プリスカの存在がある以上、ヴィンセントを取り込むことも不可能となった。

そうなれば、あの兄妹《きょうだい》はラミアの覇道の障害でしかない。

あると考えていた猶予は消えた。ならば、動き出さなくてはならない。

「ねえ、バルトロイ兄様……どうして、兄弟みんなでお父様をお祝いできないのかしらぁ」

「ラミア……それは、私も残念だよ。ただ、私たちはどうしても」

「どうしても仲良くできない？　それって、とっても悲しいことよねぇ」

「――――」

決心してすぐに、ラミアは布石を打ち始めた。

ありとあらゆる種を蒔《ま》いて、芽吹いたそれに水をやり、可能性を育てる。咲き乱れる色とりどりの花々、そのどれが毒花に育つのかを吟味するのだ。

「そう、そうだな。ラミアの言う通り、兄弟が傷付け合わずに済めば……」

無垢《むく》を演じる妹の言葉を真に受けて、何やら感銘を受けたらしい兄を横目にする。

こうやって、ラミア自身で覇道の土を踏み固め、未来を築いてゆくのだ。

そして――、

「あなたの存在を、ヴィンセント兄様を殺すための毒花に育てる……そのために、この七年間コツコツと手を打ってきたのにねぇ」

落ち延びた先、足を止めたラミアは無感情な声色でそう呟《つぶや》いた。

正面、ラミアを待ち受けるプリスカは一人の兵も引き連れていない。それは自分の影武者に護衛を付け、あえて目立つよう走らせたラミアも同じだった。

ここにはラミアとプリスカ、お互いしかいない。

それを侮られていると感じるほど、ラミアも物の道理のわからない女ではなかった。

「本当に、可愛《かわい》げのない子だこと」

そっと乱れた髪を手で整えながら、ラミアは腕を組んで立つ妹を見据える。涼しげではなく、苛烈な眼差《まなざ》しを隠さない紅《くれない》の瞳、それは園遊会で見たものと同じ。

ラミアがプリスカを、プリスカがラミアを、互いを天敵と認めたときの瞳だ。

「あなたのワンちゃんは、どうやってあの砲撃を防いだのかしらぁ？　あれがなければ、プリスカもお兄様も、まとめて消し飛んでいたはずだったのにねぇ」

「耳聡い貴様であれば、アラキアが『精霊喰《ぐ》らい』であることは知っていよう。あれの力は喰らった精霊の力に依存する。となれば、答えは明白よ」

「——。あの砲撃を止められるような強力な精霊を取り込んだっていうのぉ？　そんな強力な精霊、そうそういるはずが」

ない、と言いかけたラミアが口を閉じる。それから彼女は視線を落とし、大地を見つめて合点がいったように頷《うなず》いた。

「囲まれるとわかって、ヴィンセント兄様がこの地で籠城を選んだ理由……堅牢《けんろう》な城があるからと、そう考えたこと自体が間違っていたわけねぇ」

「城を捨てることは、最初から兄上の計画に含まれていた。ならば、兄上がこの地を選んだ理由は城ではない。この土地、そのものにある」

「正確には、この地に眠る精霊に、でしょぉ？」

補足するラミアの言葉を、プリスカは否定しなかった。その妹の態度から、ラミアは自分がこの地へ誘い込まれた理由と、魔石砲の攻撃が失敗した原因を悟る。

「──『石塊《いしくれ》』ムスペル」

「ただそこにある神域と、そう謳《うた》われる四大の一角よ」

ラミアの口にした単語にプリスカが頷く。

『石塊』ムスペル──それは世界で最も有名な四体の精霊、その一体を意味する名。

四大と呼ばれる強力な力を持つ大精霊の一体は、ヴォラキア帝国の国土を好き勝手に放浪しているとされている。その強力な大精霊の力を喰らうことができたなら、ラミアの用意した魔石砲から主人を守ることも可能だろう。

「でも、四大の力なんて取り込んで、あのワンちゃんは大丈夫なのかしらぁ？」

「喰らったのはあくまで一部……それでも、アラキアほどの器がなければ悶死していよう。だが、犠牲なくして都合のいい勝利などない」

「──。それって、齧《かじ》られた大精霊が暴れた場合のことも考えてあったのぉ？」

腹心の命懸けの献身、それが必要なことだったと断ずるプリスカにラミアは問う。

大精霊の力を利用したカラクリはわかった。しかし、『石塊』とは意思の疎通はもちろん、行動の指定や制限も不可能なはずの超常の存在だ。

一部とはいえアラキアに存在を喰われ、暴れ出さないとも限らない。

「ましてや、どうやってこの地に『石塊』を留《とど》まらせたのかしらぁ。ヴィンセント兄様ったら、謀《はかりごと》で操れるのは人間だけではないってことねぇ」

「あれこれと、兄上が策謀を巡らせたことは違いあるまいよ。だが、やり口など重要ではない。重要なのは、結果が出たという一点のみ」

「——ええ、そうねぇ」

長く話すつもりはないと、結論へ至ったプリスカがかざした手で陽剣を掴《つか》む。それに合わせ、ラミアもまた自身の陽剣を宙から引き抜き、構えた。

互いに剣を抜く邪魔はしない。無警戒なそれを信頼とは呼ばない。事実としてわかっていたことを信頼とは呼ばないだろう。ただ、そうすると姉妹は知っていた。

そして、決着は直接、互いの手で以《もっ》てつけられるということも——、

「プリスカ、私、あなたのことが初めて会ったときから嫌いだったわぁ」

「安心せよ。貴様は、妾《わらわ》が名を覚えているものの中で最も忌まわしい」

顔を合わせれば、互いに憎悪と敵意をぶつけ合ってきた姉妹。

それは生涯最後の機会であったとしても、一片も変わることのない関係性だった。

「————」

踏み込み、互いの剣撃が交差し、白と赤の光と熱が世界を呑《の》み込《こ》んでいく。

周りの景色も何もかもが見えなくなり、自分とプリスカしか存在しない世界で、ラミアはやはり、初めての園遊会でこの妹を殺しておくべきだったと嗤《わら》った。

——お互いの認識の変わらないまま、姉妹の関係は決着した。

16

「今頃は、プリスカとラミアの決着がついているであろうよ」

そう言って、ヴィンセントは半死半生のアラキアを見下ろしていた。

大樹にもたれかかり、足を投げ出したアラキアは疲弊し、激しく消耗している。

それもそのはず、彼女がやってのけたのは一軍を消滅させかねない魔石砲の大破壊を相殺する荒業であり、そのために四大の力を小さな体に取り込むことまでしたのだ。

当然、その反動は大きく、魂の消滅さえ覚悟しての献身だった。

かくしてヴィンセントの策は成ったが、そこにアラキアの貢献は殊の外大きい。

「故に、大儀であった。プリスカは部下に恵まれた。俺がそれを認めよう」

「……姫様の、ため」

「で、あろうな。それに疑いはなかろうよ」

見上げた忠誠心と、そう褒《ほ》め称《たた》えることをヴィンセントはしない。

皇族に仕える臣下は多かれ少なかれ、彼女と同じかそれ以上の忠誠心を備えている。

それは秘密裏にプリスカと結んでいることを知らされず、敵を欺くための撒《ま》き餌《え》として利用されたヴィンセントの私兵たちも同じことだ。

「チシャには恨み言を言われようがな」

そうこぼすヴィンセントの視線の先、そこではアラキアに串刺しにされた上、魔石砲と四大の力の相殺の中心に巻き込まれたチシャの懸命な治療が行われている。

肉体の内と外に浴びせられた甚大な被害、助かるかどうかは五分五分だろう。

有能な参謀であり、将来的にも重要な立場を任せられる忠臣。そんな彼でさえ、策を成立させるための説得力、謀《はかりごと》の一部として盤面に配置したのだ。

だが、それだけの価値はあったとヴィンセントは確信している。

「ラミアが俺やプリスカを評価したように、俺も同様の評価を下している。始まったばかりの『選帝《せんてい》の儀』だが、これでめぼしい候補者は一掃されよう」

野心と能力の均衡に優れ、帝位を獲得する実現性から警戒する必要があったのは、ヴィンセントの目から見てもラミアとプリスカぐらいのものだった。

生憎《あいにく》と、他の兄弟ではヴィンセントの相手にならない。——もっとも、帝位の獲得とは異なる面で、ヴィンセントを驚かせたものも兄弟にはいた。

「よもや、俺の目でさえバルトロイ兄上を見誤るとはな」

『選帝の儀』の開幕直後、ラミアに剪定《せんてい》される形でこの世を去ったバルトロイ・フィッツ。

兄弟同士が殺し合う血の儀式を厭《いと》った彼は、この『選帝の儀』で奪われる命が最小限で済むように画策し、ヴィンセントさえ驚かせる手段を講じた。

「儀式への参加を拒み、俺に下らせた兄弟の首と引き換えに、自領とその兄弟たちの領民の安堵《あんど》を約束させる。やれやれ、とんだ策士であった」

その目論見《もくろみ》が成れば、十人の候補者を減らすために刎《は》ねられる首は十で済む。それぞれが皇帝の座を狙って兵を挙げれば、その分だけ失われる命は増えただろう。

ヴィンセントは兄弟姉妹を決して生かさないと、その正しい認識を逆手に取った策だ。

――ラミアの包囲作戦を突破するための鍵は大きく二つ。

四大の力で魔石砲を相殺するアラキアと、ラミアの把握していない埋伏の毒――すなわち、バルトロイが残し、ヴィンセントへと密《ひそ》かに預けた兄弟たちの私兵だ。

事実として功績を挙げられてしまえば、それが死者と交わした密約だったといえど、反故《ほご》にするという選択肢はヴィンセントの中にはない。

信賞必罰、それがヴィンセントのヴォラキア皇族としての守るべき規範だ。

バルトロイに唆《そそのか》され、資格を放棄した兄弟たち。彼らは与《くみ》したヴィンセントを勝利させ、生き残るために必死で戦ったことだろう。交わされた密約の真実を知らずに。

その先の真相を伏せておいただろうバルトロイは、お人好《ひとよ》しの皮を被《かぶ》った策士だ。

自分の『死』さえも計画に組み込んで、目的を果たさんとする姿勢、実に見事。

バルトロイ・フィッツもまた、正しくヴォラキア皇族の一人だったという話である。


「――――」


そのヴィンセントの述懐に、虫の息のアラキアは何も答えない。

元々、彼女はプリスカの命令に忠実に従うだけの忠犬だ。自分の意見は持たず、考える頭も必要としてこなかった。裏切りや野心と無縁の便利な娘だ。もっとも、プリスカが彼女を重宝するのは、ただ便利だからというだけではあるまい。

プリスカとアラキアの間には、単なる主従というだけではない本物の絆《きずな》がある。

アラキアは、プリスカのためならば全てを擲《なげう》つことも躊躇《ちゆうちよ》しない。——それがどういうことなのか、当人もプリスカも想像力が足りていなかった。

「アラキアと言ったな」

「——？　うん、はい」

名前を呼ばれ、訝《いぶか》しげにするアラキア。ヴィンセントは彼女のすぐ前へ歩み寄ると、懐かない小動物のような目つきの少女に片目をつむった。

そして——、

「お前に聞かせておく話がある。俺から……いや」

そこで言葉を区切り、ヴィンセントは小さく首を横に振った。それから、彼はその黒瞳の色を変えないまま、改めて言い直す。

「——余から、だ」

17

——ヴィンセント・アベルクス包囲網から、二ケ月後。

「プリスカ、貴様ぁ……！」

「──黙れ、蒙昧《もうまい》。貴様とは言葉を交わす価値もない」

長髪の男の表情が激昂《げきこう》に染まり、陽剣が宙から抜き放たれた。しかし、半円を描く紅《くれない》の斬撃は上からの衝撃に押し潰され、男の手から魔剣を強引にもぎ取る。

そうして無手となり、見開かれる男の瞳を一閃《いっせん》が過《よぎ》る。それは彼自身が放ったものより格段に美しく、残酷に閃《ひらめ》く剣閃。──それが最期だった。

斬撃が男の首と胴を鮮やかに切り離し、その死を確定させる。瞬間、分かたれた頭と胴体が同時に燃え上がり、赤々とした炎がその屍《しかばね》を灰へと変える。

それが、ヴォラキア皇族の一人であったパラディオ・マネスクの終幕だった。

「所詮は凡庸、それが貴様の限界であったな」

自らの居城へ引きこもり、滅びの時を迎えた愚かな兄の末路をプリスカはそう評する。

ラミアに与《くみ》し、『選帝《せんてい》の儀』を掻《か》き回《まわ》すことに腐心した蝙蝠《こうもり》。約束通り、その首はプリスカが自ら刎《は》ねてやった。それを殺される側が喜ぶはずもないが、プリスカは殺されるパラディオの事情など顧みない。

また一つ、玉座への障害が排除された。それだけが事実だ。

「姫様……」

「アラキアか。こちらは片付いた。他はどうじゃ？」

「問題、なく。おしまい」

陽剣を空へと納め、振り返ったプリスカの下にアラキアが姿を見せる。

パラディオの拠点の中、あちこちへ配置された兵を一掃するために奔走していたアラキアだが、彼女の剥き出《むきだ》しの肌には傷一つ付けられていない。

パラディオの陣容は、彼自身の魔眼族の異能こそ傑出していたが、それを活《い》かすための頭脳も、彼を支える忠臣の存在も不足していた。

結果、パラディオの首はプリスカに、手足はアラキアにもがれる始末だ。

「これならば、ラミアの方がよほど妾《わらわ》を愉《たの》しませた。よもや、あの性悪を懐かしむことがあろうとは妾も思わなんだがな」

「――――」

「どうした、アラキア。らしくもなく、神妙な顔つきなぞしおって」

殺した兄弟の玉座に堂々と座り、プリスカが押し黙るアラキアの様子を窺《うかが》う。その指摘に、アラキアは「あ……」と目を瞬かせると、

「……もうすぐ、ヴィンセント様と、戦う？」

「兄上か。――そうさな。すぐかどうかは別として、決着は避けられんことじゃな」

アラキアの懸念がヴィンセントの存在と知り、プリスカは目を細めた。

『選帝《せんてい》の儀』の本命であり、最大の敵であるヴィンセント・アベルクス。――プリスカ自身が協力し、食い破ることとなったヴィンセント包囲網以降、彼は見る見るうちに陣容を巨大化し、他の候補者たる兄弟たちを討ち滅ぼしていっている。

こうなるとわかっていたからこそ、ラミアは早々に他と組み、ヴィンセントを滅ぼすた

めの攻撃を仕掛けた。――他の候補者たちも、包囲網の失敗後、多少なり打撃を与えたヴィンセントに対して同じ攻撃を続けるべきだったのだ。

だが、彼らはその機を逃し、ヴィンセントに傷の回復と、報復の機会を与えた。

「その愚かさの報いに、滅びるのは必定であろうよ」

いずれにせよ、『選帝の儀』を勝ち抜けば、その先にあるのはヴォラキア皇帝としての座であり、務めだ。彼らでは、その大役を担うのに役者不足であっただけ。

ラミアが欠け、そこそこのパラディオも落ちた以上、あとは――、

「――さすがはプリスカ様、ご慧眼《けいがん》と言えましょう。当方、大いに感服する次第」

と、そんな会話を交わす主従の下へ、靴音を立てながら新たな人影が姿を見せる。頬杖《ほおづえ》をつくプリスカが紅《くれない》の視線を向けると、相手は恭しく頭《こうべ》を垂れた。

現れたのは白髪の青年だ。一瞬、プリスカは記憶を探るように片目をつむり、すぐに記憶と目の前の青年の照合を済ませた。ただし、一部記憶とは姿が違っている。

プリスカの記憶だと、この青年は黒髪だったはずだが。

「当方のことでしたら、この見目で驚かせてしまい申し訳ありません。先日、生死の境を彷徨《さまよ》った際、どうやら色というものを取りこぼしてきた次第で」

「なるほどな。珍妙なこともあったものじゃが、妾を惑わせたことはその奇天烈《きてれつ》な風貌で不問とする。チシャ・ゴールドであったな」

「ご記憶いただき、恐悦至極」

そう言って恭しく頭《こうべ》を垂れたのは、先日の戦いでも見かけた青年、チシャだ。

ヴィンセントと斬り合いを演じ、その後はラミアの下へ向かったプリスカは詳しく知らないが、聞いた話だとアラキアと相見《あいまみ》え、瀕死《ひんし》の重傷に陥っていたのだとか。

「このたびは、閣下より祝いの品を持参しました。少々、気が早いかと思われますが、受け取っていただければ幸いと思う次第」

「相手の首を落とした直後、こちらの陣容を潜《くぐ》って使者を届けるとは兄上らしい。して、祝いの品に何を持ってきた？」

「──祝いの美酒を」

言いながら、チシャが献上するのは極上と知られる美酒の一本だった。

御年十二のプリスカだが、酒の味ならばすでに覚えている。あらゆるものの最上を味わい尽くす彼女にとっても、その美酒は手に入れ難《がた》いものだった。

しかし──、

「──アラキア。砕け」

その一言を以《もっ》て、チシャの手元にあった美酒の容器が砕け散る。甲高い音を立てて砕かれた酒が床にこぼれ、それをされたチシャは爬虫類《はちゅうるい》じみた目を細めて、

「これ一本で、路頭に迷う大家もあるほどの名酒だったのですが……」

「弁《わきま》えている。妾《わらわ》とて、『選帝《せんてい》の儀』の最中《さなか》でなければ受け取りもしよう。じゃが、このような機会に贈り物などと、それこそ兄上も砕かれること前提であろうよ」

「左様で」

いけしゃあしゃあと、気落ちした様子もなくチシャは頷《うなず》く。

ヴォラキア皇族同士の贈答品ともなれば、そこに何らかの意図が隠れていることは見透かされる。毒殺の謀《はかりごと》など珍しくもない帝国皇族にあって、他者からの贈り物をそのまま口へ運ぶことなど考えられない。

その、元よりわかり切った対応を受け、ヴィンセントの若き腹心は、体の色と共に感情もなくしたかのような静謐《せいひつ》な眼差《まなざ》しをしていた。

「戻って兄上に伝えよ。めぼしいもの共らがいなくなり、妾と兄上の決着も近い。これまでのような対応は、もはや互いに望むべくもないとな」

「失礼ながら、プリスカ様は我が主《あるじ》に勝てるとお思いなのですか？」

「当然じゃ。――この世界は、妾にとって都合の良いようにできておるのだから」

己の哲学を語ったプリスカに、チシャが敬服するようにその場で一礼した。その礼から視線を逸《そ》らし、プリスカは話は終わったとばかりに手を振った。

チシャにはヴィンセントの下へ戻り、決戦に備えよと伝えさせるつもりで。

しかし――、

「――世界が貴方《あなた》に都合よく動かれるなら、この先のことはどう見られます？」

「なに？」

意味深な問いかけがあり、プリスカが怪訝《けげん》な目をチシャへ向けた。そのプリスカの目が驚きに見開かれる。――視線の先、床に跪《ひざまず》く人影があったからだ。

「――――」

地べたに膝をついて、床を汚す美酒に顔を近付けるのはアラキアだ。彼女はゆっくりと広がっていく酒に震える舌を伸ばし、音を立ててそれを啜《すす》り始めた。

「アラキア、何をしている？　妾《わらわ》の傍《そば》付きがそのような卑しい真似《まね》を……」

「姫様、ごめん、なさ……ッ」

その行いに瞠目《どうもく》するプリスカの前で、振り返ったアラキアが涙目で言った。

乳姉妹の初めて見せる悲嘆、その様子にさしものプリスカも息を呑《の》む。だが、彼女の驚きはそこで終わらなかった。アラキアの体から力が抜け、倒れ込んだためだ。

「……ぁ、は、うくっ」

倒れたアラキアが呻《うめ》き声《ごえ》を漏らし、手足を痙攣《けいれん》させる。その目は白目を剥《む》いており、彼女の肉体に致命的な事態が生じているとありあり伝えてきた。

「――――」

一瞬、それを見るプリスカの瞳が冷酷な計算を始める。聡明《そうめい》な彼女の中では、死に瀕《ひん》したアラキアを前に無数の選択肢が浮かび、消えていった。

凡人であれば、そうして次の一手を迷う間にアラキアを死なせただろう。だが、プリスカは凡人ではなかった。それを見抜いていたヴィンセントもまた、非凡だ。

そして、だからこそ兄と妹は、最も近しい互いを殺す決着を迎えるしかない。

「──愚か者め」

倒れ、痙攣するアラキアの傍らでプリスカが呟《つぶや》く。それから彼女はアラキアを抱き起こすと、躊躇《ためら》いなくその唇に唇を重ね、アラキアが啜った毒酒を吸い出し始めた。

傷口の毒を吸い出すように、アラキアが啜った毒を外へ吐き出す。しかし、その毒は強靭《きょう》《じん》なアラキアをして卒倒させる猛毒だ。──粘膜に触れるだけで、常人なら気が触れる。

「ぐ……」

当然、プリスカも、己の体でその効力を味わった。しかし、彼女は毒に体を蝕《むしば》まれながら、アラキアの体内から毒を吸い出し、吐き捨てる作業をやめない。

「恐ろしい方々だ」

それを見ながら、チシャは心底からの称賛を舌に乗せて呟く。

猛毒にわずかながらでも耐え、アラキアから毒抜きをするプリスカも、計算高い彼女に毒を飲ませるには、この方法しかないとわかっていて実行したヴィンセントも。

どちらも、チシャにとっては信じ難《がた》い作意を巡らせる傑物同士であった。

「……兄上は、どうやってアラキアを口説き落とした？」

アラキアの痙攣が止まり、意識を喪失しながらも、危機的状況を脱する。それをやってのけたプリスカが己の唇を拭い、声の震えを押し隠しながらチシャに問うた。

その驚嘆すべき胆力を目に留めながら、チシャは「おわかりなのでは？」と首を傾《かし》げ、

「閣下の御考《おかんが》えは、プリスカ様の方が的確に読み解けるかと」

「ふん……貴様に、華のある役目をくれてやったのであろうが」

「それは御厚意を足蹴にしてしまい、申し訳なく思う次第」

ゆっくりと立ち上がり、プリスカが再び玉座へ戻る。その足取りが確かだったことにチシャは内心で絶句した。だが、背もたれに体重を預ける姿は瀕死《ひんし》の有様で、毒が確実にその命を蝕《むしば》んでいることに我知らず安堵《あんど》する。

そして、チシャは余計な一言とわかっていながら、続けずにはおれなかった。

「プリスカ様」

「なんじゃ」

「当方、ヴィンセント閣下にお仕えしていなければ、プリスカ様にお仕えしていたことでしょう。それが、残念でなりません次第」

「は」

首を横に振ったチシャの前で、プリスカは息を吐くように笑みをこぼした。それから彼女は床に倒れるアラキアを見やり、その血色の唇を緩めると、

「貴様のような、可愛《かわい》げのない道化など不要じゃ。妾《わらわ》に仕えたくば、せめて見目麗しく、可憐《かれん》であれ。……凡愚め」

そう、最後の最後まで彼女らしさを失わない悪態をついて、長く息を吐く。

そのまま、息が止まった。――プリスカ・ベネディクトの、最期だった。

18

「――と、哀れ可憐《かれん》な姫君は敵の罠《わな》にかかり、あえなくその命を散らした。その後、国は勝ち残った姫君の兄が皇帝となり、繁栄を続けたとされる」

「す、すごくハラハラするであります。それで、続きはどうなったでありますか？」

「続きも何もあるものか。言ったであろう。この話の主役であった姫君はそこで死んだ。話に続きなどありはせぬ」

「えええ⁉　そんな、そんなのってないであります！」

そう言って、可愛《かわい》らしい眉を立てながらぷりぷりと少年が不満を訴える。そんな少年の珍しい反応に、物語を読み聞かせていた美姫《びき》――否《いな》、プリシラが首を傾《かし》げた。

橙色《だいだいいろ》の美しい髪が白くなだらかな肩を流れ落ち、豊満な胸の前で彼女は腕を組む。そして怒り心頭のシュルトに、「これ」と呼びかけた。

「妾《わらわ》の物語る話にケチをつけるとは、ずいぶんと偉くなったものよな、シュルト。いったい、何がそんなに癇《かん》に障った？　妾に言うてみよ」

「はいであります！　今のお話、お姫様が可哀想《かわいそう》すぎると思うであります！　お姫様はものすごく頑張ってたでありますのに、飼っていたお犬さんにも、お兄さんにも騙《だま》されてしまって……もう、どうしたらいいのかわからないであります！」

赤くした頰《ほお》を膨れさせて、そう訴えるシュルトにプリシラは瞳を細める。

シュルトに聞かせた物語はいくらか脚色したものだが、概《おおむ》ね『事実』に沿った物語だ。それ故、シュルトの反応には彼が可哀想と評する姫を知る身として思うところがある。

とはいえ――、

「貴様がどう思ったところで、すでに姫君は死に、物語は終わった。あとは何が変わることもない。それが、語られた物語というものの決まり事よ」

「……うー、そんなの、悲しいであります。悔しいであります」

「なればなんとする？　不服を訴え、鬱屈に悶《もだ》えて、時を無駄にして過ごすか？」

もしもそれをするのであれば、プリシラのシュルトへの評価は大きく変わる。気紛《きまぐ》れに聞かせた物語への感想で、シュルトの未来は大いに左右されていた。

そうとも知らず、シュルトは短く細い腕を組み、うんうんと頭を悩ませている。その答えが如何《いか》なるものか、プリシラは急《せ》かさずに待つ。

やがて、シュルトは組んでいた腕を解くと、プリシラを見つめて、

「だったら……だったら、僕がそのお話の続きを書くであります」

「――なに？」

思いがけないシュルトの言葉を聞いて、プリシラが眉を上げる。そんなプリシラの反応を見て、シュルトは小さな拳をしっかりと握りしめた。

「プリシラ様は言ったであります。お話はこれでおしまいと。でも、僕がその続きを考えて、お姫様が可哀想なだけじゃないようにするのであります！」

「――――」

拙い言葉で、終わったはずの物語の続きを紡ごうとするシュルト。そのシュルトの必死な姿勢を目の当たりにして、プリシラは微《かす》かに息を詰める。

それから、プリシラは一度目をつむると、

「終わった先を紡ぐとな。ならば、その先をどう物語る？　シュルト、貴様ならば、死んだ姫君にどんな未来をくれてやれる？」

「それはその……まず、お姫様は毒を飲んでしまったけれど、死んでいなかったのであります！　深い眠りに落ちただけで、また目を開けるでありますよ！」

「ほう、目を開ける。何故《なぜ》じゃ？　毒は猛毒。人一人、ころりと死んでしまうような猛毒であったのだぞ？」

「でも、毒はお姫様と、飼い犬で半分こにしたであります！　だからであります！」

一人の致死量を分け合ったから、姫君と飼い犬は死なずに済んだと。子どもの算術のような理屈だが、そう理屈と紐《ひも》づけたシュルトをプリシラは否定しない。

ただ、プリシラはシュルトの桃色の髪を撫《な》でて、唇を緩めた。

「プリシラ様？」

「おかしなことを考える童《わらわ》よな、シュルト。よもや終わった物語を自分の好みに書き換えようなどと、物語の生みの親を足蹴にする傲慢《ごうまん》な行いであるぞ？」

「あぅ……その、ダメでありますか？」

「何故じゃ？　悪いことなど何もない。納得のいかぬ物語を、自分の納得のゆく形へ捻《ね》じ曲《ま》げる。それの何が悪い。妾《わらわ》はな、感心したのよ」

ただ不服に泣き寝入りするだけなら、プリシラは可愛《かわい》がっている小姓だろうと、シュルトを容赦なく見限っていただろう。だが、シュルトはプリシラの期待に応えた。

「聞かせてみるがいい。貴様の納得のゆく、可哀想《かわいそう》な姫君の物語の続きを」

「──！　は、はいであります！　まず、お姫様は毒で死なずに済んだであります！　それから、とても優しい人に助けられて……」

プリシラの許しを得て、目を輝かせるシュルトが物語の続きを語る。そんなはしゃぐ少年を頬杖《ほおづえ》をついて眺めながら、プリシラはそっと本の表紙を撫でた。

この物語を語る切っ掛けとなった、一冊の本。それがもたらしたものが、どれほど価値を持つものかはわからない。人によっては、何ら価値のないモノでもある。

そもそも、傍目《はため》には意味のわからない文章の羅列でしかない一冊だ。

だが──、

「プリシラ様？　聞いてくれてるでありますか？」

「無論じゃ。妾を誰と心得る」

そう言って、プリシラはシュルトの頭を撫でた。撫でながら、目を細める。

この手に頭を撫でられ、同じように目を細める別の顔を、思い出しながら──。

『――プリスカは余には勝てぬ。あれには、己以外の弱点が多い。故に、余と戦えばプリスカは死ぬ。それは避けられ得ぬ結末よ』

『だが、余も最愛の妹を死なせるのはしのびない。そこで、此度《こたび》の貴様の働きへの褒賞として、機会を与える。――プリスカを、救う機会を』

『その方法は――』

19

「――――」

「目が覚めましたか」

寝台の上で目を開け、見知らぬ天井を眺める横顔に声がかけられる。ちらと見れば、傍らに佇《たたず》んでいるのは上から下まで、白一色で染まった珍妙な外見の男だ。

確か、男の名前は――、

「白塗り……」

「チシャ・ゴールド。せめて、名を思い出す努力ぐらいはしてほしいと、当方思う次第」

表情を変えることもなく、名乗ったチシャがそう訴える。その訴えに耳を貸さず、寝台の少女――アラキアは微《かす》かな違和感に、自分の左目を手で撫《な》でた。

寝起きの視界がぼやけるのはよくあることだが、今のアラキアの視界の霞《かす》み方はそれとは微妙に異なる。有体に言えば、左目の視力がゼロに近かった。

「命と引き換えの代償、と言ったところでしょうなぁ。当方がこうして白ずくめになったことと同じ。お互い、命があって何よりでしたという次第」

瞼《まぶた》に触れていると、チシャが淡々と状況を説明する。左目を失ったと、そう言われるアラキアの心中は特段、驚いていない。元々、自分の命が失われる可能性も十分にあった取引だった。生き残ったことの方が驚きだ。

そして、自分が生き残ったということは、ヴィンセントの計画が成立したことと同義と言える。そうでなくては、毒がアラキアを殺し切れないはずがない。

「姫様、は？」

「プリスカ様ですか？ ——お亡くなりになりました」

「——ッ」

だが、同じように淡々とした説明でも、それを聞き逃すことはできなかった。

アラキアは残った右目を見開くと、跳ね起きるようにして傍らのチシャへ手を伸ばす。

そして、その細く白い首をへし折らんとして——、

「——ああ、病み上がりでいけませんよ。落ち着いて落ち着いて、子犬ちゃん」

「がっ」

そんな軽々しい物言いと共に、額が硬い衝撃に打たれて体の力が抜ける。何が起きたのかと目を瞬かせるアラキア、その視界の端にふやけた笑顔が入り込んだ。

体を傾け、倒れるこちらを覗《のぞ》き込《こ》むのは、青い髪を束ねた少年だ。それが誰なのかわかった瞬間、波打つことの少ないアラキアの心中が大いに乱れた。

「にやけ面……」

「ははは、僕の顔を見られて嬉《うれ》しいのはわかりますが、そんな自己申告は不要ですよ。僕を見て思わず頬《ほお》が笑んでしまうのは、致し方ないことですからね！」

「──────」

残った右の視界で、自分の額を小突いた少年を睨《にら》みつけるアラキア。そのアラキアの殺意のこもった視線を見て、チシャがゆるゆると首を横に振る。

「これの妄言については当方から謝罪を。そして、当方のわかりづらい返答にも謝罪を。改めて、プリスカ様は亡くなられました。が、貴方《あなた》の姫君はご存命な次第」

「そ、れ……」

「閣下は約束をお守りになります。──貴方がプリスカ様への毒となった以上、そこを違《たが》えることはない。ただし……」

「姫様には、会えない……」

「──。左様で」

静かに頷《うなず》くチシャを横目に、アラキアは左目を押さえながら息を止めた。

──ヴィンセントは約束を守る。チシャが語ったことが事実なら、プリスカは死に、しかし生き延びた。アラキアの裏切りを以《もっ》て、彼女の『選帝《せんてい》の儀』は終わった。

「姫様……」

彼女は自分を憎むだろうかと、アラキアは長く見つめ続けた美貌を思い返す。

ヴィンセントの思惑に従い、プリスカへの毒となった自分を。彼女の勝利を信じることができず、彼女の『死』を避けるために独断した自分を。

ヴィンセントの語った言葉、その魔力に囚《とら》われたわけではない。プリスカがヴィンセントに敵《かな》わないとしたら、それは強さや智謀《ちぼう》の差ではない。心の差だ。

プリスカは慈悲深く、優しい。――だから、冷たく残酷なヴィンセントに勝てない。

「う、ふ……っ」

「おやおや、泣き始めてしまいましたね。チシャ、このワンちゃんはどうなさるんです？　閣下のお話だと、行き場がないと聞いてますけど」

「進退は、当人の意思に委ねるとのお話で。貴方の方こそ、先日の『剪定部隊《せんていぶたい》』を壊滅させた悪行が広まっておりますよ」

掌《てのひら》で顔を覆い、嗚咽《おえつ》を漏らすアラキアの足下で、少年とチシャが言葉を交わしている。

それらを意に介さず、アラキアは泣きながら、同時に祈った。

精霊を喰《く》らい、祈るものを持たない蛮族の娘でありながら、アラキアは天に祈る。

いつだって、アラキアの心酔する姫君が、そう語っていたことが真であることを。

世界は――、

20

「——妾《わらわ》の都合の良いようにできておる」

そうこぼして、少女は風になびく己の橙色《だいだいいろ》の髪をそっと押さえた。

草原に佇《たたず》む美しい少女、彼女の目の前にあるのは木陰に作られたささやかな墓所だ。その墓標に彫られた名は『プリスカ・ベネディクト』。

敗死したヴォラキア皇族の墓碑銘、それを眺める少女が紅《くれない》の瞳を細める。

「姫様、まだ風に当たるのはお体に悪うございます」

と、その少女の背中に声がかかる。呼びかけたのは、高貴な装いを自然と着こなした老婦人だ。後ろに数名の侍従を連れており、外見の印象を裏切らない立場にあるとわかる。

そんな老婦人が敬意を示す少女が、彼女以上の立場の存在であることも。

「姫様、どうかお聞き分けを……」

「——姫様などと、たわけたことを言うでない。プリスカ・ベネディクトは墓の下よ。なれば妾を姫と呼ぶのはおかしかろう。妾は、貴様の孫娘であろうに」

「——————」

不遜な態度で応える『孫娘』に、老婦人が恭しく頭《こうべ》を垂れる。それを背中に感じながら、少女は「ふん」と改めて墓標を眺めた。

本来、『選帝《せんてい》の儀』に参加したヴォラキア皇族に墓は作られない。

敗者にかける情けはなく、その亡骸《なきがら》が灰とならずに残ることも稀《まれ》であるのが『選帝《せんてい》の儀』の習わしであるからだ。

故に、このプリスカ・ベネディクトの墓碑銘が刻まれた墓標は例外的なものだ。

その墓の下に、少女の亡骸が葬られていることも含めて。

「妾《わらわ》とよく似た顔立ちの娘であったが……よもや、二度も役に立つとはな」

思い出されるのは、『選帝の儀』が始まる直前、送り込まれた刺客をあぶり出すための犠牲となった影武者。——姫を守る役目を果たした、同じ髪の色をした少女だった。

その遺体は丁重に整えられ、家族の下へ褒賞と共に送り返された。だが、亡骸となってさえも、彼女には安寧ではなく、役割が与えられたらしい。

生前のみならず、その死後も『プリスカ・ベネディクト』を装うという役割が。

「……大儀である」

言い切って、少女は手にしていた紅《くれない》の扇を音を立てて開いた。憎い姉から奪ったそれで己を扇《あお》ぎながら、後ろで待つ老婦人たちの方へ足を向ける。

そして——、

「姫様……」

「違うと、何度も言わせるな。その名を持つ姫は無様に死んだ。哀れにも、忠臣の憂慮を取り除けなかった報いを受けてな。ここにいるのは……ふん、なんであったか」

そう首を傾《かし》げる少女に、老婦人が瞑目《めいもく》し、一拍置いて答えた。

「──プリシラ」

「そうであったな」

鷹揚《おうよう》に頷《うなず》くと、音を立てて扇を閉じる。あの姉がしていたように、豊かな胸の谷間に扇を挟むことはできないが、遠からず、同じことができるようになろう。

生きているのだ。──生きている以上、先がある。ならば、

「その先が続こうよ。なにせ──」

空を仰ぐ。憎らしいほどの蒼穹《そうきゅう》の彼方《かなた》、赤々と燃える太陽がある。それを掴《つか》むように手を伸ばせば、なおも『陽剣』の熱は掌《てのひら》に宿っていた。

その熱を確かめ、少女──否《いな》、プリシラは笑い、言った。

「──世界は、妾にとって都合の良いようにできておるのじゃからな」

《了》

1

——全ての人間にとって、自分の命と関わらない殺し合いは娯楽である。

それも極端な意見だと思うが、自分の置かれた状況からすれば、何を馬鹿なことをと笑い飛ばせない説得力がある。

頭上から降り注ぐ熱狂を帯びた歓声、それを浴びながら硬い床を後ろへ転がる。その無様な逃走に歓声が悪罵に変わるが、知ったことではない。

「こちとら、命がかかってるんでな……っ！」

痰《たん》と一緒に罵声を吐き出し、右手に握った身幅の厚い剣を正面へ向ける。そうして牽制《けんせい》され、追撃を仕掛けようとしていた相手の素足が止まった。

血色の悪い禿頭《とくとう》の男が、だらりと両腕を下げた姿勢で陰惨に嗤《わら》う。

ここでは珍しいことに、禿頭の男は武器を構えていない。しかし、ある意味では剣や槍《やり》よりも凶悪な武器が、揺らされる男の両腕には宿っている。

——毒手、という技がある。

それは人間の手を毒に浸し続け、死なない程度に毒を蓄えていく暗殺技法だ。やがて、毒はその浸され続けた指に爪に宿り、掠《かす》めただけで相手を殺す武器となる。

赤紫色に染まった男の手は、まさしくその毒手の再現であった。

「どっか、お偉いさんの暗殺にしくじったシノビかなんかかね」

その毒手と、迷いのない殺意から相手の素性を類推する。

シノビとは、極限の鍛錬と人知を超えた人体改造をその身に課して完成する暗殺者。実在が疑われるレベルの存在だが、いると考えた方が自然な都市伝説だ。

権力者に雇われ、権謀術数の一環として暗殺合戦の尖兵《せんぺい》となることが多い彼らだが、どういうわけかこの場所にいる以上、囚《とら》われの身なのだろう。

何故《なぜ》ならこの場所は——、

「——剣奴《けんど》同士を戦わせる悪趣味な場所、剣奴孤島『ギヌンハイブ』だからな」

剣の奴隷と書いて、『剣奴』——。

それが戦い合う二人の身分であり、日々、多くが血を流し、骨を砕かれ、命を落とすことになる底辺の存在の総称だ。

そして、この剣奴孤島で繰り広げられる殺し合いという名の興行は、それを観戦する悪趣味な観衆——帝国民たちの血肉への飢えを満たす絶好の場。苛烈な姿勢を貫く神聖ヴォラキア帝国において、なくてはならない悦楽の地なのだ。

「だからって、オレたちがまんまと弄《もてあそ》ばれるってのは楽しくねぇや」

重たい刀剣を片手に握ったまま、そう呟《つぶや》いてゆっくりと立ち上がる。長時間振り回すのはなかなか応える重量の剣だが、生憎《あいにく》と右手に奮闘してもらうしかない。

なにせ、本来なら右手を助けるはずの左手が失われているのだ。

「――――」

長く、ざんばらに伸びた髪を頭の後ろで結び、凶悪と称される鋭い目つきで相手を睨《にら》みつける。それを精一杯の牽制《けんせい》としながら、深々と息をつくのは隻腕の男だ。

もっとも、腕をなくしたのは今しがたというわけではない。なくしたのはもうずいぶんと前で、そのバランスの悪さにも慣れたつもりだ。とはいえ、今日のような神経を使う相手と戦うときには、これを重荷に感じることも多い。

「そんなわけで、なるべく長引かせたくねぇんだ。どうだい、シノビっぽい兄さん、オレと示し合わせて没収試合といかねぇか？」

「……没収試合だと？」

「お、興味ある？」

投げかけた提案を聞いて、毒手の男が厳《いか》めしい眉を顰《ひそ》めた。その素振りに関心があると感じ、ここぞとばかりに前のめりに言葉を続ける。

「話は簡単だ。このままオレが逃げ続けて、兄さんは攻撃しながらも当てない。それが長引くと、観客もオーナーも焦《じ》れてくる。で、たぶんテコ入れのために魔獣かなんかが投入されて、敵がお互いじゃなく、魔獣とかになるはずだ」

「……それを協力して倒せば、今日を乗り切れる、か」

「そうそう、そういうこと！　なんだ、話せるじゃねぇ……くわぁっ⁉」

理解が早い、と破顔したところへ、毒手の男が鋭い爪を向けてくる。それを危うくのけぞって躱《かわ》し、今一度転がりながら距離を取って相手を見据えた。

禿頭《とくとう》は見下すような目をこちらに向け、実際、「くだらん」と吐き捨てる。

「協力して魔獣と戦うだと？　何故《なぜ》、わざわざ危ない橋を渡らねばならん。片腕の男と魔獣なら、誰であっても前者を選ぶ。私も同じだ」

「いやいや、気持ちはわかるよ？　でも、同じ人間同士だし……」

「それに、私の鍛えた技を活《い》かせる場だ。その充足を邪魔されるのは我慢ならない」

「……あー、殺しが天職的な方でしたか。そりゃ、価値観が違うから話が合わねぇや」

頭を掻《か》きたいところだったが、牽制する腕を下ろした途端に致命的な攻撃が飛んでくるだろう。嘆息するにとどめ、そこへ相手の毒手が揺らめく。

くる、と直感——否《いな》、知っていた。

右の毒手から突き込んでくる。それを躱されれば左腕、と見せかけて足——毒手ならぬ毒足が相手のフィニッシュブローだ。手の込んだことをしてくれる。

ただし、タネの割れた手品など驚くに値しない。

「——っ」

突き込まれる右の毒手を躱《かわ》し、左腕が動くのを目の端に捉えながら、旋回する相手の足へ刀を合わせた。刀身へ吸い込まれる足が膝で断たれ、どす黒い血が噴出する。それをわずかに浴びてしまい、せめて血に毒は混ざっていてくれるなと思いながら――、

「運が……いや、星が悪かったのさ」

そう言われ、敗北を信じ切れない男の首が高々と宙を舞った。

2

「今日も危うい勝ち方だったなぁ」

「やー、オレも危なくない勝ち方できんならそれが一番だぜ？　でも、三十路《みそじ》過ぎで片腕のオッサンには、この泥臭い勝ち方が精一杯だっての」

歓声のやまない闘技場をあとにして、剣奴《けんど》用の通路に戻ったところを出迎えられる。

待っていたのは、このコロシアムに配備された看守の一人。興行の見世物である剣奴を管理する立場で、剣奴の中には親しみを込めて『奴隷商』と呼ぶものもいる。

ともあれ、剣奴に対して横柄な態度のものが多い看守の中、目の前のオーランという人物は珍しい部類の、剣奴に友好的な人物だ。

人の好《い》い彼に看守が務まるのか甚だ疑問だが、少なくとも、ここで数年仕事を続けられるぐらいには適応しているらしく、付き合いもそれなりに長くなった。

おかげでその距離感は、看守と剣奴というよりは友人に近いそれになっている。

「ほいよ」

そのオーランへ、血に濡《ぬ》れた武器を引き渡す。興行以外で剣奴が武器を持つのは禁じられており、闘技場の外では手枷《てかせ》を嵌《は》めるのも義務付けられている。

ただし、隻腕の人間への手枷など、文字通り形だけの代物だったが。

「よし、枷は固定できた。……それにしても、今日も勝ち残ってくれてよかったよ。こう言っちゃなんだが、お前さんの相手は評判が悪くてな。看守が二人、腕を掴《つか》まれて死んでるんだよ。事故って話だったが……」

「毒手の使い手が事故なんて、自分の得物で首を斬るみたいなポカじゃね？」

「だよなぁ。でも、見世物として珍しいから不問って話だ。まったく、ここじゃ剣奴も看守も命の大安売りだよ。ここに限った話じゃないが」

苦笑いしながらこぼしたオーランは、つくづく看守に向かない男だ。あるいは彼が向かないのは看守ではなく、剣奴孤島やヴォラキア帝国そのものかもしれない。

命を惜しまぬ闘争心や、絶対に揺るがない信念。――帝国で持て囃《はや》されるのはそうした確固たる価値観であり、博愛精神や慈愛の心は尊ばれない。

真っ当な倫理観の持ち主では生きづらい。それが、神聖ヴォラキア帝国だ。

「ま、それでもオレらみたいに剣奴になるよかマシだろうけどな！」

「笑えないなぁ……あっと、もちろん、お前さんが勝ってくれて嬉《うれ》しいのは、相手の評判が悪いからだけじゃないぞ。お前さんがいい奴《やつ》だからだ」

「オイオイ、気を付けてくれよ。あんまり優しくされると、オレルートに入るぜ？」

「るーと？」

「気にすんねい。それより、いい加減移動しようぜ」

聞き覚えのない単語に首を傾《かし》げるオーラン、そんな彼の肩を叩《たた》いて移動を促す。

あまり立ち話をするのもなんだし、何よりここは闘技場と繋《つな》がっている通路なのだ。当然ながら、次の死合いに出場する剣奴《けんど》もここを通るわけで――、

「――あらん？　誰がまごついてるのかと思ったら、アルちゃんじゃなあいん？」

「げ」

案の定、次の剣奴と出くわしてしまい、盛大に唇を曲げてしまう。

途端、それを目にした相手は「あらあらあらん」と鈴のような声をこぼし、その長身を左右に揺らしながら愉《たの》しそうに迫ってきた。

「げ、なんてつれないわあん。アタシたち、お友達のはずでしょおん？」

「勘弁してくれよ。あんたと友達なんて言って回ったら面倒が山ほど増えちまう。たまに立ち話する知人あたりがいいとこじゃねぇか？」

「うっふふふん。やっぱり、アルちゃんたら面白いわあん」

唇を緩め、そう嫣然《えんぜん》と微笑《ほほえ》むのは黒髪を短くした長身の女性――この世界でも珍しい、身の丈二メートル以上もある真の意味の長身だ。

恵まれた体格と女性的な凹凸のはっきりした体つき、それらを誇示するような肌に張り付いた衣装を纏《まと》い、彫りの深い顔立ちも相まって美術品めいた印象の持ち主だった。

だが、それらの特徴よりもなお特徴的なのが、彼女の両腕だ。長身に見合った彼女の長いはずの腕は、しかし左右共に肘から先が存在していない。

隻腕のこちら以上のハンディを背負い、しかし、彼女には不完全さが生み出す華がある。罵声塗《まみ》れの前座をこなすのではなく、全ての観客を虜《とりこ》にする華が。

剣奴孤島『ギヌンハイブ』のメインイベンター、それが彼女――、

「――ホーネット、あんたには感謝してる。けど、お互いの立場を考えようぜ？　オレみたいな蟻《あり》んこは、あんたの傍《そば》にいると吹き飛ばされちまうんだ」

「寂しいこと言わないでよおん。あなたはアタシの一番のお友達なんだからあん」

「一番の、ねえ……他の奴《やつ》が根こそぎいなくなったから、繰り上げただけだろ？」

「くっふふふん」

入れ替わりの激しい剣奴生活だけに、順位の変動もそれはそれは激しい。それを否定しないところが、この女――ホーネットの憎めないところだ。

一度目にすれば忘れられない容姿はもちろん、その話し方や立ち振る舞いにも他者の心を鷲掴《わしづか》む毒がある。まるで蜂の毒、二度も三度も付き合えば命はない。

その猛毒と比べれば、さっき戦った男の毒手など可愛《かわい》いものだ。

「ホーネット様、そろそろ……」

「ええ、わかってるわあん。お願い」

剣奴《けんど》である彼女を様付けしたのは、あろうことか剣奴を管理する看守の男だ。

オーランの同僚であるホーネット付きの看守は跪《ひざまず》き、腕の代わりに拘束されたホーネットの両足の枷《かせ》を外す。その姿、女王へ傅《かしず》く臣下の振る舞いそのものだ。

——他者を傅かせる生来の気質、『剣奴女帝』ホーネットと呼ばれる所以《ゆえん》だ。

「相変わらず、優雅にお過ごしなこって……おお、こわ」

剣奴らしさの欠片《かけら》もないホーネットを揶揄《やゆ》すると、看守の男に睨《にら》まれる。彼女にすっかり骨抜きにされた看守は、命じられればこちらを害することも躊躇《ためら》うまい。

ただし——、

「馬鹿なことは考えないのん。ほら、アタシの『腕』をちょうだいな」

「は」

ホーネットの制止を受け、腰を折った看守が顎をしゃくる。すると、通路の奥から頭巾で顔を隠した獄卒が、台車に載せた二振りの大剣を運んできた。

大人の身の丈ほどもある大剣だが、それは持ち手の部分が奇妙な形状をしている。それもそのはず、その大剣は腕のないホーネット専用の武装——、

「よ、しょっとん」

艶っぽい一声をかけて、ホーネットが途切れた両腕を大剣へ向ける。すると、ちょうど断たれた腕の先端が大剣の持ち手の空洞へ入り、固い音を立てて固定される。

ぐっと彼女が腕に力を込めれば、百キロ以上に見える大剣が軽々と持ち上げられた。

常人では持ち上げることさえ困難な大剣、それを二本同時に扱うのが、誰にも真似《まね》のできない彼女のスタイル——剣奴孤島最強の女、その真価であった。

「せっかくだし、アタシの戦いを見ていってちょうだいねん、アルちゃん。今日の勝利、他の誰でもなくあなたに捧《ささ》げるわん」

「ありがた迷惑ッスわ」

またしても看守の憎悪の視線をもらいながら、減らない軽口でそう答える。それにさえホーネットは微笑《ほほえ》み、こちらの横を抜けて闘技場へ歩を進めていった。

しばらくして、わっと歓声が上がる。会場中が彼女の登場に沸いた証拠だ。

「んじゃ、オレは地下に戻って寝てくるとするわ」

「な……っ、貴様、ホーネット様のお言葉を……！」

「いや、だから見ないって本人にも言ったじゃん。笑ってたじゃん。それが答えってやつだろ。おわかり？」

食い下がる看守を間近で睨みつけ、相手が気圧《けお》されるのを見て身を引く。

戦いの直後、命のやり取りを終えたばかりだ。どうやら自分も気が立っているらしい。

相手も、ホーネットが笑って見逃すところに居合わせていたのだ。それ以上はいちゃもんのつけようもないと、悔しげに押し黙るのみ。

「いやぁ、ハラハラした。剣奴って雰囲気じゃないんだもんなぁ、彼女」

黙らせた看守の隣を抜け、闘技場の反対へ向かう足取りにオーランが並ぶ。ホーネットの登場以来、気配を消していたかのような潜伏ぶりだったが、それで正解だ。

良くも悪くも、ホーネットとは出くわさないのが一番。興味を持たれても、持たれなくても厄介極まりない。それが、この孤島のルールなのだから。

「それにしても、気に入られてるなぁ、アルデバラン」

「……勘弁してくれや、オーランさんよ。それに、言ってあったはずだろ」

悪気のない顔で話しかけてくるオーランに、隻腕の男——アルデバランは片目をつむってみせながら、

「オレのことはアルって呼んでくれや。フルネームは好きじゃねぇんだ」

3

——剣奴《けんど》孤島『ギヌンハイブ』。

それは神聖ヴォラキア帝国の西部に位置する、周囲を湖で囲まれた『絶水の孤島』とでもいうべき場所だった。

島への出入りには一本だけしか存在しない橋を利用する必要があり、それは平時には通行不可能な跳ね橋となっている。出入りを厳しく管理し、島の内と外とを隔絶する理由は単純明快——島に閉じ込められた剣奴を、外へ逃がさないための措置だ。

剣の奴隷と記す剣奴は、文字通り、剣の所有を許された奴隷の名称だ。

ただし、剣の所有が許されるのは、島の中央に存在する闘技場での死合いの間のみ。その死合いは、島の外からやってくる観客への娯楽として提供される興行だ。

端的な話、この島は奴隷同士の殺し合いを見世物にしている悪趣味な盛り場だ。

剣奴の多くは犯罪者か、借金を返せずに身売りするしかなかった債務者といったところで、極稀《ごくまれ》に行き場のない不運な人間が捕まってくることもある。

ただ、どんな境遇のものであれ、一度剣奴に身を落とせばやるべきことは同じ。

――死合いに勝ち残り、相手を殺して命を繋《つな》ぐ。それだけだった。

「――アルさん、ぼかぁ思うんですよね。このまんまでいいのかなって」

剣奴孤島の地下には、剣奴たちが生活するための居住区が存在している。

居住区といっても、住みやすいように整備されていたり、生活用品が揃《そろ》っているなどの気遣いは微塵《みじん》もない、ただ放置されているだけの空間だ。

そうした地下の思い思いの場所を陣取り、剣奴たちは闘技場の死合いへ連れ出されるまで虚無の時間を過ごす。アルも、その例外ではない。

今日も無事に寝床へ戻れたことを感謝しつつ、寝そべったところだったのだが――、

「あれ？　アルさん？　聞いてくれてます？　アルさーん」

「――――」

甘ったるい男の声に顔をしかめ、アルは硬い床の上でごろりと寝返りを打った。相手に背中を向けて、会話を拒否する意思表示だ。

しかし、相手はアルの態度を無視し、「ねえねえ」と肩を揺すってくる。

「ちょっとちょっと、聞いてくださいよ。ぼかぁ大事な話をしてるんですから」

「聞かねぇし、そっちこそオレの気持ちを推し量っていただけます？　今しがた一仕事終えたばっかで疲れてんの。眠たいの。それしか楽しみがねぇの」

「またまたぁ。寝る以外にも楽しみならあるでしょう。アルさん、人気者なんですから」

笑って食い下がる相手が、顎《けんど》をしゃくって遠目に見える人影を示す。それは煽情《せんじょう》的な衣装を纏《まと》った女たちで、立場上は剣奴とされている島の娼婦《しょうふ》だ。

彼女たちは剣奴として、闘技場での死合いに呼ばれることはほとんどない。代わりに与えられている役割は、島の剣奴たちの不満の捌《は》け口《ぐち》となること。

そんな彼女たちの人気者であるなどと、自惚《うぬぼ》れることはありえないが――、

「うえ」

「わあわあ！　今の失礼すぎやしませんか、アルさん！　美しい女性たちですよ!?　職業に貴賤《きせん》はないでしょうに！」

「……いや、職業差別じゃねぇよ。こう、精神的なもんだから」

猛然と非難され、込み上げてきた嘔吐《おうと》感を噛《か》み殺《ころ》しながら頬《ほお》を歪《ゆが》める。

おざなりに女たちに手を振ってやると、彼女たちは微笑で手を振り返し、仕事のために

相手を探してそれぞれ方々へ散っていく。

相手によっては壊されることも多い。優しくされることが少ない女たちだ。だが、こんな環境でも健気《けなげ》に生きる彼女たちを、どうしてぞんざいに扱えようか。

「女性は苦手なのに、女性には敬意を払う。アルさんが好かれるのもわかりますねえ」

「選択肢がねぇだけだ。そうでなきゃ、オレみたいなうらぶれたオッサンなんぞ見向きもされねぇよ」

「うーん、卑屈。まぁ、ぼかぁアルさんのそういうとこも好きですがね」

そう言って、べらぼうに整った顔の男前がアルに笑いかけてくる。そんな人懐っこい男の態度に、アルは苦々しい顔でため息をついた。

灰色の髪を長く伸ばした色男——ウビルクという名の青年は、五年ほど前にギヌンハイブへ連れてこられた剣奴の一人だ。

ひょろひょろとした長身の美形だが、優れた実力の持ち主——というわけではない。むしろ、戦いはからっきしで、闘技場に立てばあっという間に蹂躙《じゅうりん》されかねないだろう。

そんな彼が五年もここで生き延びている理由は、先の女たちと同じだ。

ホーネットは例外中の例外だが、剣奴の中には腕の立つ女も少なくない。ならば、その待遇は男の剣奴と何も変わらず、彼女らを満たす役割がいる。

ウビルクは、それを見込まれて生き長らえている一人だった。

「それでアルさん、さっきの話の続きなんですがね」

「だから、話に付き合う気はねぇって言ってんだろ。人の話を聞けよ」

「いやいや、そう言わずに。あの『剣奴女帝《けんどじょてい》』からの直々のお誘いですよ？」

「ますます聞く気が失《う》せたわ」

しばらく見たくも聞きたくもない名前が話題に上がり、アルは盛大に顔をしかめる。その反応にウビルクは笑い、

「ホーネットさんにその態度……アルさんって怖いものなしですか？」

「馬鹿言え。さっきの見てたろ。普通に女が怖い。だからホーネットも怖い。QED」

「きゅー……？　また、アルさんの地元のお言葉ですかね。わかんないなぁ」

ウビルクが首をひねるのは、アルの口が紡いだ耳慣れない言葉だ。

とはいえ、アルもそれをわざわざ説明してやるつもりもない。ウビルクも、アルのそんな態度には慣れっこなので、殊更話題に食い下がることもしなかった。

ただし、話題には食い下がらなくても、会話自体には食い下がる。

「とにかく、聞いてくださいよ。でなきゃ、今度呼び出されたときにぽかぁホーネットさんに抱き潰されてしまいます。アルさんも、それは罪悪感がすごいでしょ？」

「面倒臭《めんどくせ》ぇな……それ聞いたら、オレの睡眠時間を邪魔しないでくれるか？　だったら、一応聞くだけ聞いてやるよ」

「はは、やっぱりアルさん優しい。女性がダメなのがもったいない」

「うるせぇ」

ウビルクの軽口を黙らせ、アルはさっさと話せと先を促す。

そうしてようやく、ウビルクは話の本題に入った。

「実は近々、ここの闘技場で催しが開かれるらしいんですよ。その内容は——、帝国の有力者がちょろちょろいらっしゃる大規模なものになるとか」

「へえ？ ここ何年かなかったってのに、なんでまたそんな話に？」

「それはほら、我らがヴォラキア皇帝が崩御し、次の皇帝が誕生したからです。つまるところ、皇帝候補が全滅したってことですけどね」

「全滅したら次の皇帝が……ああ、最後の候補者が皇帝になったんなら、候補が全滅って意味にはなるか」

ウビルクの説明の不足部分を理解力で埋めて、アルは静かに片目をつむる。

神聖ヴォラキア帝国の皇帝が崩御したことや、次の皇帝を選ぶ『選帝《せんてい》の儀』とやらが行われたことは、この隔離された孤島でも聞かれた話だ。

そうなれば、帝国の新陳代謝を祝った催しが開かれることにも納得がいく。

「他の連中はあんまり馴染《なじ》みがないかもしれねぇけど、ここでも時節の祝いってのがたまにあるからな。……まぁ、大抵はオレたちにとっちゃろくでもねぇことだが」

「さすが、剣奴孤島の十年選手は経験値が違いますね。ぼかぁ尊敬しますよ」

「自分の足跡辿《たど》って気が滅入《めい》るからやめれ」

称賛と皮肉、五分五分のウビルクに舌打ちし、アルは過去の例を思い出す。

帝国の祝い事に乗じた剣奴《けんど》孤島での催しは、普段と毛色の違った『死合い』へと放り込まれることが大半だ。通常は一対一での死合いのルールが変更されたり、場合によってはこのために捕らえられた巨大な魔獣と、十人がかりで戦うケースもある。

「四年前の、山みたいにでかい魔獣とやり合ったときが一番しんどかったな……ホーネットがいなきゃ全滅してた。あの魔獣の角、いまだにホールに飾ってるぐれぇだ」

「伝説の一戦って語り継がれてますね。アルさんとホーネットさん以外、当時いた剣奴が全員死んでしまったとか」

「で、オレがホーネットに目ぇ付けられる切っ掛けだよ」

それまでは箸にも棒にもかからない雑魚として認識されていたのが、うっかり地獄を生き延びたことで興味を持たれてしまった。今ではすれ違うたびに絡まれ、嫌な思いをさせられる相手の筆頭と言える。

四年前の激戦を生き残れたのは彼女のおかげなので、借りがないではないのだが。

「それでも苦手なもんは苦手だ。で？　そのホーネットがなんだって？」

「いやいや、難しい話じゃないです。普段と違う催しをするので、いつもは足を運ばないような方々がやってくると。つまりですね」

「――――」

「――帝国の上級伯あたりを人質に、解放の要求も可能なんじゃないかと」

声を潜めたウビルクの言葉に、アルは目をつむった。

それは話の内容もさることながら――、

「本当にお前ら、諦めが悪《わり》ぃな。何べんそんなこと言ってんだよ」

という、実現性の低い夢物語を何度も何度も語られることへの疲労感が理由だ。

剣奴孤島の解放計画――それはウビルクだけではなく、この島にいる剣奴の多くが夢見ていることでもある。

この島にいる限り、剣奴は明日をも知れない立場を強制され続けるのだ。解放されたいと望むのは、至極当然のことだろう。

とはいえ――、

「そんな夢、これまで何百人どころか何千人って奴《やつ》が見てんだよ。だってのに、抜け出せた奴が一人もいねぇんだ。どんだけ無謀なことだと思ってやがる」

「それはわかりますよ？　でも、計画性や実行力……諸々《もろもろ》が不足した結果がそれです。言ってみれば、失敗するべくしてした失敗ってやつですよ」

「そりゃ、そういう向きはあるだろうけどよ」

もっともらしい言い分だが、それこそ理屈の上では誰もが夢想した理想論に思える。

いずれにせよ、アルの抵抗感を無視させられるほどの力ある意見ではない。

「そもそも、そんな話にホーネットが本気で乗るとは思えねぇな。あの女帝さんは、ここでの暮らしを気に入ってる。戦い大好きのバーサーカーだ」

剣奴として例外的に、何不自由なく暮らせて、自分自身の欲求も満たせる場だ。

ホーネットがこの待遇を手放す理由が見つからない。となると当然、この話がホーネットからの伝言と、そうした前提が怪しくなってくるわけで。

「そこんとこどうよ。今なら、とっとと謝れば許してやってもいいぜ？」

「あははは、いやぁ、ダメでしたか。ホーネットさんはアルさんのこと気に入ってるみたいだったので、アルさんが口説き落とせればって思って……いたぁっ！」

「やってもいいってだけで、許すとは言ってねぇから」

悪びれないウビルクの頭に拳骨《げんこつ》を落とし、アルは涙目の彼をその手で追い払う。

話を聞いてやって大損をこいた。ともあれ、近々行われるという剣奴孤島《けんど》での大きなイベント——その存在は気に留めておいた方がいいだろう。

過去の様々な催しに苦しめられ、何度も『死ぬ』ような思いをしてきた身としては。

「だからこそ、この苦境を抜け出すための努力がですね……」

「とっとといけ！　次は手加減しねぇぞ！」

諦めの悪いウビルクに拳を突き付け、今度こそ疫病神とはお別れだ。

ああは言っていても、彼も解放計画なんて成功するとも思っていまい。——結局、あれらは剣奴たちの見果てぬ夢、決して叶《かな》わない願望に過ぎない。

そして、そんな夢を見るには、アルは時間を重ねすぎてしまった。

——剣奴孤島で剣奴として生きて十年以上、ここ以外の生き方など望めないほどに。

4

室内に張り詰める渇いた緊張感が、老練なる家令の背筋を軋《きし》むほど固くする。

老いた家令にとって、他者に仕えるこの生業《なりわい》は天職だった。奉公するペンダルトン家には勤続五十年、今の主人の親の代から働かせてもらっている。

主人には多大な恩義があり、そうでなくても成長を見守ってきた親愛がある。つまるところ、主《あるじ》には幸福になってもらいたいと、そう願っていた。

願っていたのに──、

「──ふむ」

家令の配膳した紅茶のカップを掴《つか》み、形のいい鼻がその香りを堪能する。

茶葉の蒸らし時間や湯の温度、基礎的な条件は満たされているはずだ。その拘《こだわ》りの多さには驚かされたが、事実、お茶の香りと味わいは劇的に変わった。

豊富な知識に裏打ちされた審美眼、それに適《かな》うかどうかはもはやこの屋敷で働くものの命題となっている。よりよく勤め、主への敬意を示すためのもの。

そこに抵抗があるとすれば、それは審美眼の持ち主に対してのみだろう。

「──いかがでしょうか、奥様」

「香りは合格としてやろう。あとは味じゃが、さて」

家令が腰を折って伺いを立てるのは、この屋敷で主人の次の序列をいただく人物。長年の恩義がある主人――ジョラー・ペンダルトンの伴侶だった。

「――――」

桜色の唇をカップに付け、紅茶を味わう横顔に家令は目を細める。

長く良縁に恵まれなかった主人にとって、これは遅れに遅れた初婚だった。そのこと自体は喜ばしい。たとえそれが、わずか十二歳の少女が相手だとしても。

年齢差のある結婚、それ自体は貴族の間では珍しいことでもない。家同士の結び付きを強めるため、愛のない婚姻は貴族の常だ。しかし、五十路《いそじ》を迎えんとする主人が十二歳の奥方を迎えたことは、長い付き合いの家令にとっても驚きだった。

ましてやこの奥方からは、婚姻によって得られる利益が何一つなかったのだから。

それでも、主人であるジョラーの善良さは語るまでもない。帝国貴族としては稀有《けう》すぎる人格者、そんな主《あるじ》のために忠を尽くすのは家令として当然のこと。

故に、新しい環境に戸惑うことの多いだろう少女を全力で支える。――そう、家令は静かな決意を固め、主人の幼い奥方を屋敷に迎えたのだ。

そんな家令の静謐《せいひつ》な決意は、実物の奥方を前に木端微塵《こっぱみじん》に砕かれた。

新しい奥方は、確かに十二歳だった。彼女は幼く、頼るものもなく屋敷へやってきた。

しかし、彼女は目を奪われるほど美しく、その魂は炎より鮮やかに燃え盛っていた。

――プリシラ・ペンダルトン。

それがジョラー・ペンダルトンの妻となり、この屋敷に支配者の如《ごと》く君臨した鮮烈な少女の名前だった。

「悪くはない」

白い喉が鳴り、少女が脳髄へ直接届くような美声で言葉を紡ぐ。

一瞬、それが嚥下《えんげ》された紅茶への感想なのだと気付くのが遅れた。その原因は少女の横顔にある。何のことはない。その美しさに見惚《みほ》れ、時が止まっていたのだ。

そして、時が動き出し、言葉が称賛であったと理解した途端、全身が震える。

自分の人生の半分の半分、それにすら満たない年月しか生きていないだろう少女の称賛に血を沸かされ、痺《しび》れるような感覚が魂を鷲掴《わしづか》む。

家令という職業は、この老いた身にとっての天職だった。

ならば、家令が目の前の、生まれながらの支配者である少女に傅《かしず》くのは当然のことだったのだろう。

――誰かに仕えるということは、誰かに支配されるということなのだから。

「下がれ。妾《わらわ》は夫と話がある」

「は」

一礼し、家令は命令に逆らわずに後ろへ下がる。

退室の間際、もう一口だけ、カップの紅茶に口を付けてもらえないだろうか。自分の働きに、あの幼い支配者が応えてくれないだろうか。

そんな願望に身を焼かれながら、老いた家令は静かに部屋を去るのだった。

「……すっかり、みんな君に骨抜きのようだね、プリシラ」

家令が退室し、二人だけになった居間に弱々しく掠《かす》れた声が漏れる。

声の主は部屋の奥、一応の上座に座った初老の男だ。白いものがまじり始めた頭髪をいただく覇気のない男は、屋敷の主《あるじ》であるジョラー・ペンダルトン。

神聖ヴォラキア帝国の中級伯、それなりの地位と家柄に恵まれた男だ。

そして、そのジョラーが気後れした目を向けている相手こそ、明るい橙色《だいだいいろ》の髪に宝石をあしらった髪留めを付け、血のように赤い瞳をした美しい少女、プリシラであった。

歳《とし》の差のある夫婦だが、やや心の距離まで開いているような会話の始め方だ。そのおどおどとした夫の態度に、プリシラは「は」と鼻を鳴らすと、

「ビクビクと、縮こまりながら掠れた声で話すでない。貴様の声と風との区別がつかぬであろうが。それとも、今のは妾《わらわ》の聞き違いで、風の音であったか？」

「い、いや、そんなことはないよ。私の言葉だとも。……ただ、使用人たちと打ち解けてくれたようだねと、そう言いたかっただけなんだ」

「ふん。言うに事を欠いて打ち解けたとは、見る目のなさも極まったものよな」

プリシラのその言葉に、「え？」とジョラーが目を丸くする。そんなとぼけた反応の夫を見やり、プリシラは「よいか」と片目をつむった。

「あれらと妾との関係は打ち解けたのではない。従えただけじゃ。あれらは元より、他者

に傅《かしず》く以外に生きる術《すべ》を持たぬもの共よ。故に、妾が道を示せば大喜びで尻尾を振る」

「な、なるほど……？」

「むしろ、あれだけ従順な凡俗共を従えて、よくも貴様は歯止めが効いていたものよ」

「歯止め……？　すまない。あまり意味がわからないんだが……」

「――――」

なおも曖昧な返答を重ねるジョラーに、プリシラの片目の視線が鋭くなる。だが、その視線の熱に怯《おび》えながらも、ジョラーの態度に変化はない。

「――。ますます解せぬな。つまるところ、貴様には人として当然持ち合わせるべき、欲得や衝動が欠落している。そうした輩《やから》もいないわけではあるまいよ。しかし」

「し、しかし？」

「だとしたら、何故《なにゆえ》に妾を妻として迎え入れたのかがわからぬ」

歯切れの悪いジョラーの返事に、プリシラは鋭い視線のままそう付け加えた。

ジョラーの気質はよく言えば善良、悪く言えば気骨と冒険心に欠けた臆病者だ。踏み固められた道を進むことを良しとし、野の道を決して選ぼうとはしない。

面白味《おもしろみ》はないが、堅実である。それは苛烈な生き様の尊ばれるヴォラキア帝国では得難《えがた》い生き方と言える。

それを弱腰と侮られてきたことが、この歳まで独り身であった理由だろう。

冒険や博打《ばくち》をしないこと。それがジョラー・ペンダルトンの信条であったはずだ。

そのジョラーがプリシラを妻に迎えたのは、あまりにその信条と相反した行いだ。

それはもはや、大博打《おおばくち》どころの話ではない。

何故《なぜ》なら――、

「貴様には妾《わらわ》の素性を明かしたはずじゃな。――妾が、『選帝《せんてい》の儀』で死んだとされている皇女、プリスカ・ベネディクトであると」

プリスカ・ベネディクト。――それは、ヴォラキア帝国の皇帝の座を争う『選帝の儀』に敗北し、死亡したとされている皇女の名前だ。

だが、プリスカは死んでいなかった。死を偽装し、今も生き延びている。

本当の名ではなく、行儀見習いの少女の名を名乗り、プリシラ・ペンダルトンとして。

それは様々な人間が尽力し、少女を生かそうと足掻《あが》いた結果――だが、プリシラはジョラーの下へ嫁ぐ際、その事情を彼には隠さなかった。

もちろん、知った上で拒むのなら、プリシラは彼を生かしはしなかったろう。そういう意味では、プリシラの告白はジョラーにとって災い以外の何物でもない。

だが、その事情を知ってなお、ジョラーはプリシラとの婚姻を拒まなかった。

それが何故なのか。ジョラーの腹の中身は、老練な家令を短期間で傅《かしず》かせることさえできるプリシラにも見通すことのできない謎だった。

「――――」

それを聞いて、ジョラーは軽く目を見張り、それから唇を微《かす》かに緩めた。

その反応は、まるで問題の答えがわからない幼子を見るような微笑《ほほえ》ましげなものだ。

「夫とはいえ、そのような目で妾を辱める権利などないぞ」

「す、すまない。意外だが、納得もしてしまった。これまでの君は、あらゆることを当然のように見透かす幼い賢者だったから。だから」

「だから？」

「歳《とし》相応なところもあるのだな、と」

今のプリシラの心境からすれば、その口の利き方も十分に大博打だった。

いっそ、そっ首を叩《たた》き落としてやろうかと内心で検討しそうになるほどに。

「し、心配せずともいいよ。私は君を利用したり、突き出そうとも思っていない。それは紛《まぎ》れもない本音だ」

「……まぁよい。元より、貴様が何を企《たくら》んでいようと関係はない。——世界は妾にとって、都合の良いようにできておるのじゃからな」

「————」

天命か、宿業とでも呼ぶべきプリシラの哲学。

それを口にした途端、ジョラーの表情が再び柔らかい変化を生んだ。ただし、そのことをプリシラが追及するより早く——、

「——旦那様、申し訳ございません」

先ほど退室させた家令が、ノックの音と共に居間へと戻ってくる。

夫婦の時間に割り込むとは無粋なことだが、歴の長い家令らしくない行いだ。その理由は続く彼の報告ですぐに明らかになる。

「ドラクロイ上級伯の使者の方がお見えです」

「ドラクロイ伯の？　そんな話は聞いていなかったが……と、プリシラ!?」

家令の報告に眉を顰《ひそ》めたジョラーが、すたすたと部屋を出ていくプリシラに驚く。しかし、プリシラはその夫の声に足を止めず、玄関ホールへ足を進めた。

そうして、プリシラが屋敷の入口に姿を見せたところへ、

「おっとぉ？　こりゃずいぶんと可愛《かわい》らしいお嬢さんの登場じゃありやせんか」

そうプリシラの姿に眉を上げたのは、見覚えのない細身の青年だった。

まだ若く、十七、八歳程度と思《おぼ》しき青年は細長い包みを抱えており、人好きのする笑みを浮かべてプリシラに手を振る。

「ペンダルトン伯の娘さんでしたかね？　お父さんはご在宅で……」

「馬鹿か、バル坊！　ペンダルトン伯に子どもはいねえ！　早まんな！」

その青年の後頭部が、傍らにいた小男によって勢いよく叩《たた》かれる。

乾いた音が鳴り響いて、青年が「いってぇ!?」と悲鳴を上げた。

「いきなり何しやがんですかい、マイルズ兄ぃ！　中身スカスカでも、割れたら大変なことになるのはおわかりでしょうに！」

「やかましい！　中身スカスカってんなら、その中身をしっかり詰めてから出直してこ

い！　お前のポカにオレを巻き込むな！」

「ポカ!?　ポカたぁなんですかい。あっしがいったい何やらかしたと……」

「ペンダルトン伯は最近、年若い奥方をお迎えになられたばかりだ！　その空っぽの頭でよーく考えろ。娘のいないペンダルトン伯の屋敷で、若い娘が現れたなら……」

「……あー、なるほど」

　ようやく合点がいったと頷《うなず》いて、青年がぴっしり整えた己の栗毛《くりげ》を手で撫《な》でる。その隣で小男が「やっとわかったか……」と疲れたように肩を落としていた。

「ったく、手のかかる……その血の巡りの悪さ、ガキの頃からの腐れ縁でなきゃとっくに見捨ててるぞ、バル坊」

「いやぁ、マイルズ兄ぃには頭の上がらねえこってす。でやすが、兄ぃもそれだとちょいとやらかしちまってんじゃぁねえですかい？」

「なんだと？　オレが何を……うぁ」

　話が一段落したところで、言い合いの発端を目にした小男が硬直する。

　何のことはない。言い合いの発端であるプリシラは、その二人のやり取りを口を挟まずに眺めていた。そして、自分の方に注目が集まると細い肩をすくめて、

「どうした？　こちらに構わず続けるがよいぞ。道化同士が罵り合うとは、なかなか物珍しい見世物で興が乗った。そら、続けよ」

「ぐおお……年端もいかない小娘に、完全に弄《もてあそ》ばれてやがる……っ」

「いけやせんぜ、兄ぃ、口が悪くなってまさぁ。とりあえず、謝っちまいやすかい？」

「ぐぐ……」

プリシラの言葉に何やら震えている大小の二人組。別に嬲《なぶ》るつもりはなかったが、何を言っても響きそうな道化具合を手放すのも惜しい。

「ぷ、プリシラ、彼らは私の客人だ。あまりからかわないでくれないかい」

「む、追いついたか」

次の言葉を思案していたプリシラに、後ろからジョラーが追いついてきた。彼はプリシラと対峙《たいじ》する二人組を見ると、「あぁ」と軽く眉を上げ、

「ドラクロイ伯の使者と聞いていたが……君か、マイルズくん」

「ペンダルトン伯……！　ご無沙汰しております」

ジョラーに名前を呼ばれたのは、どうやら顔見知りだったらしい小男のマイルズだ。彼がその場に跪《ひざまず》くと、隣の青年も慌てて兄貴分の態度に倣う。

明らかに使者慣れしていない態度、それを見取ったジョラーが「彼は？」と尋ねた。

「見ない顔だが、新人かね？」

「はい。自分の昔馴染《むかしなじ》みでして、ドラクロイ伯に引き立てていただきました。『飛竜繰り』に非凡な才能がありまして……おい、ご挨拶しろ」

「へいへい、ご挨拶させていただきやす」

マイルズに促され、跪く青年が顔を上げてジョラーを見る。その真《ま》っ直《す》ぐな眼差《まなざ》しに気《け》

圧《お》される夫を横目に、プリシラはそのみなぎる覇気に目を細めた。

若く、飄々《ひょうひょう》とした態度の裏に隠れているが、この青年はかなりの出物だ。

そのプリシラの評価を余所《よそ》に、青年は自分の胸に手をやり、

「ご紹介に与《あずか》りやした、バルロイ・テメグリフと申すものでさ。こちらのマイルズ兄ぃにはガキの時分から世話になってやして、今も面倒見てもらってやす」

「なるほど。マイルズくんは面倒見がいいからね。……『飛竜繰り』ということは」

「へい。――一頭、跳ねっ返りを預かってまさぁ」

緊張と無縁の青年――バルロイは屈託のない笑みを浮かべていたが、最後に付け加えたその一言のときだけは笑みの質が変わった。

不敵というべきか、自信ありげなそれへと変質したのだ。

「『飛竜繰り』……人に懐かぬ飛竜を従える、一部の家に伝わる秘術であったな」

「そうそう、よく知ってやすねえ。小さいってのに勉強熱心……いたたたたっ！」

「お前は！　少しは！　勉強しろ！」

すぐに態度の崩れるバルロイの尻をつねり、マイルズが語気を荒くする。そんな二人組のやり取りに、「ああ、いやいや」とジョラーは手を振った。

「そう目くじらを立てないでやってくれ。私の方こそ、紹介していなかった。彼女はプリシラ・ペンダルトン……その、私の妻だ」

「五十路《いそじ》目前の男が、妻を紹介するだけで恥じらうでない。堂々とせよ。妾《わらわ》を娶《めと》ったのだ

から、この地上で最も幸運な男が貴様であろうに」

　おずおずと、そう表現する以外にないジョラーの紹介の仕方にプリシラが鼻を鳴らす。するど、その物言いにジョラーは苦笑し、バルロイとマイルズは目を見張る。

「これはこれは……いや、さっきちらっとお話したときも思いやしたが、なかなか強烈な奥さんをもらいやしたね、ペンダルトン伯」

「おかげで、尻に敷かれてしまっているよ」

「たわけ。ならばなおさら光栄に思うがいい。それと、妾を強烈などとつまらぬ尺度で物語るでないぞ、凡愚。――いや、凡という言葉はそぐわぬか」

「ええと、これは褒めてもらってると思ってよろしいんで？」

　品定めするプリシラの視線に、バルロイが困惑した様子でジョラーを見やる。が、ジョラーにも新妻の手綱は握れておらず、中級伯は困り顔で愛想笑いするばかりだ。

　そんな状況に痺《しび》れを切らしたのは、しばらく沈黙していたマイルズだった。

「あー、あー、ペンダルトン伯、我らが主《あるじ》から書状を預かっております。そちらをお渡しさせていただいても？」

「あ、ああ、待たせてすまない。セリーナからか。なんだろうね」

「まぁ、剣奴《けんど》孤島のことだと思いやすがねえ」

「剣奴孤島……そうか。そんな話があったか」

　封蝋《ふうろう》された書状を受け取り、内容に目を通そうとするジョラーが吐息をこぼす。あまり

好ましくない単語を聞いた反応だが――、

「剣奴孤島《けんど》……『ギヌンハイブ』か。そう言えば、足を運んだことはなかったな」

「お。奥方も興味おありな感じですかい？　いやぁ、実はあっしもいっぺんいってみたかったとこでして、今回の話は大歓迎ってなわけでさぁ」

「ふむ。大方、貴様らの主《あるじ》が、妾《わらわ》の不肖の夫を剣奴孤島へ招待しておるわけか」

「ええ、ええ、そうでやしょうね。……あれ、マイルズ兄ぃ、どうしやした？」

話の本筋への理解が早いプリシラに、バルロイは飄々《ひょうひょう》と首肯する。が、そんな弟分とプリシラのやり取りに、マイルズは「何のために手紙を……」と苦い顔だ。

相当、この弟分には手を焼いているらしい。しかし、それも仕方のないこと。

「器に見合わぬ水を注げば、溢《あふ》れ出《で》るのは必定よ。それでも中身をこぼしたくなければ、常に口を付け続ける以外にない。それでも、いずれは及ばず流れ出るがな」

「……肝に銘じておくとしますよ」

血の巡りは悪くないらしい。プリシラの言葉を小娘の戯言《たわごと》と片付けないあたり、マイルズもバルロイに慕われるだけの理由はあると見えた。

あとは――、

「ドラクロイ伯の誘いは嬉《うれ》しいが、色々と当家も慌ただしい状況なんだ。だから……」

「――これの言葉は無視しておけ。剣奴孤島への招待、聞き入れてやる」

「ぷ、プリシラ!?」

書状を畳み、丁重に断ろうとしていたジョラーの言葉をプリシラが遮る。珍しく、強い感情を露《あら》わにしながら、ジョラーはプリシラの耳元に顔を寄せ、

「プリシラ、剣奴孤島は人の出入りが多い。もしかしたら、君を知るものが……」

「それが理由で拒絶か？　ならば、妾がこの招待を受ける理由を与えてやる」

「理由？　そ、それは……」

「簡単な話よ。――妾が、剣奴孤島に興味がある」

愕然《がくぜん》と、ジョラーは目を見開いた。

それはプリシラの在り方であり、妻から夫への可愛《かわい》いおねだりとも言えた。それを可愛いと表現するには、いささか取り巻く環境が特別すぎではあったが。

ともあれ――、

「――――」

「ペンダルトン伯、どうされますか？　我らの主は、返事を急がせる方ではありませんので、熟考されても……」

プリシラの言葉に硬直するジョラー、それを見たマイルズが助け舟を出す。だが、ジョラーはそんな配慮に「いいや」と首を横に振った。

「返事を待つ必要はない。……ご招待に与《あずか》ろう。ドラクロイ伯にそう伝えてほしい」

「おお、そいつは助かりやす。きっと、あっしらの主人も喜びまさぁ」

苦悩しながらも出された答えを聞いて、バルロイが手放しに喜んだ。一方、マイルズは

複雑な目をジョラーへ向けていたが、その判断に口を挟む真似《まね》はしない。

代わりに深々と腰を折り、「承知しました」と返答を受け取った。

「では、詳しい日時は書状の通りに。必要であれば、返事をお持ちしますが……」

「不要じゃ。貴様らの頭がよっぽど空でない限り、こちらの答えは忘れていまい。それを持ち帰り、主《あるじ》へ伝えよ」

「ははは、言われちまいやしたね、兄ぃ。こいつはぐうの音も出やせんぜ」

「やかましい！」

結局、最後まで使者らしい体面は守り切れず、マイルズの怒声が屋敷に響くのだった。

5

大きく翼を羽ばたかせ、二頭の飛竜が宙へ舞い上がる。

飛竜は竜種の中でも気性が荒く、その凶悪な性質は魔獣に近いと言われることさえある獰猛《どうもう》な種族だ。人懐っこい地竜や、荒々しくも従えることができる水竜とは、接し方の難易度が根本から違ってしまっている。

そんな飛竜を従える術《すべ》を『飛竜繰り』と言い、古くからヴォラキア帝国の限られた存在にのみ門外不出の秘術として伝えられている。

そして、バルロイとマイルズの二人は、そんな貴重な『飛竜繰り』を習得した人材で、帝国にも百人といない飛竜使いというわけだった。

「そう言えば、翼竜に跨《また》ったことも妾《わらわ》の記憶にないな」

「プリシラ、ま、まさか飛竜に乗りたいだなんて言い出しは……」

「は。そう慌てふためかずともよい。妾も、容易《たやす》くできることなどとは思っておらぬ。本能に従って生きる獣に、妾の品位が余さず伝わるなどともな」

「そう、か。……いや、安心したよ」

飛び去っていく使者たちを見送りながら、プリシラはホッと胸を撫《な》で下《お》ろしているジョラーの横顔をちらと見た。

相変わらず、弱腰が服を着ているような印象の男だ。見るべき点のない凡庸な男の一人に過ぎない。しかし、彼はまたしても危険な決断をあえてした。

プリシラを連れ、剣奴《けんど》孤島へ向かうという決断を。

「うん？　どうかしたかな？」

「――。ますますもって、意図の読めぬ男よ。ふむ、あるいはそんな男だからこそ、妾の伴侶として最低限の質は満たしたと言えるのかもしれんな」

ジョラーの探れない腹の内を思い、プリシラはそんなことを呟《つぶや》く。

ただプリシラの美貌に呑《の》まれ、獣欲を満たそうとする輩《やから》であれば初夜も越えられない。

一方で、プリシラの素性は利用するにはあまりに危険度が高すぎる。つまり、そうした悪巧みや謀《はかりごと》にも到底向かない爆弾ということだ。

結局、その心中を見透かすことはできそうもなく――、

「まあよい。今は大した興味もない夫のことより、剣奴《けんど》孤島の方が興味を引く」

「た、大した興味のない夫は傷付くなぁ……」

「傷付けられたくなくば、妾《わらわ》の関心を引くことじゃな。少なくとも、今の貴様ではまだ見ぬ興行よりも妾の気は引けぬ」

ぴしゃりと容赦のないプリシラに、ジョラーはがっくりと肩を落とした。しかし、打たれ強いのか、彼は「それで」と肩を落としながらも言葉を続け、

「勢いに呑《の》まれてしまったが……本気でギヌンハイブへ？」

「無論。ドラクロイ……上級伯であろう。その誘いを一度は承諾し、あとでなかったことになどすれば侮辱したと戦を吹っ掛けられても不思議はない。妾も、嫁いだばかりの家がなくなるのは胸が痛む。苦渋の決断というやつよな」

ますますジョラーの肩が落ちるが、その頃にはプリシラは彼に目もくれていない。

その赤い瞳が見据えるのは、飛竜の飛び立った空の彼方《かなた》――その先にあるはずの、まだ膨らみの小さな胸を沸かせる剣奴孤島だ。

そこで何が待ち受けているのか、さしものプリシラにも未来は見通せない。

だが――、

「なんであれ構わぬ。――世界は妾にとって、都合の良いようにできておるのじゃからな」

6

「――んあっ」

ぞくっと怖気《おぞけ》のようなものを感じて、床に寝そべっていたアルが跳ね起きる。

何事かきょろきょろと周りを見るが、誰もいない。何もない。

「おいおい、アル！　なんだよ、今の！　遊んでんのかぁ？」

「だははは！　見世物になんのは上でだけで十分だろ！」

そんなアルの醜態を見て、酒盛りをしていた剣奴たちが囃《はや》し立《た》てる。

娼婦役《しょうふ》もいれば、酒や食べ物にもある程度の融通が利くのが孤島の地下の環境だ。ほろ酔い気分で騒ぐ輩《やから》を睨《にら》みつけ、アルは自分の黒髪を掻《か》き毟《むし》った。

「おい、アルぅ？　アルくーん？　怒ったのぉん？」

「ホーネットの真似《まね》やめろ。悪夢かと思うわ」

からかってくる剣奴に吐き捨てて、アルはゆっくりと立ち上がった。酔っ払いに絡まれていては気が休まらない。一人になれる場所を求め、ふらふらと彷徨《さまよ》い歩いた。

迂闊《うかつ》な場所を歩いて、ホーネットやウビルクに絡まれてはたまらない。そう考えると、この島で自分が安らぐ相手はオーランしかいない事実に心底気が滅入《めい》る。

そうしているうちに、アルは息詰まる地下空間から抜け出し、夜の風を浴びていた。

「――」

剣奴《けんど》に開放された地下から直接繋《つな》がっているのは、島の外壁に設置された見回り用の狭い足場だ。元より、跳ね橋以外に孤島から抜け出す術《すべ》はないため、内外の出入りの警戒はゆるゆるなものだった。

無論、この馬鹿でかい湖を泳いで渡ろうと画策するものもいるかもしれないが——、

「水棲《すいせい》の魔獣がうじゃうじゃいる湖で、そんな馬鹿な真似《まね》しても死ぬだけだからな」

故に、剣奴孤島は緩い警戒態勢に反して、これまで一人の脱獄者も出していない。そんな環境で、外への解放を望もうなんて馬鹿げた話だ。

日中のウビルクの夢物語が思い出され、アルは苛立《いらだ》たしげに舌打ちした。

普段なら聞き流せるはずの放言が、今日はやけに引っかかる。

「夢なんて、起きてるうちに見るもんじゃねぇよ。馬鹿馬鹿しい」

重ねて忌々《いまいま》しげに呟《つぶや》けば、見上げた空には半分に欠けた月があった。

やけに大きく見える半月、しかし、アルの注意は月ではなく、それを飾るように夜空にちりばめられた星々へと向く。

無数の星々を睨《にら》みつけ、アルは唇を噛《か》んだ。

「——何もかも、星が悪かったんだよ」

——剣奴孤島の祝祭が、間近に迫りつつある夜だった。

7

――『苛烈』を擬人化したような人間性。

それが、セリーナ・ドラクロイ上級伯に対する、プリシラの最初の印象だった。

女性にしては背が高く、すらりと長い手足はかなり鍛えられている。かといって武骨な印象を受けるかと言えばそうではなく、女性的な起伏にも恵まれているため、単純な武張った女性という表現は適切ではないだろう。

さしずめ、美しい猛獣といったところだ。

赤錆《あかさび》色の波打つ髪を背に流し、ドレスではなく、商船の船員のような装いに大きな外套《がいとう》を羽織っているセリーナ。貴族らしからぬ、と陰口を叩《たた》く声もありそうだが、ヴォラキア帝国では実力者の行いはなんであれまかり通る。

ならば、『灼熱公《しやくねつこう》』とまで呼ばれるセリーナ・ドラクロイの在り方に、いったいどこのどんな人間が物言いを付けられるというのか。

「久しいな、ペンダルトン伯。息災だったか？」

そう言って笑うセリーナ、彼女の整った面貌の左側には顔を縦断する古傷がある。

白く大きなその刀傷は、彼女に家督を奪われた父親が刻んだとされるもので、家督争いの決着に父親を生きたまま焼いたことが、彼女が『灼熱公』と呼ばれる所以《ゆえん》である。

「あ、ああ、息災だったよ、セリーナ。君も、元気そうで何よりだ」

そんな女傑の気安い挨拶に、ジョラーが弱々しい笑みを浮かべて答える。プリシラの『最愛』の夫である彼の弱腰はいつものことで、爵位への気後れは無関係だろう。

上級伯と中級伯、男と女、強気と弱腰――およそ、構成するあらゆる要素が対照的な両者だが、歳《とし》の差が二十以上もあるにも拘《かかわ》らず、二人は友人関係にあるらしい。

もっとも、年齢差の話をすれば、プリシラとジョラーも言えた話ではない。

なにせ、五十男と十二の娘の夫婦だ。セリーナの方も、心外と言わざるを得まい。

「そちらが、噂《うわさ》に聞く奥方か。ずいぶんと若い娘を嫁にもらったと知って、長く独り身だったのはそういうわけかと思ったものだが……」

ちらと、セリーナの視線がジョラーの隣にいるプリシラへ向いた。彼女はしげしげと、縮こまるジョラーの横で堂々と立つプリシラを見定め、

「いやはや、噂など当てにはならんものだ。マイルズたちの報告は的確だった」

「ほう、あれらの報告か。いったい、妾《わらわ》をどのような美辞麗句で飾り立てた？」

「年齢に見合わぬ大器、と言っていたかな。あとは生意気で躾《しつ》けてやりたいそうな」

「――ほう」

挨拶も抜きに話しかけたプリシラに、しかし、セリーナは肩をすくめてそう答える。

彼女の答えを聞いて、プリシラは紅《くれない》の瞳を細めると、視線をセリーナの後ろの控えている二人組――使者としても顔見せした、バルロイとマイルズの二人へ向けた。

その視線にマイルズは首をすくめ、バルロイはふやけた笑みで手を振り返している。

「どちらが大物かは言うまでもなく、じゃな」

「そう言ってやるな。マイルズも、あれでなかなか目端が利く。どちらも私の貴重な手駒だ。悪いが、気に入ったとしても譲ってやれん」

「いらぬ。妾《わらわ》が傍《そば》に置くなら、妾の目に適《かな》うほど美しいか、そうでなければ退屈させぬ道化に限る。その点、我が夫はどちらの条件も満たしておらんな」

「ええ⁉　こ、ここで私に飛び火するのかい？」

目を白黒させるジョラー、その裏返った彼の声に、プリシラは「堂々とせよ」と鼻を鳴らして細い腕を組んだ。

現在、プリシラとジョラーの夫婦は住み慣れた我が家を離れ、セリーナ・ドラクロイ上級伯の招待を受け、帝国西部の地へとやってきていた。

目的は剣奴《けんど》孤島『ギヌンハイブ』――ヴォラキア帝国に新たな皇帝が誕生したことを祝う祝祭、その祭典へ出席するためであった。

「厳密には、選帝《せんてい》と剣奴孤島に関わり合いなど何もない。新皇帝の誕生を口実に、ただ人寄せをしたいだけなのは明白じゃがな」

「奥方はずいぶんと辛口だな。こうした催しは好かないか？」

「いいや？　皇帝への忠節などにさしたる意味はない。民草がこの手の遊興にふけるのを咎《とが》めるほど狭量でもないぞ。何より……」

「何より？」

「命懸けで相争うものを鑑賞するのは、妾の好むところじゃからな」

懐から抜いた扇を広げ、口元を隠してプリシラが答える。すると、セリーナは軽く目を見開いて、それから「は」と息を吐くように笑った。

「これはいい！　ペンダルトン伯、いい奥方を捕まえたじゃないか！　私とも話が合いそうだ。酒の飲めない年頃なのがもったいない」

「よしてくれ、頭の痛い……プリシラ、君もそう軽はずみなことは……」

「たわけ。酒の味ぐらい知っておる。妾を誰と心得ておるのか」

「プリシラ⁉」

プリシラの答えにジョラーが仰天し、セリーナがますます上機嫌になる。

そんな顔合わせを終えて、セリーナは顔の白い傷を笑みに歪《ゆが》ませながら、

「いかんな。いくらでも話が弾みそうだが、それは道中の楽しみに取っておこう」

「お手柔らかに頼むよ。……それで、ギヌンハイブへは橋が架かっているんだったか。祝祭のことを考えると、混雑していそうだね」

「案ずるな。招待した手前、お前たちを退屈させはしないさ」

そう答えたセリーナが、首を傾《かし》げるジョラーの前で指を鳴らす。それを合図に、セリーナの後ろに控えていたマイルズとバルロイの二人が動いた。

「――――」

両者は口元に手を当てると、高々と鳴り響く指笛を奏でる。

そして、その指笛に呼ばれて――、

「これは……！」

「飛竜か」

凝然と目を見開いたジョラーの横で、プリシラが空から舞い降りる影に目を留める。

大きな両翼を広げ、風を巻きながら降下してくるのは二頭の飛竜だ。ただし、ただの飛竜なら先日のバルロイたちの訪問時にも披露されている。

今回、それが驚きに値するのは、二頭の飛竜が船を吊《つ》り下《さ》げていたからだ。

太い鎖で固定され、飛竜が吊り下げた船――『飛竜船』は、飛竜を操れるものが存在するヴォラキア国内でも滅多《めった》にお目にかかれない代物である。

「これに乗る経験はそうそうあるまい。さあ、遅くなったが、私からの祝儀だ」

背後に飛竜船を浮かべながら、誇らしげに笑ってみせるセリーナ。

その彼女の堂々たる態度にジョラーは絶句しているが、代わりにプリシラが唇を綻ばせた。これは、確かに祝儀として相応《ふさわ》しい代物と言える。

「よい。大儀である。気に入ったぞ、ドラクロイ上級伯」

「――。いやはや、本当にペンダルトン伯はいい嫁をもらったものだ」

と、物怖《ものお》じせずに応じるプリシラを前に、セリーナは自身の顔の傷を指でなぞりながらそう呟《つぶや》いたのだった。

8

「アルさん、聞きました？　飛竜船がきたらしいですよ、飛竜船」

と、どこか浮かれた様子のウビルクが言ったのは、アルが壁に手をついて、足の腱《けん》を伸ばす準備運動をしている真っ最中のことだった。

今日も今日とて、辛《つら》い辛い立場である剣奴《けんど》のアルには命懸けの仕事がある。

それがたとえ、新皇帝の誕生に国中が沸いている祝祭の最中《さなか》であろうとも、だ。

「つか、むしろ祝祭のせいで島の興行も大盛り上がりなんだけどよ」

「しまったなぁ。飛竜船なんて一生に一度、見られるかどうかって代物なのに見損なうなんて大損だ。ぼかぁ、完全にツキに見放されましたよ、アルさん、ねえ、アルさん」

「うるせぇな！　オレが準備運動してんのが見えねぇのかよ！」

腰を回すアルの傍ら、くるくると周りをうろつくウビルクを怒鳴りつける。

運に見放されたと嘆く彼には悪いが、アルに言わせれば死合いにエントリーさせられない分だけウビルクはついている。

日々、常に命の危機に晒《さら》されながら、『死』という外れ籤《くじ》を引かされるまで延々と見世物にさせられる。それが剣奴の生き様であり、死に様だ。

この剣奴孤島に追いやられながら、その仕組みに巻き込まれずに済んでいる時点で、ウビルクは十分以上に幸運な男のはずだった。

「――でも、虐げられ、踏みつけにされる立場は変わらない。ぼかぁ、アルさんと比べて自分がマシだなんてちっとも思えませんよ」

「……男娼《だんしょう》が、オレたち剣奴《けんど》と自分を同列に語ろうってのか？」

人好きのする笑みを消し、沈んだ声音のウビルクにアルも声の調子を落とす。

反撃の言葉は鋭く、場合によっては二度と友好的に語らう機会が失われかねないものだ。

だが、ウビルクは「容赦ないなぁ」と苦笑いしながら頭を掻《か》いた。

「結局、剣を振り回さないうちは、ぼかぁアルさんのお友達にはなれないってことなんですかね。だとしたら、一生顔見知りってことですか」

「さりげに一生剣振らない宣言してんじゃねぇよ。今は人当たりと面の良さだけでどうにかなっても、今後もそうとは限らねぇぞ。十年、二十年先を見据えろ」

「アルさんの方こそ、ここであと十年も暮らすつもりなんですか？　それこそ、辛抱強いってよりも足下《しやく》が見えちゃいないでしょうに」

言われるのも癪だが、確かにウビルクの言う通り。

十年二十年、この剣奴孤島で生き抜くなんてのは馬鹿げた話だ。そうなる前に、どこかでおっちぬ日がくるだろう。

一年後か、来週か、あるいはそれが今日という日なのかもしれない。

「だからそうなる前に、ですよ、アルさん」

「――――」

「ここで座して死を待つぐらいなら、運命と戦ってやりましょうよ。ぼかぁ、アルさんがやるって言ってくれたら百人力だと思ってるんです」

細めたアルの黒瞳に何を見たのか、ウビルクが熱の入った声で勧誘してくる。

ウビルクの根拠と見境のない革命論がまた始まった。立ち止まるな、武器を持て、圧政と戦えと、そう扇動するのはさぞかし気分がいいだろうが――、

「オレは興味ねぇよ。必死で生き抜いてまでやることもねぇ」

「アルさん……じゃあ、なんで戦って勝つんですか。アルさんが勝つってことは、誰かが負けて死ぬってことです。ぼかぁ、それは矛盾してると思いますよ」

「矛盾はしてねぇよ。――死ぬ理由がねぇだけだ」

珍しく――否《いな》、初めて本気で食い下がるウビルクに、アルは冷めた声で答えた。ウビルクはなおも何か言いたげな顔をしたが、集会場の奥に迎えの顔が見える。

アルの担当看守であるオーランだ。彼が顔を見せたということは、時間だ。

「いってくらぁ。戻ってくるかはわからねぇから、先にご飯食べてていいよ」

「戻ってきますよ、アルさんは。ぼかぁ、それは信じてます」

「それ、ヒロインの台詞《せりふ》だろ。女の子に言われても困るけど」

かといって、ウビルクのルートに突入されても困るので扱いは適当に。

そうして、ウビルクと顔見知りの剣奴たちに見送られながら、アルはオーランに連れられて闘技場へ向かう。

途中、形だけの手枷《てかせ》を外され、代わりに愛剣を握らされると――、

「今日も死ぬなよ、アルデバラン」

「……物覚えが悪いのが、あんたの唯一の欠点だな」

またしても呼ばれたくない名前で呼ばれ、アルは苦笑いと共に闘技場へ踏み出した。

途端、頭上から降り注ぐ悪趣味な観客たちの熱狂。それらに対し、アルは皮肉な思いを感じながらもおどけて一礼し、彼らの愉悦に一役買ってやる。

彼らを好きになれるはずもないが、観客は味方に付けておいた方が何かと都合がいい。それが、アルがこの十年の剣奴《けんど》生活で学んだ処世術の一つだ。

「それにしても、今日はずいぶんと盛況で……新皇帝誕生の祝祭ってのも、やること一緒でも案外馬鹿にならねぇらしい」

ギヌンハイブの剣奴興行、それ自体の内容はいつもと何も変わらないが、羽目を外した観客が普段より多く訪れているのだろう。

ならばせいぜい彼らを魅《み》せ、生き残るための力添えにご協力いただこう。

「どうぞ、観客席の皆様も、VIPルームのお歴々も、屋根の上からご覧の方々も、手には厚手のハンカチをご用意くださいませ、ってな」

皮肉げにこぼしながら、アルは肩に担いだ青龍刀《せいりゆう》をゆっくりと構える。

正面、対面の通路から闘技場に現れたのは、蛮刀を両手に握った禿頭《とくとう》の大男だ。全身に目立つ刀傷は、彼もまた剣奴として場数を踏んでいる証《あかし》でもある。

その日、自分が誰と戦わされるのか、闘技場で相手と会うまでわからない。

正直、自分がいつどこでホーネットと、あの『剣奴女帝』とぶつけられるのか。そんな死刑宣告が今日でなかったことに安堵《あんど》しつつ――、

「まぁ、お互い運がねぇや。誰が悪いわけでもねぇ。――星が悪かったのさ」

9

首が刎《は》ねられ、血飛沫《ちしぶき》を撒《ま》きながら禿《は》げ頭が宙を舞う。

瞬間、剣奴同士の死合いを見下ろす観客が、今日一の歓声で激闘を――否《いな》、敗者を嘲笑《あざわら》い、勝者をも侮蔑を交えながら称賛した。

「いやぁ、なかなか派手なもんでやすねぇ。『死合い』とは聞いちゃいましたが、お遊びなしの本気の殺し合いたぁ、それを見世物にしてんのもなかなかどうして」

「露悪的な趣味だ。楽しむ奴《やつ》の気が知れんぜ」

死合いを観戦しながら、そんな感想を交換するのはセリーナの配下、バルロイとマイルズの二人だ。

自身も長物使いらしいバルロイと、武力はからっきしと自称するマイルズ。剣奴たちの戦いに関しても、両者の意見は両極端と言えば両極端なものだ。

兄弟分として、互いにないものを持ち寄っていると言えば聞こえはいいか。

「それでどうだ、プリシラ、楽しめているか？　お前の良人《おっと》は青い顔をしているが」

「悪くはない。何も持たぬものたちが、己の全てを尽くして相争う姿は興が乗る。……先の、不細工な男の戦い方は面白みに欠けたがな」

「先の……ああ、隻腕の」

己の顔の傷に触れながら、セリーナが血の香るような笑みを浮かべる。

プリシラが話題に上げたのは、直前まで観客を沸かせていた死合いの勝者――黒髪に隻腕の、ずいぶんと不格好《ぶかっこう》な勝利をもぎ取った男のことだ。

相対する大男を翻弄し、最後には首を刎《は》ねて勝利したが、それは泥臭く、華やかさとは程遠い戦いぶりだった。

無論、剣奴《けんど》同士の戦いに技の粋を極めた高次元の戦いなど望むべくもないが――、

「命への執着すら感じん。あれは、何のために戦っておるのやら」

腕を組み、プリシラは不格好な剣奴をそう評する。

この剣奴孤島に囚《とら》われる剣奴の多くが、望まぬ戦いを強いられているのは事実。だが、そんな中にあっても、戦い、勝ち抜き、生き残る理由が個々にあるはず。

それは誰かとの再会や、あるいは俗っぽい名誉を求めた声でも構わない。ただ生き残りたいと、それだけでも懸命な訴えと言えよう。

しかし、それすらないものとはあまりに異質だ。自らの命にさえ執着せず、目の前の事柄を処理するように、生を勝ち取る。それは何とも――、

「——無粋よな」

「うえ……っ」

プリシラが端的な総評を口にするのと、横でジョラーがえずいたのは同時だった。

ちらと隣を見れば、青白い顔をしたジョラーは闘技場から目を背け、その首や額をおびただしい量の汗で濡《ぬ》らしている。

わかり切っていたことではあったが、血腥《ちなまぐさ》い舞台の観戦に向かない男だ。

プリシラが望み、セリーナに招待されたのを理由にこの場に足を運んだが、そこまでが関の山の男でもある。

「つくづく、ヴォラキアの貴族に向かぬ男よな」

「す、すまない……もう少し、踏ん張れると自分でも思っていたんだが……うっ」

「ちょうどいい。妾《わらわ》も風に当たりたかったところじゃ。こい」

そう言うと、プリシラは青い顔をしたジョラーの腕を引いて立ち上がらせる。

プリシラたちのために用意された観覧席は、闘技場を一望できる高みにあるが、それでも血や脂、命の臭いは上がってくる。この空気に揉《も》まれている間は、ジョラーの気が休まることはないだろう。

「外の通路を使え。バルロイ、二人についていろ」

「ええー、あっしですかい？　あっしは死合いに学びたいことが……いてぇ！」

「伯のご命令に逆らってんじゃねえ！　これ以上、オレに恥掻《か》かせる前にいけ！　ペンダルトン伯と奥方にも失礼すんなよ！」

「へーい」

セリーナとマイルズ、二人に命令されて渋々と受け入れるバルロイ。布にくるまれた長柄の得物を手にした彼を連れ、プリシラとジョラーは観覧席を離れた。

熱狂の渦巻く闘技場の外、剣奴《けんど》孤島『ギヌンハイブ』を取り囲む湖を見下ろせる露台へ出ると、水気を孕《はら》んだ冷たい風がプリシラたちを出迎える。

すでに日は没し、代わりに空には血のように赤い月が浮かんでいる。暗い湖面はその赤い月を映し返し、空と湖、二つの月が世界を睥睨《へいげい》しているようだった。

「はぁ……気を使わせてすまなかった、プリシラ。バルロイくんも、付き合わせて申し訳ない。君は死合いを楽しんでいたようだったのに」

「ああ、いやいや、気にしないでくだせぇ。勉強にはなりやすが、楽しんでたって話になるとまたちょっと違うってのがあっしの見解でしてね」

「そう、なのかい？」

「そうなんでさぁ。まぁ、なんにせよ、ペンダルトン伯のご機嫌を損ねてまで居座るほどの理由はないってことで」

仕えて間もないとのことだったが、バルロイの発言はいちいちあけすけだ。

プリシラはさして気にしないが、ジョラーの方は罰しなければならないような失言が飛び出さないか気が気でない様子でいる。貴族らしい権力を振りかざすことにさえ躊躇《ちゅうちょ》する様子、それを一瞥《いちべつ》し、プリシラは湖面を眺めた。

「――――」

思ったほどのものでもない、というのが剣奴孤島に対するプリシラの所感だ。

当初はどれほどのものかと興味もあったが、実物を見てからはそれも薄れた。ジョラーと違い、血を忌避し、命の奪い合いに嫌悪感があるわけでもない。

「むしろ、その点に限っては血が沸く」

良くも悪くも、プリシラもまたヴォラキア貴族――血筋の話題をするなら、大っぴらには語れないが、最もヴォラキアの血が濃くて当然の出自だ。

血に人格が宿るなどとプリシラは信じていないが、少なくとも、プリシラ自身は命を賭し合うものたちから目を背けることはない。

ただ、それが虫籠の中の仕組まれた殺し合いでは滾《たぎ》らないというだけで。

「それにしても、奥方はお若いのに大した肝っ玉ですなぁ。マイルズ兄ぃでも渋い顔してたってのに、首が飛んでも顔色一つ変えやせんでしたもん」

と、手すりの前に立ち、湖面を見下ろすプリシラの顔をバルロイが覗《のぞ》き込《こ》んでくる。手すりに背をもたれさせ、両足を浮かせた何とも不敬な姿勢。

しかし、プリシラは彼の態度に物申さず、「何が言いたい」と問いかける。

「町娘のように一喜一憂し、死した敗者を悼めば可愛《かわい》げがあるとでも言うのか？」

「いやいやいや、そうは言いやせん。わざわざこの島に足運んどいて、いちいち死人が出るたんびに泣いてたらそっちの方がヤバいでしょーよ。それに」

「それに？」

「ドラクロイ伯もですが、あっしは気の強い女性が好みなもんで」

姿勢以上に不敬な発言が飛び出したが、プリシラはそれも黙殺した。

それはバルロイの言動に悪意がないのを見抜いているのと、彼自身の器がここで割るには惜しい大器と判断していたこと、それと——彼が、自分たちの警護役だからだ。

真剣味も肩の力も抜けているようなバルロイの態度だが、時折、彼の視線が周囲を油断なく見回しているのがプリシラにはわかる。その腕前も、達人を多く見てきたプリシラから見て、まだ若いながら上位に入れてよさそうだ。

このまま大過なく成長すれば、帝国でも名の知れた武人へ至るだろうと。

「——」

そんなバルロイをプリシラたちの護衛に付けたセリーナ。プリシラとジョラーを島へ招待した立場を思えば、安全を期するのは当然の配慮とも言える。

現状、セリーナに対してプリシラは悪印象を抱いていない。他の貴族から侮られていそうなジョラーと対等に付き合っている点も含め、敵対する理由がなかった。

故に、その計らいに甘えておくのが吉とプリシラも考えていたのだが——、

「——妙じゃな」

「何がです？」

形のいい眉を顰《ひそ》め、そう呟《つぶや》いたプリシラにバルロイが片目をつむった。その彼の問いに答えるというより、独り言の延長のようにプリシラは続ける。

「跳ね橋は、いつ上がった？」

10

——どうやら、自分はずいぶんと事態を楽観視していたらしい。

「————」


遠く、通路の向こうから飛び込んでくる歓声の残響。それを背中に聞きながら、アルは自分の置かれた状況を冷静に受け止める。

直前、ほんの数分前まで命懸けの死合いに臨んでいたところだ。

蛮刀二刀流の大男の実力はなかなか大したもので、勝利をもぎ取るために久々に二桁台の挑戦を必要とした。そうして心身共に激しく消耗した上で生存を勝ち取り、意気揚々とは言えないまでも、肩の力を抜いて裏に戻ってきてみれば——、

「こいつは何の冗談だよ、ウビルク」

「冗談？　冗談なんて、ぼかぁこれまでいっぺんだって言ったことありませんよ、アルさん。ずっと言ってたじゃないですか。——変革が必要なんだって」

そう言って、アルにふやけた笑みを向けてくる優男、それは変わらぬウビルクだ。

ただし、彼の足下では看守のオーランが血溜《ちだ》まりに伏しており、その深々と抉《えぐ》られた首から命の源が限界まで流れ出しているのは明らかだった。

一目でわかる。ウビルクがオーランを殺した。剣奴《けんど》が、看守を殺したのだ。

「看守殺しは最悪のタブーだ。問題どころの話じゃねぇ、大問題だぞ」

「状況だけ見たらそうなりますね。剣奴ってだけじゃなく、大犯罪者だ。下手したら懲罰死合い……ホーネットさんとぶつけられるとか。はは、死んじゃいますねぇ」

「笑い事じゃねぇって言ってんだよ！」

状況を弁《わきま》えないウビルクの態度に、アルは苛立《いらだ》ちを爆発させる。

青龍刀《せいりゅう》を構え、オーランの血に濡《ぬ》れた粗末な短剣を手にしたウビルクを睨《にら》みつける。

身幅の厚い刀剣と、隠し持っていただろう粗悪品の短刀。やり合えば勝負にならないのは明白だ。そもそも――、

「お前じゃオレには勝てねぇ。それがわからねぇほど馬鹿だったか？」

「いいえ、わかってますよ。わかってますとも。ぼかぁ、自分がアルさんに勝てるだなんて自惚《うぬぼ》れちゃいません。看守の首も、めちゃめちゃ油断させてやっとですから」

言いながら、ウビルクは短剣を床に放り捨て、血塗《ちまみ》れの両手を上げた。争う気はないと態度で示すウビルク、その真意を測りかね、アルは眉を寄せる。

「アルさん、何度も断られてますが、ぼかぁ、何度でも言いますよ。協力してください。

アルさんが力を貸してくれれば、きっと革命はうまくいく」

「いかねぇよ。こんな、水たまりに浮いてるだけの島で夢見てるんじゃねぇ。オレやお前が何言ったところで、誰も耳なんざ貸しやしねぇ」

「そんなことはありません。ぼかぁ、アルさんとなら……」

「くどいぜ」

なおも言葉を尽くし、勧誘の態勢を崩さないウビルクをアルは黙らせると決める。ウビルクには悪いが、革命など夢のまた夢。ここで彼の妄言に付き合って、一緒に沈む泥船に乗ってやるつもりなどない。

だから、アルは踏み込み、その青龍刀を容赦なくウビルクへ叩《たた》き付《つ》ける。

「殺す気はねぇ。腕の一本でも落として、オレとお揃《そろ》いにしてから他の看守に――」

「突き出すって？　ぼかぁそいつは御免です。――残念ですよ、アルさん」

眉尻を下げ、ウビルクが心底同情したような目をアルに向けた。その視線を振り切るように刃《やいば》を横薙《よこな》ぎにしようとして、止める。――否《いな》、止まった。

もっと正確に言えば、止められたの方が正しい。

「な」

斜めに振るった青龍刀が、途中で割り込んだ大剣によって弾《はじ》かれる。とっさに剣を手放さなかった自分を褒めたいが、目の前の現実がそんな余裕を奪い去った。

「オイオイオイ、何の冗談だよ、こいつは」

手に痺《しび》れを感じながら、青龍刀《せいりゅう》を握り直したアルは息を呑《の》む。その眼前、ウビルクを庇《かば》うように立ちはだかったのは、恐ろしい威圧感を纏《まと》った長身だ。

美しく、残虐な武装を携えた『剣奴孤島《けんど》』で最も獰猛《どうもう》な剣奴――、

「――ホーネット」

「あらあらあらん、怖い顔しちゃって、アルちゃんったらつれないわあん」

長い足、見上げるほどの長身をくねらせ、アルを見下ろした黒髪の女、ホーネットが楽しげに笑う。その両腕、失われた肘から先には、すでに愛用の大剣が装着され、まさしく人間兵器と言えよう姿が完成されている。

剣奴の身でありながら大勢をその魔性と覇気で魅了し、ギヌンハイブを支配する『剣奴女帝』ホーネット――彼女が、ウビルクを庇った意味は大きい。

「つまり、お前はウビルク側で、革命に賛成ってことか？　意外性の塊だな」

「あらん、そうかしらん。アルちゃんはアタシが保守的なつまんない女だと思ってたってわけん？　それは悲しいわん」

「つまらねぇ女とか、そんな命知らずな感想持ったことねぇけど、そうだな。それでも、お前はこの島の生活に満足してると思ってたんで、意外だよ」

他の剣奴に一目置かれ、看守すらも傅《かしず》かせ、島の主《あるじ》のような立場をほしいままにしていたホーネット。戦いを好み、負け知らずの剣奴孤島の絶対王者。

この島の在り方に祝福され、最も適合した存在こそが彼女だったはずだ。

その彼女がウビルクに与《くみ》し、『革命』なんてふざけた夢物語に付き合うとは——、

「むしろ、保守派筆頭のオレからしたら意味がわからねぇ。なんで安定した生活を捨ててまで革命家気取りに付き合うんだよ。本当に頭がイカれてたのか？」

「まあん、口の悪いん。でもでも、アルちゃんのそういうところが気に入ってたのよねん。それにん……つれないアルちゃんが、ようやくアタシの期待に応えてくれたわん」

「オレが期待に応えた？」

じりじりと、高まる戦意に眉間を焼かれる錯覚を味わいながら、アルはホーネットの言葉に片目をつむった。

期待に応えたと言われても、その心当たりがない。

そんな反応をするアルに、ホーネットは「くっふふふん」と喉を鳴らして、

「——アルちゃんとは味方になるよりん、敵になった方が面白いと思ってたのよん」

「——ッ」

直後、百キロを下らない超重量の大剣が二振り、風を薙《な》ぐようにアルへ迫った。

ホーネットの膂力《りょりょく》は尋常ではなく、アルでは抱え上げることもできない大剣を二本、まるで小枝か何かのように軽々と振り回してくる。

決して広いとは言えない通路でそれを振り回されれば、躱《かわ》す隙間などほとんどない。巻き込まれまいと身を縮め、アルは大きく後ろへ飛び——、

「あらん、それじゃダメよん」

と、踏み込むホーネットの巨大な刺突を胸に喰《く》らい、容赦なく心臓と内臓と、腹の中身が掻《か》き回《まわ》され、吹っ飛ばされる。

二振りの大剣の先端が体内へ入り込み、息つく暇もなく左右へ振り切られると、そこでアルの胴体は上と下に綺麗《きれい》に——否《いな》、汚く分断され、内臓がぶちまけられた。

避け難《がた》い『死』が、アルを呑《の》み込《こ》み——、

「あらん、それじゃダメよん」

と、踏み込むホーネットが巨大な刺突を繰り出すのを、アルは刹那の体捌《たいさば》きでかろうじて避けた。「あらん」と意外そうなホーネットの声を聞きながら、身を翻したせいで背中側に回った相手へと山勘で青龍刀《せいりゆう》を叩《たた》き付《つ》ける。

その反撃を、ホーネットは巨体を信じられない速度で畳んで頭上を通過させる。

次の瞬間、跳ね上がる鋭い踵《かかと》がアルを下から蹴り上げ、両足が床から離れた。そのまま回避のできない体が、真上から落ちる大剣の直撃を受け、左右真っ二つに——、

「あらん、それじゃダメよん」

と、踏み込むホーネットの繰り出す巨大な刺突を、青龍刀を斜め下からかち合わせて強引に受け流す。「あらん」と意外そうなホーネットの声を聞きながら、アルは咆哮《ほうこう》と共に薙ぎ払いの斬撃を相手の軸足へ放り込む。

その反撃を、ホーネットは跳躍で軽々と飛び越して回避。だが、宙に浮かんだということは絶好の好機――即座に背を向け、アルは通路の奥へと走る。

「うおおおお――っ!!」

ホーネットと事を構えるのは初めてだが、『剣奴女帝《けんどじょてい》』の名は伊達《だて》ではない。アル如《ごと》きの実力では、百回挑んでも百回殺されるのがわかり切った実力差だった。それを文字通り痛感した瞬間、アルは戦場からの離脱を決意する。

そもそも、絶対に戦って勝たなくてはならないなんてほど拘《こだわ》りはない。アルの理屈で言えば、生き残った方の勝利だ。つまり――、

「このまま、闘技場に飛び出して、オーディエンスを味方に付ければ……」

「アルさん、ぼかぁ、あなたに失望したくないんですよ。少し考えたらわかるでしょ?」

しかし、闘技場へ逃げ込もうとするアルの背へ、戦いを見守るウビルクが言った。

耳を貸したくない。だが、彼の声はするりとこちらの鼓膜へ滑り込んでくる。

「ホーネットさんを味方に付けた時点で、ぼかぁ、根回しを完了してる。あとは、あなたが頷《うなず》くかどうかだけだったんだってことを」

考えたくない言葉の意味が、アルにはあっさりと呑《の》み込《こ》めた。

何故《なぜ》なら、答えは頭で理解するよりも早く、アルの目に飛び込んできたからだ。

「――」

眼前、何とか飛びついた闘技場への扉を潜《くぐ》ると、状況は一変していた。

先ほどまで、闘技場で行われる死合いに歓声を上げ、命懸けの戦いを他人事《ひとごと》として楽しんでいた人々の熱狂が掻《か》き消え、代わりに緊張と恐怖が会場を支配する。

それもそのはず――観客席には武器を手に蜂起した剣奴たちがずらりと並び、顔を引きつらせた観客を拘束、支配下に置いていた。

おそらく、抵抗したものもいたのだろうが、それらは容赦なく見せしめとされ、剣奴の刃《やいば》に無惨な屍《しかばね》を晒《さら》す結果となっている。

その光景に呆気《あっけ》に取られ、アルは理解した。

「まさか、本気で……」

『剣奴孤島』を乗っ取り、帝国と戦う。――そんな、夢物語が実行されたのだと。

11

祝祭の間、剣奴孤島と陸地との行き来は頻繁に行われる。

そのため、島と陸とを繋《つな》ぐ唯一の手段である跳ね橋は下ろしたままにされる。前もってそう聞いたはずの跳ね橋が上がっているのを見て、プリシラは疑心を抱いた。

そして、ジョラーとバルロイを連れ、急ぎ足にセリーナの下へ戻ったのだが――、

「――こいつは、奥方の予想が大当たりってやつじゃありやせんか」

会場を見下ろしたプリシラの横で、同じものを目にしたバルロイが呟《つぶや》く。

何事か見過ごし難《がた》いことが起きたと考えて戻ってみれば、会場は混沌《こんとん》の渦中にあった。

その混沌は、死合いを物見するものたちの熱狂ではなく、

「こ、これは……剣奴《けんど》たちが、闘技場の外に……？」

状況の把握が半歩遅れるジョラーの言葉が、事態を端的に表していた。

顔を蒼白《そうはく》にしたジョラーの発言通り、闘技場——剣奴同士が刃《やいば》を交える戦場より、溢《あふ》れ出《で》た剣奴たちが観客席に上がり、呑気《のんき》な観衆へ武器を突き付けている。

それが見世物や遊びの類《たぐい》でないのは、すでに逆らった間抜けが血に伏していることからも明白だ。つまりこれは——、

「——剣奴の謀反、か」

「セリーナ・ドラクロイ上級伯はどこだ!!」

プリシラの呟《つぶや》きに、ジョラーが「え」ととぼけた声を漏らす。だが、彼の疑問に答えるよりも、荒々しい声が闘技場に響き渡る方が早い。

見るからに荒くれといった雰囲気の男たちが、貴族用の観覧席を我が物顔でのし歩く。

彼らの目的は、どうやらプリシラたちを招待したセリーナにあるらしい。

まさか、彼女と見るや即座に殺すというほど短絡的ではないだろうが——、

「隠れてねえで出てこい！　さもなけりゃ、全員殺して見つけ出すぞ！」

訂正する。短絡的ではないと考えたが、思った以上に気が短い。

その脅し文句を実行しないと受け取れるほど、相手に知性があるとも思えない。プリシ

ラは目を細め、どう出たものかと思案した。

「プリシラ、わ、私の後ろに……」

そのプリシラの表情の変化をどう思ったのか、ジョラーがなけなしの男気を振り絞ったように少女の前に立つ。

思いがけない夫の態度に、プリシラはわずかに眉を上げた。同じように、バルロイも主《あるじ》の窮地と知りながらも、ジョラーの男気に「へえ」と感心する。

だが、そのジョラーの動きを見て、相手方も戻ってきた三人に気付いた。

「ああ？　おい、てめえら、そんなとこにいても無駄だ。逃げられると……」

「——妾《わらわ》が、貴様らの探しているセリーナ・ドラクロイである」

「んな!?」「うへ」

罵声をプリシラの凛《りん》とした声が塗り潰し、その内容に連れの二人が目を剥《む》いた。

プリシラの声音は緊迫した空間に響き、自然、荒くれや囚《とら》われた観客たちの視線がこちらを向く。——その中には、本物のセリーナ・ドラクロイの視線もある。

彼女はわずかに目を見開きながらも、プリシラの真意を測りかねた様子だ。

当然だろう。セリーナも、その器は悪くはない。しかし——、

「妾には遠く及ばぬ故な」

「——お嬢ちゃん、あんたがドラクロイ上級伯だってのかい」

口の中だけで囁《ささや》いたプリシラ、その正面へぬっと立ったのは黒い装束の男だ。

頭髪の右半分は長く、左半分は刈り上げた奇妙な髪型をしていて、その腰には刀身の反った曲刀を佩《は》いている。技量、それなりに確かと見える。

男は不信の色濃い眼差《まなざ》しをプリシラに向け、上から下までしげしげと眺めた。

「聞いた話じゃ、ドラクロイ上級伯は『灼熱公《しゃくねつこう》』なんて呼ばれる女傑って噂《うわさ》だ。とてもあんたのような娘っ子にそれができるとは……」

「その呼び名、妾《わらわ》の焔《ほのお》のような赤毛を見ての俗称であろうよ。凡俗が妾を見て、なんと呼ぼうと興味はない。貴様の目で見極めよ」

「――――」

「貴様にはどう見える？　妾は上級伯を騙《かた》る愚昧の輩《やから》か？　それとも、ヴォラキアの帝国貴族に名を連ね、『灼熱公』の俗称をほしいままにする女か？」

顎を上げ、プリシラは身長差のある相手を真っ向から睨《にら》みつける。

吹けば飛ぶような小娘と、そう侮っていただろう男の表情が強張《こわば》った。それは、プリシラの表情に微塵《みじん》の怯《おび》えも、弱気の欠片《かけら》も見つからなかったためだろう。

男も剣奴《けんど》の一人なら、この島で相応の死線を乗り越えてきたはずだ。

その男の目から見て、プリシラの胆力は常軌を逸していた。

故に――、

「失礼した、上級伯。あんたには一緒にきてもらう。俺たちの首魁《しゅかい》が会いたがってる」

低俗なりの礼儀を尽くし、男がプリシラを上級伯と認めた。

そして、周りの仲間に目配せし、プリシラをどこかへ連れていこうとする。プリシラもそれに逆らうつもりはなかった。

「ま、待て！　彼女を連れていくなら、私もだ！」

だが、そこでいらぬ男気を発揮したのがジョラーだった。

話題に入れず縮こまっていた彼が目に入っていなかったのか、男はジョラーの存在に初めて気付いた顔をすると、

「父親が同伴か？　そんな話は聞いちゃいなかったが……」

「私は父親ではない。私は彼女の夫だ」

「夫ぉ……？」

ますます疑わしげな目になり、男がプリシラとジョラーを見比べる。

彼が問題視するのは二人の年齢差というより、纏《まと》った覇気の違いだろう。しかし、プリシラもここでジョラーが斬られるのは色々と面倒だ。

「事実じゃ。そのものは妾の夫である。そも、父親なら妾の目の前で炎に包まれた。髪色以外に妾が『灼熱公』と呼ばれる所以《ゆえん》はそれで十分であろう」

「なるほど。だが、その話が本当だとして、あんたの旦那は……」

「連れてゆけ。さもなくば、ぴぃぴぃと喚《わめ》いて貴様らの手を焼くぞ。妾と一緒にしておけばひとまず騒ぎ立てん。ここで斬り捨て、妾にあとでも追われれば貴様らも困ろう？」

無論、プリシラに先立たれた夫のあとを追うような可愛《かわい》げはない。

しかし、男たちにはすでにプリシラが帝国貴族らしい帝国貴族であるという先入観が刷り込まれている。

その上、男たちの冷静さを奪うような事態が起こった。

「おい、あれはホーネットか？」

プリシラが注目を集め、嫌な静寂が落ちていた闘技場に声が響いた。荒くれの一人が眼下の闘技場を見下ろし、その光景に驚きの声を上げたのだ。

つられて視線を向ければ、そこでは中断していた死合いが新たに始まっている。

正確には剣奴《けんど》孤島の催しではなく、不意に発生した本物の死合い――、

「――あの技量の差では、死合うというより処刑であろうがな」

闘技場で死合う二人の剣奴、片方は身の丈二メートルを超し、失った両腕を大剣とした圧倒的な剣力の保有者。多くの血を流させ、屍《しかばね》の山を築いた存在と一目でわからせる彼女こそが、畏怖の念を込めて呼ばれたホーネットに他なるまい。

一方、相対する隻腕の剣士は、残念ながら見るべき点もない。その力量もホーネットには遠く及ばず、今にも――否《いな》、今まさに致命の一撃を受ける。

「――――」

苦鳴を上げ、隻腕の剣士が血飛沫《ちしぶき》を撒《ま》きながら派手に吹っ飛んだ。

その体が闘技場の地面を転がり、そのまま会場の端にある穴――戦いのあと、血と死体を放り込むためのそれのすぐ傍《そば》へ。そして、それを追ったホーネットが長い足で彼の体を

足蹴にし、生きたまま穴の中へ蹴落とす。

「あいつ、ホーネットの誘いを断ったのか。馬鹿な奴《やつ》だ」

圧倒的な戦闘を目の当たりにし、曲刀を佩《は》いた男が呆《あき》れた風に呟《つぶや》く。

彼からすれば、ホーネットに斬られた剣奴も顔見知りなのだろう。プリシラにも利が不明だが、この状況で彼らに与《くみ》するのを断った愚昧な輩《やから》らしい。

「己の意を貫き通すなら、相応の力が必要になる。そういう意味では、今の輩が死んだのは当然の理《ことわり》と言えよう。そら、貴様らは間抜け面を晒《さら》すために立っているのか？」

「……口の減らない上級伯だ。俺たちが、あんたに何もしないと思ってるのか？　だからでかい口を叩《たた》いてるなら」

「——貴様、本気で言っておるのか？」

「——ぉ」

「妾《わらわ》が手を出されぬと、そうたかをくくってこのような態度と。貴様は、そう言うか？」

プリシラの眼差《まなざ》しに何を見たのか、男はそれ以上の言葉を呑《の》み込《こ》んだ。

そして、すぐに顎をしゃくり、仲間と一緒にプリシラとジョラーを連行する。

「あっしは……」

「まさか、貴様まで妾の夫とは言えぬであろうよ。ついてきても仕事にならぬ。出番がくるまでせいぜい、大人しく丸まっているがいい」

食い下がりかけたバルロイを、プリシラはそう言って押しとどめる。

たとえバルロイが実力者でも、この場の剣奴《けんど》は百では利かない。数の暴力に押し負かされることを考えれば、ここで張る意地に価値はないとわかるもの。

だが、彼は若く青く、無鉄砲でもあった。

「奥方はそう仰《おつしや》いますが、あっしにも意地ってもん……がぉっ⁉」

「——黙ってろ、アホ！」

長柄の包みをほどき、得物を出しかけたバルロイ。その後頭部を、いつの間にか忍び寄ったマイルズが酒瓶で殴りつけた。重々しい音が鳴って、バルロイが容赦なく白目を剥《む》いて倒れ伏す。それをマイルズは足蹴にして、

「こういう奴《やつ》がいるとオレたち全員が馬鹿を見る！　困ったもんだぜ、なぁ⁉」

「……お前は」

「関係ねえ、関係ねえ。オレはあんたらに逆らうつもりはない。上級伯だったか？　その娘と旦那を連れて、とっとといってくれ。オレたちゃ大人しくしてるよ」

酒瓶を放り捨て、全面降伏の姿勢を示したマイルズに男たちは顔を見合わせた。

が、すぐに取り合うのも馬鹿らしくなったのか、バルロイが本当に昏倒《こんとう》していることを確かめ、そのままプリシラの連行を再開する。

「——すまん」

と、観覧席から出ていく寸前、ちらと見えたセリーナの唇がそう呟《つぶや》いていた。

それにプリシラは何も答えず、颯爽《さつそう》とした足取りで前を行く男に続く。

「プリ……セリーナ、どうするつもりだい？」

「さすがにその程度の頭はあったか。なに、あの場で名乗り出ねば、首魁《しゅかい》とやらの顔も拝めぬまま蚊帳の外であろうが。どう片付こうと、それでは興醒《きょうざ》めじゃ」

「興醒め……」

声を潜めたジョラーが、プリシラの答えを聞いて絶句する。

どんな万能の回答を求めていたのか知れないが、プリシラの理屈は変動不能だ。

相手がセリーナの身柄をどう扱うつもりか不明だが、観覧席に残されたままでは事態の推移を見失う。それは、舞台の端で丸まっているのと同じこと。

「そのような決着を、妾《わらわ》は望まぬ」

「――――」

「安心せよ。どのような状況が用意されようと関係ない。世界は、妾にとって都合の良いようにできておるのじゃからな」

堂々たるプリシラの哲学、その響きにジョラーは瞠目《どうもく》し、がっくりと肩を落とした。

何とも不愉快な反応だが、それを咎《とが》める時間はなかった。

「連れてきたぜ」

観覧席を離れ、しばらく歩いた先、妙に厳重な扉が備えられた部屋に通される。

プリシラは頭の中で島の地図を描いて、この部屋がおそらく剣奴孤島で最も高い位置にある部屋――すなわち、島主の部屋だろうと当たりを付ける。

そう考えれば、この部屋が剣奴《けんど》だらけの島に似つかわしくない調度品や、高級そうな絨《じゅう》毯《たん》などで飾られている理由にも想像がつく。

その絨毯を血で濡《ぬ》らし、横たわる豚のように肥えた男の死体の正体にも。

「か、彼は……」

「大方、ここの島主……剣奴孤島の興行を仕切っていた男であろうよ。見世物にしていた剣奴たちが蜂起したのじゃ。最初に誰が血祭りに上げられるか、よほどの愚物でも考えずともわかる」

そして、相応以上の恨みを買っていたにも拘《かかわ》らず、危機意識の不足がこれを招いた。

あるいは、島主の危機意識以上に相手の知恵が巡った可能性もあるが――、

「――これはこれは、お初にお目にかかります、上級伯。こんな形のお出迎えで申し訳ありません。ぼかぁ、綺麗《きれい》な部屋にお迎えしたかったんですが」

そう思案したプリシラの下に、へらへらとした顔の人物が歩み出てくる。島主の死体を跨《また》いでやってくるのは、すらっとした印象の優男だ。

いかにも武張った見た目の荒くれたちと違い、剣奴孤島にそぐわぬ風貌。だが、プリシラには一目で、彼がこの蜂起を主導したのだとわかった。

「貴様が、この宴《うたげ》の主宰か」

「宴？　ああ、宴っていうのはいいですねえ。ぼかぁ、賑《にぎ》やかなのが大好きで。だから、この島のことも嫌いじゃなかった。耐え難《がた》いことはあってもね」

優男は笑い、侮蔑を孕《はら》んだ目を足下の死体に向ける。

それだけで、この優男が鋼の武器を振るわず、己という武器を使ってこの島でどう生き延びてきたのかが察せられた。島主が死んだのも、当然と言える。

「その上で、貴様らは何を望む？　わざわざ妾《わらわ》を……上級伯の身柄を押さえた。ならば、この先の展望があってのことであろう」

「さすが、百戦錬磨……ってほど年季は入ってなさそうなお年頃ですけど、話が早い。『灼熱公《しやくねつこう》』こと、セリーナ・ドラクロイ上級伯……あなたは、帝国有数の貴族だ」

「たわけ。妾の代わりなどどこにもおらぬ。他の凡俗共と比べることさえ不敬よ」

「せり……っ！」

喉を引きつらせ、ジョラーが首をぶんぶんと横に振っている。

わかりづらい声援だと眉を寄せ、プリシラはなおもセリーナを気取って対話を続ける。

先の前置きから、おおよその狙いは読めた。

つまり、奴《やつ》らは上級伯の身柄と引き換えに――、

「帝国と、何を交渉する？」

「単純な話です。――この剣奴孤島を独立させ、全ての剣奴の解放を。ぼかぁ、この水たまりから出ていきたいんですよ、ドラクロイ上級伯」

と、優男は陰惨に嗤《わら》い、帝国を敵に回すと堂々と宣言してみせた。

12

──『剣奴孤島《けんど》』が剣奴に占拠され、大勢の観客が人質として押さえられた。

その中にはセリーナ・ドラクロイ上級伯を始めとし、少なくない数の帝国貴族が含まれており、反逆者たちはこれを人質に島の解放を求めている。

そうした報告が帝国の中枢へ届けられ、新皇帝が誕生したばかりの帝国は激しい動揺と混乱に包まれ──なかった。

「即座に討伐隊を組織し、差し向けよ。奴《やつ》らと、交渉するつもりはない」

それが新皇帝、ヴィンセント・ヴォラキアの勅命だ。

皇帝の意向は全てに優先され、すぐさま剣奴孤島へ派遣するための討伐隊が組織される。島の剣奴たちの数はおおよそ五百──だが、それをすり潰すための討伐隊は二千から集められた精兵だ。

たとえ、剣奴たちが戦いに明け暮れた武芸者だとしても、数の暴力には勝《まさ》れない。その上、皇帝の命令は「敵をすり潰せ」の一言。

つまり、二千の精兵に人質救出の名分はない。あるのはただ、大勢で寡兵を押し潰すという、圧倒的な虐殺の許可証だけであった。

「──とはいえ、それでドラクロイを見捨てても面倒が嵩《かさ》むだけじゃしな」

「じゃあ、閣下の嘘《うそ》……？」

「よせよせ、命知らずな娘っ子が。嘘ではなく、方便というもんじゃろ。そう言っておいた方があれじゃぜ。何かと大過なく片付くもんよ。これホントの話な」

己の首筋を掻《か》きながら、面倒《めんどう》そうな雰囲気を隠さずに白髪の老人が答える。

背の低い、腰も曲がった老人だ。長命の亜人というわけでもなく、純粋な人間にして齢《よわい》は九十を超した超高齢者、そのわりには矍鑠《かくしゃく》としていると言える。

しかし、このしわくちゃで、長すぎる眉で目も見えないような老人が、ヴォラキア帝国で最も名高い『九神将』に名を連ねる存在と聞けば、誰もが耳を疑おう。

その優れたる武を示すことで、九つしかいない一将の座に任じられる九神将。この白髪の老人――オルバルト・ダンクルケンもまた、その一人だ。

そして、そのオルバルトと話しているのは、褐色の肌を多く露《あら》わにした若い少女。左目を眼帯で覆った彼女の存在に、オルバルトは豊かな眉の下の目を細める。

「お前さん、名前は確か……」

「――アラキア。もう、何度も名乗ったと、思う」

「おお、そうじゃったそうじゃった。アラキな、アラキ。今度こそ覚えたんじゃぜ」

指を鳴らし、病気の人間みたいな呼吸音を漏らして笑うオルバルト。彼の答えを聞いたアラキアはため息をつき、半眼で遠くの島――剣奴孤島を眺める。

今、アラキアとオルバルト、そして派遣された少数の帝国兵はギヌンハイブの周辺に配備され、対岸から島の様子を窺《うかが》っている。

「乗り込んだら早いんじゃろけど、跳ね橋が下りとらんからなぁ」

「船とかじゃ、ダメ……？」

「船なぁ。それも考えたんじゃが、あれよあれ。島の周りの湖ん中、水棲《すいせい》の魔獣がうじゃうじゃーっとおってよぉ。昔、剣奴《けんど》らを逃がさんようにじゃんじゃか魔獣放ったら、奴《やつ》ら湖ん中で喰《く》い合って手がつけられんくなってな？　で、跳ね橋なしじゃ、ワシらも連中も行き来できんっちゅぅわけじゃ。やばくね？」

咳《せ》き込《こ》むような笑みを続けながら、オルバルトがそんな調子で状況を整理。

言われてアラキアも湖に目をやると、夜の湖の中、うようよと蠢《うごめ》く魚影が見える。魚影とは言ったが、正確には魚ではなく、水棲の魔獣だ。

地上と比べて多くのものが戦闘力を落とす水中、ある意味では陸棲《りくせい》の魔獣よりよほど手強《ごわ》い相手となるだろう。オルバルトが無理無理と笑うのも必然と言える。

だから――、

「わたしが、いく」

「オイオイ、ちょっと泳げるくらいじゃ無理じゃぜ？　島におっつく前におっちんでおちめえよ？　若い娘っ子が自殺すんの、老い先短いワシの魂が爆《は》ぜるぜ」

「だい、じょうぶ。……水になれば、いいから」

「ほ」

もさもさの眉を動かし、驚きを露《あら》わにするオルバルト。そんな彼の前で、アラキアは最低限しか体を隠していない布を解き、裸になる。

そして、水べりに屈《かが》み込《こ》み、そっと湖面に手を付けると、

「あぐ」

――掬《すく》い上《あ》げた水の精霊、小さな微精霊を口から取り込み、同期した。

『精霊喰らい』たるアラキアは、大気中の精霊を取り込むことでその力を我が物とすることができる。取り込んだ力が使えるのは精霊を消化するまでの間だけだが、精霊は目を凝らせばそこら中にいるため、燃料不足に陥ったことはない。

その力で水の精霊を取り込み、アラキアは自身にその特性を付与。それから、今一度オルバルトの方に目線を送り、

「跳ね橋、下ろせばいける？」

「おお、いけるいける。つか、娘っ子が頑張る以上、ワシがやれんとか弱腰なこと言ってたら閣下にぶっ殺されるんじゃぜ？　いってこいいってこい」

手を振られ、おざなりに見送られるアラキア。だが、彼女はそれを気にせず、頷《うなず》いてから湖面に飛び込む。そして、水棲魔獣もかくやという速度で泳いだ。

水の精霊の力を取り込み、湖水と半ば同化したアラキアを魔獣は感知しない。水は、彼らの体の周りにも大量にあるのだ。わざわざ水に噛《か》みつく魔獣はいない。

故に、アラキアは剣奴孤島の完成以来、誰も果たしていない湖の突破を単身で容易《たやす》く成

し遂げる。――悠々と、十分もかからず島に到達する流れだ。

「――？」

その順調な泳ぎが、ふと何かに気付いて勢いを緩める。

水中を行くアラキアが気付いたのは、島と岸との間に浮かんでいる小さな浮島だ。島と呼ぶのを躊躇《ためら》うほど小さく、ただ岩が浮かんでいるだけのような浮島。

それがアラキアの意識を引いたのは、彼女が水の精霊と同化し、湖水に漂う違和に気付きやすい状況にあったからだろう。

漂う血の気配を感じて、アラキアは方向を転換、浮島の方へ向かった。そして、ほんのりとした血の流れを辿《たど》り、浮島に上陸。岩と岩が重なり合う、ほんのわずかな隙間のような空間と、そこへ続く血の跡を見つけた。

その、血の跡を辿った先に――、

「……おいおい、状況が見えねぇよ。いよいよ、血が足りなくて夢見てんのか？」

「――――」

「この状況で、裸の銀髪娘って……オレの業も極まりすぎだろ……」

目を細めたアラキアの眼前、岩の隙間に埋もれていたのは片腕のない男だった。

濡《ぬ》れた黒髪と、深手に見える胸の傷。流れ出る血は彼が流したものなのは明白で、手当てをしなければ遠からず死ぬだろう男は、島の関係者だろうか。

アラキアは少し考える。命じられているのは、島にいる帝国貴族の奪還だ。そのために跳ね橋を下ろしてオルバルトを迎えなくてはならない。

それをやり遂げるためにも、島の中の知識はあればあるだけ助かる。

「死にたく、ない？」

「――――」

「死にたくないなら、ん、助ける。……代わりに、話をしてもらう」

交換条件、かつて仕えた主《あるじ》――否《いな》、心は今も仕えたままの主の手法に倣い、アラキアは瀕死《ひんし》の男にそんな取引を持ち掛けた。

しかし、アラキアの人生最初の取引を聞いて、男は低く笑うと、

「今さらオレが、死ぬのが怖《こえ》えって？　そんなの、何億回も死ぬ前に言ってくれ」

忌々《いまいま》しげに血を吐きながら、隻腕の男は呪うような声でそう言ったのだった。

13

――剣奴《けんど》孤島『ギヌンハイブ』の剣奴の一斉蜂起と、孤島からの解放要請。

ヴォラキア帝国の新たな皇帝の即位を祝う祝祭の日、ギヌンハイブに集まった大勢の観客を人質に、剣奴たちは自分たちの首輪を外せと帝国へ要求した。

それが目的だと、この武装蜂起を主導したらしき優男に説明され、セリーナ・ドラクロイの名を騙《かた》った少女――プリシラ・ペンダルトンは紅《くれない》の瞳を細めた。

齢《よわい》十二の少女であったが、その眼光に宿った理知と冷酷の輝きは、彼女が帝国においても重要視される上級伯の立場を騙《かた》るのに十分な説得力を持たせた。

事実、この場の誰もが彼女の嘘《うそ》を信じ込み、その立場を疑おうともしない。

無論、それがバレればプリシラも、彼女と同行した夫のジョラーも命はないが――、

「――剣奴《けんど》孤島の独立か。狭い島の中でせせこましく生きる輩《やから》の見そうな夢よな。意外性も面白味《おもしろみ》もない。まさしく時間の無駄であったな」

「ちょ……っ」

鼻を鳴らし、淡々と言い放ったプリシラにジョラーが顔面を蒼白《そうはく》にする。

当然、周囲を取り囲む武装した剣奴たちも不愉快そうな顔をするが、唯一、プリシラの正面に立った優男だけは違った反応を見せた。

優男は喉を鳴らし、「くっく」と愉《たの》しげに笑ったのだ。

「なんという仰《おつしや》りよう。容赦のないことですよ。ぼかぁ怒りませんが……他の方たちにはあんまりウケはよろしくないんじゃないでしょうか」

「己の頭で考える能のない奴輩《しやつばら》が、妾《わらわ》の言葉に何を思うかなど知ったことか。大方聞こえのいい言葉に籠絡され、あれよあれよと貴様の手勢に加わった愚物共であろう」

「へえ、それはそれは。ぼかぁ、何か変なこと言いましたっけね？」

「当然じゃ。――この狭い島の中では貴様はまだ頭の働く方のようじゃが、そうであればここの独立や剣奴の解放など、叶《かな》うはずもないのは想像がつこう」

細い肩をすくめた優男は、プリシラの指摘に顔色も変えない。だが、代わりにその言葉に反応したのは、優男の従えた荒くれもの共の方だった。

「おい、どういうことだ。この貴族様を人質にすれば、帝都の奴《やつ》らも耳を……」

「傾けるとでも？　貴様らもヴォラキア帝国で生きるなら、帝国民は精強たれという馬鹿げた訓示を知っておろうが。――命惜しさに帝都への道を開く上級伯が精強か？　人質を取って交渉を優位に進めようと、そう考える貴様らが精強か？」

「――――」

「帝都の対応は容易に読める。解放を求めて帝都へ話をすれば、皇帝は早々に敵を撃滅するべく手勢を送り込む。皇帝直下、『九神将』の出番であろう」

九神将と聞いて、荒くれ共とジョラーがそれぞれ頬《ほお》を強張《こわば》らせた。

皇帝直属の部下であり、ヴォラキア帝国最強の九人たる九神将――剣奴孤島で闘いに明け暮れる剣奴たちも腕に覚えはあるだろうが、九神将はそういう次元ではない。

この世界、一握りの才に恵まれたものと、そうでないものとの力の差は絶望的だ。

九神将とはその表れ――地位や家柄では得られない、暴力の誉れたる称号なのだから。

その九神将が出張ってくると聞かされ、にわかに剣奴たちの間で混乱が広がる。ここまでプリシラたちを案内した男が、「冗談じゃねぇ！」と優男に詰め寄った。

「ウビルク！　今の話は本当か⁉　聞いてねえぞ！」

「まあまあ、落ち着いてください、ガジートさん。ぼかぁ、剣の腕前はからっきしなんですから、そんな詰め寄られたら怖くて怖くて」

「茶化《ちゃか》してる場合か、あぁ⁉」

勢いよく胸倉を掴《つか》まれながら、優男――ウビルクが曲刀を佩《は》いた男を宥《なだ》めすかす。

「上級伯の意図は明白ですよ。こうやってこっちを動揺させて、すんなりと降伏させようって腹なんです。でも、ぼかぁ……いやいや、ぼくたちは思惑に乗りませんよ。粘り強さと貪欲さがぼくたちの売りだ。違いますか？」

「――ちっ」

そのウビルクの問いかけに、男は舌打ちしながら胸倉を掴む手を放した。彼以外の剣奴《けんど》たちも、苦々しい顔つきながら怒りの色を抑え込む。

プリシラからすれば馬鹿馬鹿しいの一言だが、彼らも引くに引けないのだ。

すでに事は起こしてしまった。今さら前提が間違っていましたと、そう言って全面降伏などできようはずもない。すでに退路は断たれた。

だからこそ、解せない。

「ぷり……セリーナ、彼は何を考えているんだろうか」

「ほう？　妾《わらわ》の夫にも、恐怖で煮え立つ以外の頭の使い道があったとは驚きよな」

「ち、茶化さないでくれ、大事な話だ。……私も、帝都の判断は君と同意見だよ。帝都が救援を……ギヌンハイブの独立を認めるなんてありえない」

声を震わせながら、ジョラーが剣奴たちの計画の前提条件の穴をつつく。

その夫の潜めた声を聞きながら、プリシラは紅《くれない》の瞳を細め、沈黙で先を促した。

「私も、曲がりなりにも帝国の中級伯だ。帝都のやり方はわかっている。たとえ、代替わりした皇帝が慈悲深くても……」

「これまでの帝国の在り方が惰弱を許さぬ。故に、この武装蜂起は潰されて終わる」

「……それを、彼がわかっていないとも思えない」

ジョラーがおずおずと視線を向けるのは、荒くれの剣奴たちを扇動するウビルクだ。

そしてプリシラも、ジョラーのその見立てに同感だった。ウビルクに考える頭と情勢を見る目があるなら、こんな計画は実行以前に成り立たないとわかったはず。

それでも彼は実行し、剣奴たちを口八丁で煙に巻きながら状況を組み立てた。

その真意は――、

「――剣奴孤島の解放など欺瞞《ぎまん》。奴《やつ》には他の目的があるのだろうよ」

それをうまくいかせるのも癪《しやく》ならば、このまま状況に身を任せるのも不服。

元より、プリシラの在り方に『他人の言いなり』なんてことはありえない。――相手が如何《いか》なるものであれ、己の生き方を決められるのは己だけだ。

故に、プリシラは周囲を窺《うかが》い、静かに時を待つ。

必ず訪れる機会を待って、それを逃さぬように。何故《なぜ》なら――、

「――世界は妾にとって、都合の良いようにできておるのじゃからな」

14

「……これで、たぶん平気。死なない」

「ああ、あんが……いでぇっ」

礼を言おうとしたところで、布で縛られたばかりの傷口を叩《たた》かれて悲鳴を上げる。

たどたどしく危うい手つきで施された応急手当だが、何度となく傷口に触られて何回も涙目になってしまった。もっとも、意識をなくしたらそのまま死にかねない状況だっただけに、それが気つけに役立ったのだから皮肉な話だ。

ともあれ、と男――アルは傷の手当てをしてくれた少女を見やり、

「……今さらだが、恥じらいのねぇ嬢ちゃんだな。カワイ子ちゃんが素っ裸で現れるなんて、オレの人生にそうそう訪れねぇラッキースケベなんだが」

「――？　わたし、何か変？」

頰《ほお》を掻《か》いたアルの正面、首を傾《かし》げる褐色肌の少女は裸の状態だ。余分な肉のない美しい裸身を晒《さら》しているが、どうにも羞恥心と無縁の性格らしかった。

少女の年齢は十二、三歳。その手の情緒があって当然の年齢と感じるが、

「まぁ、生まれと育ちでその辺は全然変わるだろうしな。オレの好みがボンキュッボンのダイナマイトバディなのも功を奏した。お互い、命拾いしたぜ」

「命拾いしたのはあなた……わたしは、普通。普通？」

「自分で首傾げてんなよ……しかし、死に際に銀髪の美少女登場とか、地獄かよ」

ぶるっと、寒気とは別の要因で身震いして、アルは情けない笑みを作った。その指摘を受けて少女――アラキアと、そう手当ての最中に名乗った彼女が自分の髪を撫《な》でる。

しっとりと濡《ぬ》れ、髪の先から水滴を滴らせる彼女は赤い瞳を細めて、

「銀の髪、変？　姫様は綺麗《きれい》って、言ってくれた」

「ああいや、こっちの話でオレの問題だ。嬢ちゃんとは無関係なんだが、銀髪には嫌な思い出があってよ。自分がグズで間抜けの役立たずってことを思い出しちまう」

「――？」

アルの自虐を聞いても、アラキアはわからないと首を傾げる一方だ。まったく、命の恩人に何を聞かせているのかと、アルはますます苦笑を深めた。

長く深く、ため息をつく。胸の奥のわだかまりがそれで吐き出せるわけもないが。

「まぁなんだ、大事な相手の役に立てなかったって話だよ」

「……ぁ、それなら、わかる。わたしも、姫様の役に立てなかったから」

と、アラキアがしゅんと項垂《うなだ》れ、自分の左目にそっと触れる。

手当てされている最中も、その左目の眼帯は気になっていた。明るい赤をした彼女の瞳だが、隠された左目はおそらく光を失っているらしい。

その見えていない左目こそが、彼女の後悔の記憶に繋《つな》がる鍵なのだろう。

「……ったく、オレは余計なことばっかり言いやがる」

これはいらないことを言ってしまったと、アルは彼女に申し訳なくなった。自分の無力感に前途ある若者を巻き込むなど、中年親父《おやじ》として最低の行いだ。

そんな自虐が似合う程度には、あの島で無為な時間を重ねてきてしまった。

「悪い悪い、妙なこと言った。忘れてくれってのも無責任だが、棚上げしてくれ。嬢ちゃんは用事があって、こんな危ねぇ湖を泳いできたんだろ？」

「……ん、そう。島、乗っ取られてるでしょ？」

「……みたいだな。オレもはっきりその状況を見たわけじゃねぇけども」

確信の持てない言い方で申し訳ないが、落ち着いて周りを見る状況になかったのだから仕方ない。なにせ、いきなり剣奴《けんど》孤島最強の女と死合う流れになったのだ。

本当の本当に、かろうじて致命傷を負わなかっただけで奇跡だった。

それもギリギリのギリギリ、まさしく命からがらで掴《つか》み取《と》った奇跡だ。

「で、オレが危うくおっちぬかどうかってところで、島はホーネットとウビルクの口車に乗った奴《やつ》らが乗っ取ったってわけか。……嬢ちゃんの役割は？」

「跳ね橋、下ろす。あれがないと、兵隊が島に入れない、から」

「——そりゃ、厳しいだろうな」

「む」

少女の目的を聞いて、早々と首を横に振ったアルにアラキアがむくれる。年相応の可愛《かわい》い反応だが、生憎《あいにく》と彼女の目的は簡単には達せられまい。

孤島と陸地とを繋《つな》ぐ跳ね橋、それが上がっている間は帝都の本隊は上陸できない。つまりは跳ね橋の存在こそが、孤島を乗っ取った剣奴たちの生命線だ。

当然、それは彼らも理解しているだろう。

となれば――、

「手持ちの札の中で最強の一枚をそこに置く。この島で最強の札って言ったら、それは『剣奴女帝』ホーネットって化け物だよ」

「剣奴の、女帝……強い？」

「オレを半殺しにしたのがその女だよ」

「――？　強いの？」

ビシッと自分を指差したアルに、アラキアの疑問は解消されなかった。彼女の目から見ても、アルの実力が疑問視された証拠だろう。片腕だし、半死半生だし、おそらくアラキアは結構な実力者なので、彼女にそう思われても否定できない。

ただ、ホーネットの実力は本物だ。剣奴孤島で敵なしなのはもちろん、帝国の強者たちであってもそうそう太刀打ちできまい。

目の前のアラキアも、アルよりはきっと強いのだろう。それでも、だ。

「嬢ちゃんがすくすく健やかに育てば話は別かもしれねぇが……その跳ね橋を下ろす計画って、何年もかかってもいいもんなのか？」

「……ダメ。わたし、やること、あるから」

「まぁ、そうだわな……」

ふるふると首を横に振り、アラキアから当然の答えが返ってくる。

それを受け、苦笑したアルは壁にもたれかかりながら立ち上がった。まだ失血の影響で頭がふらつくが、気張ればどうにか動き回ることはできそうだ。

そうして立ち上がるアルを見て、アラキアが大きな目をぱちくりとさせた。

「どうするの？」

「どうもこうもねぇよ。嬢ちゃんは島にいくんだろ？　で、跳ね橋を下ろすために島の中に詳しい奴《やつ》の協力がいる。だからオレを助けた。違う？」

「……あ」

「忘れてたのかよ！　……っと、でけぇ声で突っ込むと頭がふらつく」

目の前のことに集中しやすいタイプなのか、アラキアの態度にアルは苦笑。

正直、敵だらけの島に戻るなんて危険な真似《まね》、命がいくつあっても足りない自殺行為でしかない。だが、アラキアがいくなら話は別だ。

彼女は命の恩人——アルの命に砂粒ほどの価値しかなくても、恩人なのだ。

「恩知らずにはなりたくねぇ。だから、島の案内はさせてもらうぜ。ただし……」

「——ん、助かる。戦うの、わたしの仕事」

敵と会ったら尻尾を巻いて逃げる、という言葉は引っ込めさせられた。実際に尻尾のあるアラキアの覚悟を聞けば、弱腰のアルが言えることなどそうそうない。

そうと決まればと、アルは浮島の岩の隙間から外へ出て、忌まわしき孤島を睨《にら》んだ。

大勢の観客を人質に、帝国相手に宣戦布告をした剛胆揃《ぞろ》いの剣奴《けんど》孤島――、

「――いくと決めたはいいが、どうやっていくかな」

頭を傾け、耳の奥に入った水を抜きながら、アルは頰《ほお》を引きつらせた。

跳ね橋を下ろさなくては上陸できない理由――剣奴孤島を囲う湖には大量の水棲《すいせい》の魔獣がおり、それらを乗り越えなくては上陸できない。

恩人に報いるためにも、まずは最初の関門を乗り越える必要があるのだった。

15

「おい、さっきの話はどこまで本気だったんだ？」

「――――」

豪奢《ごうしゃ》な椅子に腰掛け、過ぎる時間を退屈に乗りこなしていたプリシラは、密《ひそ》やかな声に呼びかけられて片目をつむった。

プリシラに声をかけてきたのは、髪の毛を半分剃《そ》り落《お》とした奇妙な髪型の男――ウビルクにはガジートと、そう呼ばれていた曲刀使いだ。

おそらく実力主義だろう剣奴孤島でそれなりの発言力を持つらしく、腕前も悪くはない一人なのだろう。この場の代表面をしているのがその証《あかし》だ。

もっとも、真の代表であるウビルク不在のときしか動けない時点で、その勇敢さとやらもハリボテの借り物でしかなかったが。

「黙ってるなよ、お貴族様。自分の立場がわかってんのか？　あぁ？」

「やいのやいのと騒ぐでないわ。そも、弁《わきま》えろなどと妾《わらわ》に言えた立場か？　貴様らの方こそ、己の足場さえ確かでない分際で」

「なんだと？」

「首魁《しゅかい》の言葉に唯々諾々と従い、自分の頭で考えることをせぬ。頭が使えぬなら、付随する目も耳も鼻も当てにはなるまい。それらを塞いで、手を引かれるままに歩いてきたのが今の貴様らの立ち位置であろう。違うか？」

相手に威圧されようと、プリシラの態度は一切変わらない。

横ではジョラーがハラハラした顔をしているが、罵られるガジートは不機嫌さを隠さないまでも、短気を起こそうとはしなかった。

彼ら剣奴《けんど》も、孤島を占拠した瞬間から徐々に熱は冷めていく。熱に浮かされて決起したはいいものの、その後の不安に駆られつつあるのだろう。

故に、この場で最も帝国に通じたプリシラ——否《いな》、ドラクロイ上級伯の知恵を求める。

「帝都の動きは先も妾が明かした通りよ。九神将……何本目の指が振られるかは皇帝次第じゃが、『将』がくればこの乱痴気騒《らんちきさわ》ぎもすぐに終わる」

「……言ってくれるぜ。こっちが何人いると思ってやがる」

「――関係ない。それは貴様もわかっていよう」

「――ッ」

如何《いか》に虚勢を張ろうと、帝国で生き、武に通ずるものなら頂の遠さは身に染みている。

ガジートも他の剣奴たちも、生ける伝説たる九神将と渡り合えるなどと思っていない。

冷静に立ち返ればそれに気付ける。

「それなのに、どうして君たちはこんなことを……」

顔色が変わった剣奴たちを見て、ジョラーが憐《あわ》れみとも同情ともつかない言葉を漏らした。それを聞いて、ガジートたちが力ない息をつく。

彼の如《ごと》き弱者には、中途半端な力を持った男たちの心情はわかるまい。

彼の如き恵まれたものには、閉ざされた島に生きる男たちの絶望はわかるまい。

そしてそれはプリシラも同じだ。想像力で推し量れても、理解はできない。してやるつもりもない。故に――、

「貴様らに取れる道は二つに一つ。このまま扇動者の口車に乗って、九神将を相手にとるに足らない雑兵として命を散らすか、あるいは」

「あるいは……？」

「――定めに抗《あらが》い、自らの助命を勝ち取るかじゃ」

ごくりと唾を呑《の》み、剣奴たちがプリシラの言葉に意識を奪われる。

現状、剣奴たちの前に続いている道は袋小路に行き着くだけだ。自分たちで退路を断っ

て、前進以外の選択肢をなくした判断は愚かと言う他にない。

しかし、袋小路を破る術《すべ》がないと諦めれば、それこそ『死』以外の結末をなくす。

「――――」

「せいぜい使わなかった頭を使って考えよ。貴様自身の定めじゃ」

ない知恵を絞る有様を眺めて、プリシラは細い肩をすくめた。

そうして、ガジートの眉間に皺《しわ》を一つ増やしたところで、声に呼ばれる。それは部屋に戻ってきたウビルクだ。

「ドラクロイ上級伯、バルコニーへよろしいですか？　対岸がよく見えますよ」

「退屈な誘いよな。だが、ここにいるよりはマシであろうよ。――貴様はここにおれ。妙な邪推をされるのも面倒じゃ」

「え⁉」

優男の誘いに乗って立ち上がるプリシラ、その居残りを命じる言葉にジョラーがぎょっとした顔をするが、プリシラは取り合わない。

自分から危険な役目を買って出たのだから、せいぜい役目を果たしてもらう。

取り残されるジョラーの不安げな眼差《まなざ》しに見送られ、プリシラは先導するウビルクの背中に続いて、闘技場のバルコニーで夜風を浴びた。

数時間前と変わらず跳ね橋は上がり、ギヌンハイブは外界と隔絶されている。

だが、記憶の景色と変化した部分もあった。それは――、

「対岸に帝国兵が陣を張ったようです。ちらほらと明かりが見えますねえ」

手で庇《ひさし》を作ったウビルクの言う通り、はるか彼方《かなた》の陸地に見えるのは複数の火の光だ。ギヌンハイブの異変と、ウビルクたち蜂起した剣奴《けんど》の要求を聞きつけ、帝国兵が湖を取り囲むように展開しているのだとわかる。

ほんのりと風に混じって届くのは、戦を控える戦士たちの高揚感の匂いだった。

「ガジートさんたちと話し込んでたようですが、なかなか彼らの腰は重たいでしょう。わかりますわかります。ぼかぁ、彼らの重たい腰を動かすのに五年もかけましたから」

「貴様の詐術と妾《わらわ》の偉大さを並べて語るな、凡俗が。不敬であろう」

「詐術とはひどいなぁ。……ですが、凡俗に不敬ときましたか」

くつくつと愉《たの》しげに喉を鳴らして、ウビルクはバルコニーの手すりにもたれかかる。ずいぶんと無防備な姿だ。少し離れたところに見張りを立たせているが、プリシラが動くより早く彼らが動けるということはあるまい。

自分でも言っていた通り、ウビルクの物腰は戦士のそれではなかった。そのため、優男の命を摘み取ることなど、プリシラにかかれば容易《たやす》くできる。

もっとも――、

「そんなことをしても意味がない。今さらこの暴動はぼくの首を取ったところで収まるもんじゃありませんから。ぼかぁ、ちょっと背中を押しただけですよ」

「ふん、背中を押したか。いったい、誰の背中を押した？」

「──手当たり次第に、ぼんやりとした雰囲気ってやつの背中をですよ」

そう言って、ウビルクはへらへらと笑いながら、そっと自分の服の裾を摘《つま》んだ。

奴隷が着せられる粗末な囚人服の裾をまくり、薄く肋骨《ろっこつ》の浮いた体を見せてくるウビルク。その行いにプリシラは眉を顰《ひそ》めたが、彼が見せたかったものが自分の裸身ではなく、その一部だとわかって合点がいった。

同時に、ウビルクがどうやってこの暴動を扇動したのか、その答えも。

──ウビルクの胸の中心に、瞼《まぶた》を閉じた第三の眼《め》があるのを見つけたからだ。

「魔眼族か」

「ご名答。もうあんまり数もいないので、物珍しいもんでしょう？　ぼかぁ、数少ない生き残りというやつでして」

まくった服の裾を下ろし、ウビルクが軽く両手を上げておどけてみせた。その仕草には何も反応せず、プリシラは静かに己の肘を腕で抱く。

──魔眼族とは、亜人族の中でも突出して珍しい特性を持った種族のことだ。

彼らは『魔眼』と呼ばれる第三の瞳を体のどこかに持ち、その瞳を通じた様々な異能を発現する。それは加護に近いものであり、言い方を変えれば魔眼族とは『必ず加護を発現する種族』とすることもできるだろう。

魔法とも異なる力を発現する加護、それと近いものを確実に持って生まれる魔眼族の存在は、その異能を意のままにしたいものにとって垂涎《すいぜん》の宝物だった。そのため、過去にはヴォラキア帝国では魔眼族を囲い込むための戦いが幾度も起こったほどだ。

そして、奪い合われる宝とされた魔眼族は、その戦いの中で大きく数を減らし――、

「今では滅んだも同然とされている。その血の希少さでは鬼族と同等であるとな」

「さすが、聡明《そうめい》でいらっしゃる。……ええ、ぼかぁそんな希少な種族でしてね。まぁ、島主に気に入られてたのは魔眼とは関係ないとこだったんですが」

「男娼《だんしょう》か」

「お恥ずかしい話ですけども」

頬《ほお》を指で掻《か》きながら、ウビルクは初めて本心から本音らしきものをこぼした。

だが、そのウビルクの恥辱を聞いて、プリシラは「ふん」と鼻を鳴らす。

「何を恥じ入る必要がある」

「え?」

「持てる力を尽くし、己の居場所を勝ち取るのは生き物の常だ。ましてや、武によらず立ったのであれば知性の結果であろう。ならば、獣ではなく人の証明ですらある」

牙を突き立て合い、勝利をもぎ取るならば強者の証明にはなろう。牙の代わりに知恵を用いたのならば、それは強者ではなく知恵者の証《あかし》だ。

どちらが優れているという話でもない。どちらにも、適所がある。

「……なるほど、大器をお持ちでいらっしゃる」

「たわけ、当然であろう。妾《わらわ》を誰と心得る」

「それがなかなかの難題でして」

堂々と胸を張ったプリシラ相手に、ウビルクが苦笑いする。その物言いからして、プリシラは彼の次の言葉が如何《いか》なるものかを予見した。

そもそも、ウビルクがこの状況を主導し、標的を最初からセリーナ・ドラクロイ上級伯に定めていたのならば、気付いて当然のことと言える。

「──お嬢さん、セリーナ・ドラクロイ上級伯じゃないでしょう？」

「何を当たり前を言う。貴様も、貴様の引き連れた凡俗共も、揃《そろ》って頭が空なのか？」

「しらばっくれるどころか、開き直られるとは……」

悪びれないプリシラの答えを聞いて、ウビルクが肩を落とした。

一方でプリシラはと言えば、ウビルクがこちらの嘘《うそ》を看破したとて何も変わらない。元々長く通用するとは考えていなかった嘘だ。

そして、見張りを遠ざけ、自分たちの会話が周囲に聞かれないようにしているウビルクも、プリシラの正体を剣奴《けんど》たちに明かすつもりがないのだとわかる。

それはある種、ウビルク側からの譲歩だ。プリシラの正体を看破しているが、仲間にそれを伝えるつもりはないと。その代わりに──、

「今しばらく、ぼかぁ、お嬢さんに邪魔されたくないわけですよ」

「解せぬな。貴様とて、この蜂起が無意味に鎮圧されるのは目に見えていよう。彼岸に見える陣は跳ね橋がなくとも、そのうちに水を渡る術《すべ》を見つける。時間の問題よ」

「その、時間が欲しいんですよ、ぼかぁね」

「――そういうことか」

目を細めて、ウビルクが静かに自分の目標を口にする。

途端、プリシラは抱いていた疑念の渦の中から、ようよう納得のゆく回答を拾い上げた。

鎮圧されるとわかっていて、何故《なにゆえ》にウビルクは蜂起を扇動したのか。

彼が稼がなければならない時間が、いったい何のためにあるのかを。

そして、プリシラの呟《つぶや》きで彼も自分の企《たくら》みが暴かれたと気付いて、目を瞬かせた。

「驚いた。あれだけでこちらの狙いを看破したと？　しかも、しかもだ。ぼかぁ、不思議とあなたのその言葉を疑えない。あなたには、そんな妙な説得力がある」

「――。貴様の納得など妾《わらわ》の知ったことではない。だが、どうする？　貴様の目論見《もくろみ》が妾に暴かれたとして、貴様はなんとする」

「参ったな。ぼかぁ、自分が優位に立ってると思っていたんですけどね」

苦笑しながら頭を掻《か》くウビルク、その胸の魔眼をプリシラが衣服越しに注視する。

彼が魔眼族の異能を用いて武装蜂起を扇動したのだとしたら、その魔眼の有する力は他者の精神に感応する類《たぐい》の厄介なものだ。

しかし、ウビルクは「いいえ」と首を横に振った。

「ぼくの魔眼はそんなに便利なモノじゃありませんよ。あなたに通用するとも思えない。なので、あなたの口を封じるのが最善なんですが……」

「――――」

「一抹の疑念が、ぼくにそれをさせない。ですので……」

そう言って、ウビルクは指を鳴らすと見張りを呼び寄せる。やってくるのは全身甲冑《かっちゅう》の大男と、上半身剥《む》き出《だ》しの小男の二人だ。

「彼女を旦那さんと別室に案内してください。くれぐれも、丁重に」

「丁重たぁ笑わせる。ここでそんなお上品な待遇を期待すんなよ」

「まあまあ、彼女はぼくたちの切り札ですから」

低く、虫が鳴くように耳障りな小男の声にそう応じて、ウビルクがプリシラを見る。

彼は深い、何色の感情を孕《はら》んでいるのか読み取らせない瞳をしたまま、

「今しばらく、付き合ってもらいますよ、ぼくたちに。それに、九神将が何もかも粉砕するなんて考え、ちょっと傲慢《ごうまん》かもしれないですしね」

「ほう？　貴様に策があると？　皇帝の有する『将』を折る策が」

「ええ、皇帝が相手なら……こちらは『女帝』を出すまでだ」

眉を上げたプリシラは、ウビルクに告げられた『女帝』という言葉を胸に留める。

この剣奴《けんど》だらけの孤島の中、『女帝』などと呼ばれるモノがいるとすれば、それはよほど滑稽な道化であるか、あるいは――、

「――皇帝の座を危うくする、強者のどちらかであろうからな」

16

ガボガボ、ガボガボと、景色が凄《すさ》まじい勢いで後ろに向かって流れていく。

厳密にはそれは正確ではない。景色なんてほど優雅なものは視界に映らないし、実際に流れているのは景色ではなく自分の方だ。

アルという隻腕の中年男が、水に揉《も》まれながら高速で湖を渡っているだけ。

「ぶあっ⁉」

その水中の高速移動も、突然の静止によっていきなり中断する。ただし、勢いを全く殺せなかったアルの体は水から吐き出され、ゴロゴロと硬い床を転がった。

そのまま冷たい床に仰《あお》向《む》けになり、思いっきり酸素を肺の中に取り込む。

「ぶはぁ、ぶはぁ……っ。し、死ぬかと思った……っ」

荒々しく呼吸しながら、アルは二重の意味で生きた心地がしなかったと振り返る。

その心境の一つ目の理由は、当然ながら呼吸のできない水中にいたこと。そして二つ目の理由は、何度も水中を泳ぐ魔獣と目が合ったことだ。

水の中を庭として、我が物顔で遊泳する奴《やつ》らとは文字通り住む世界が違う。元々、アルがあの浮島に流れ着くことができたのも奇跡の連続の結果だ。

――何回、水の中で魔獣の牙に引き千切られたか、考えるのも馬鹿馬鹿しい。

「ついた」

「……あぁ、見りゃわかるよ。あと、ほれ、これでも巻いとけ」

アルに遅れ、ざぶっと水の中から這《は》い上《あ》がってきたのはアラキアだ。相変わらず、素っ裸で羞恥心のない彼女に頬《ほお》を歪《ゆが》め、アルは自分のボロボロの上着を投げ渡す。

血と水に濡《ぬ》れて、あちこちが破けた散々な状態の服だが、裸の少女を連れ歩くことになるよりずっとマシだ。アラキアも、アルの意思を尊重して布を二つに引き裂くと、自分の胸と下腹部に巻いて危険な状態からは脱してくれた。

そうして、倫理的な問題を突破したところで、アルは首をひねると、

「数時間ぶりの我が故郷……だが、不気味な感じだな」

静まり返った剣奴《けんど》孤島を振り仰ぎ、アルは苦々しい顔でそう呟《つぶや》いた。

現在、アルとアラキアが上陸したのは、島の下部にある廃棄場――島の中で出たゴミやら不要物やらを湖に投げ込み、魔獣の餌にするための簡易の足場だ。

直接湖と繋《つな》がっているが、ここから帝国兵が上陸してくるのを警戒する見張りなどは置かれていない。水棲《すいせい》魔獣の天然の警備を思えば、それも当然か。

「まさか、ここから上がってくる命知らずがいるとは思うめぇよ」

「ここ、何のための場所？」

「島の中で出たゴミとか捨てる場所だよ。腐った食い物、人間の汚物、あとは汚物になった人間そのもの」

「汚物になった人？」

「死体ってことだ。魔獣がさらってくれるから、めちゃめちゃエコだろ?」

アルの話を聞いて、アラキアが心底嫌そうな顔をする。

彼女の感想はともかく、理に適《かな》った環境であるとはアルは思う。なにせ、剣奴同士を戦わせる興行が行われる限り、島では死体が出続けるのだ。

島全体が興行のための闘技場として機能する以上、死体を埋めるための土地なんて確保できない。まして、墓を作っても参る人間などいない環境だ。

だったら、死体は魔獣の餌にして、奴《やつ》らに処分してもらうのが手っ取り早い。

「まぁ、観客の中にいる悪趣味な好事家が死体を買ってく場合もあるけどな」

「死体なんて、どうするの……?」

「剣奴ってもオレみたいなブ男ばっかじゃねぇんだ。たまには顔のいい奴もいるし、美女が流れ着いてくることもある。それでも死ぬときは死ぬんだが……綺麗《きれい》に死んだら、その死体を欲しがる奴もいんの」

珍しい種族の亜人が剣奴になることも少なくない。そういう場合、好事家は希少な種族の死体を剥製《はくせい》にしたがるケースもあると聞いた。

そういうわけで、死後も辱められる可哀想《かわいそう》な死者を除けば、大半の死者はここから湖に投げ込まれ、哀れ魔獣の栄養となって食物連鎖に加えられる。

「死んだあと、どっちがマシかなんてわかったもんじゃねぇが」

少なくとも、アルは自分が死んだあと、その死体を弄《もてあそ》ばれるのも、魔獣の餌にされるのも大した違いを感じない。死後は死後、そこには何も残らない。

何も残らないのが、正しい自然の摂理なのだ。

「——うん？　なんだよ、嬢ちゃん。じっとオレの面なんか見て」

と、そんなアルの内心を余所《よそ》に、アラキアの視線がこちらの横顔に突き刺さっていた。

彼女はじーっと、片方は光のない眼差《まなざ》しをアルに向けていたかと思うと、

「……悪くない、と思う」

「ああ？　何が？」

「あなたの、顔？　ブ男って、ほどじゃない」

思いがけないフォローを入れられ、アルは何を言うべきか言葉を見失った。

アラキアにそういう判断基準があったことも驚きだし、アルのためにフォローを入れようと考えてくれたのも驚きだ。あるいは彼女的にはどちらでもなく、単純に思ったことを口にしただけかもしれないが、それもそれで驚きだった。

アルは、自分の顔があまり好きではない。むしろ、嫌いな方だ。隠しておけるなら、ずっと隠しておきたいと思う程度には。

「——。跳ね橋、動かすの、どこ？」

しかし、アルが礼を言おうか言うまいか悩む間に、アラキアは話を進めてしまう。

仕方なしにアルは思案を中断し、「あれだ」と顎をしゃくって頭上を示した。

「跳ね橋の手前に高い塔があるのが見えるか？　あそこが、跳ね橋の上げ下げを制御して

る制御塔だ。中に入れば、跳ね橋を下ろすのは難しくない」

「――――」

アルの示した方角を見上げ、制御塔を眺めるアラキアが目を細める。

アラキアが制御塔から跳ね橋を下ろせば、対岸に配置された帝国兵が雪崩《なだ》れ込《こ》み、この武装蜂起は鎮圧されておしまいとなるだろう。

ウビルクに扇動され、無謀な戦いへ挑んだ剣奴《けんど》たちは夢半ばに倒れるはずだ。

「そうなったら、四年前みたいに一気に顔見知りがいなくなんな……待てよ？　これ、オレもまとめて処分されたりしねぇよな？」

「大丈夫……わたし、言うから。たぶん、忘れない。きっと」

「ふわふわしてて安心できねぇ言い回しだなぁ、オイ！　それに……」

そこで言葉を切り、唇を曲げたアルにアラキアが不思議そうにする。

彼女には言いづらいが、アラキアが無事に味方と合流できる保証もないのだ。

むしろ、彼女が跳ね橋を下ろすために制御塔へ向かうなら、そこで待ち受けているのは『剣奴女帝』ホーネット――勝算は、ないと言った方が適切だろう。

「――――」

アルも、自分の実力を棚に上げて偉そうに言えた立場ではないが、ホーネットの実力は剣奴孤島最強――帝国でも、最高戦力である『九神将』に匹敵するのではないか、とそう考えている。

ウビルクたちの計画に勝算があるとすれば、孤島制圧のために送り込まれてくる九神将と戦い、それを退けられる戦力の存在だ。

真にヴォラキア帝国と交渉のテーブルにつくためには、相手の理不尽な暴力に押し潰されないだけの力をこちらも持たなくてはならない。

ホーネットの存在こそが、まさしくウビルクたちの計画の『柱』に違いない。

そう考えれば――、

「嬢ちゃんが、あのホーネットに勝てるとはとても思えねぇ」

アラキアはきっとアルよりも強いのだろう。だが、ホーネットはアルが百人束になっても勝てない怪物だ。アラキアも、勝つことはできない。

いっそ引き返して、対岸にいるらしい九神将を引っ張ってくるべきだ。それこそ、アルをもみくちゃにしながら湖を渡ったように。

「……それ、難しい。短い距離なら大丈夫、だけど」

「まぁ、十分十五分も息継ぎなしでいろってのは現実的じゃねぇのか。……けど、ホーネットに勝つってのも現実的じゃねぇと思うぜ？」

「考えてる。わたし、勝てないなら……戦わない」

「なに？」

そう驚いたアルの前で、アラキアは空中で何かを掴《つか》み取《と》る。そうして彼女が掴んでみせたのは、ぼんやりと淡く光っている微精霊――それを、彼女は躊躇《ためら》わずに自分の口の中に放り込んで、実体のない存在を咀嚼《そしやく》した。

「――――」

――『精霊喰《ぐ》らい』と、彼女は自分の特性をそうアルに説明した。

空気中を漂っている無数の精霊たち、その存在を喰らい、特性を我が身に取り込む。アラキアはその力を使い、水の微精霊と同化することで湖を渡ったのだと。

実際、水と同化したと豪語する彼女の泳ぐ速度は人間業ではなかった。それは、水と化した彼女に取り込まれ、高速遊泳を体感したアルも頷《うなず》ける。

湖を渡るために、アラキアは水の微精霊を取り込んだ。ならば、制御塔から跳ね橋を下ろすために彼女が取り込むのは――、

「――風の微精霊」

「おいおい、マジか……」

呟《つぶや》いたアラキアの体が、アルの目の前でゆっくりと風と同化する。風との同化――つまりはそれは、実体のない不可視の存在に変わるということだ。

目を凝らせば、そこにアラキアの存在があることを見て取れる。しかし、それはそこにいることを意識して初めて成立する、ギリギリの認識だった。

「何でもできて便利だな……オレも今日から精霊食べて暮らそうか」

「あんまり、勧めない。……自分、消えちゃう」

「あー、あー、そういうタイプね。自分が維持できなくなってどうこう的な」

『精霊喰《ぐ》らい』として精霊と同化するためには、絶対に揺らがない強固な自己が必要であるとか、そういう類《たぐい》の才能が求められるらしい。

その点を競わされると、なるほど、自分には全く向いていないだろう。

強固な『自分』なんてもの、全く持ち合わせていないのがアルなのだから。

「とか何とか言ってて、ホーネットが制御塔にいなかったら笑い話だけどよ」

これだけホーネットは強敵だと前振りしておいて、肝心のホーネットが制御塔にいませんでしたとなったら拍子抜けもいいところだ。

もちろん、アラキアの目的を果たすためにはその方が好都合ではあるのだが。

しかし、そんなアルの軽口にアラキアは笑わなかった。——否《いな》、半透明となり、存在感の薄くなったアラキアは、制御塔を見上げながら言った。

「——ううん、いると思う」

17

かくして、疑心と警戒を抱きながら、アルはアラキアと再び島内へ戻った。
目指すは制御塔——もっとも、アルがアラキアと一緒にいるのは成り行きだ。命を救われた恩には報いるつもりだが、どこかで十分報いたと思えたら、そこではっきりとアラキアと違う道を生きるつもりでいる。

現状、跳ね橋の下ろし方と島の案内、それから痴女と呼ばれずに済むように服を渡したことでかなり加点したと思われるので、残す恩返しもあとわずか。

「ぶ……っ」

と、アルの目の前で首から血を噴いて、短髪の男が為《な》す術《すべ》なく崩れ落ちる。

突然のことに驚くのは、話していた相手がいきなり致命傷を負った隣の男だ。その驚きの原因を教えてやったり、傷付いた心のケアはアルの仕事ではない。

代わりに、驚く男の腰からナイフを奪い取り、後ろから抱き着くようにして相手の胸を抉《えぐ》った。心臓を突き刺し、ひねって抜く。

二人の見張りは声もなく、二人揃《そろ》って仲良く五秒であの世逝きだった。

「やっぱり、見えなくなんのってガチで反則技だな……」

「……あなたも、思ったより強い。片腕、なのに」

血に濡《ぬ》れたナイフを死体の服で拭い、嘆息したアルを半透明のアラキアが称賛する。やや素直すぎる感想だが、そこはありがたく受け取っておくことにした。

ともあれ、血塗《ちまみ》れの男たちの服は着れそうにないので、今しばらくは半裸の中年男としてスニーキングミッションを続ける必要がありそうだ。

「それにしても、マジで占拠されてんだな、この島……」

「嘘《うそ》だと思ってた？」

「夢であってはほしかった、かね」

愛着もなければ、友人がいたわけでもない。——否《いな》、看守のオーランだけはアルの友人だった。だから、彼の死だけは心の底から悲しい。

しかし、それだけだ。十年も暮らした剣奴孤島《けんどことう》だが、アルにとっての思い入れは死したオーランくらいのもので、それ以外の心残りは特にはない。

夢であってほしかったのは、オーランを含めた環境の激変、それのみだ。

「オレはどうしたいのかね……」

多かれ少なかれ、事態の収拾後も変化があるだろう剣奴孤島。変わってほしくなかったものが変わり、それ以外の変化も避けられないなら、何のために留《とど》まるのか。

そもそも、アルはここに十年も留まって、いったい何を為《な》せたというのか。

「……何も為せてねぇし、何も為すつもりもねぇよ」

ただ、風に揺すられる草葉のように、水面《みなも》を浮かぶ葉々のように揺蕩《たゆた》う日々を。

その果てに待ち受けるものが何なのか、想像する気力すらないままに——、

「——あそこ」

と、見張りを削ったアルの隣で、不意にアラキアがそう言った。

彼女の呼びかけに息を詰め、アルはアラキアの眺めるのと同じ方向へ目をやる。そこには石畳と、天然と人工の城壁に囲まれた制御塔があり、その足下に——、

——こちらに背を向けて立つ、大きな大きな背中が見えた。

「——っ」

その瞬間、アルは心臓を掴《つか》まれたような気分を味わい、とっさに壁の陰に隠れる。通路の向こう、顔を出したのは一瞬だけだ。半透明になっているアラキアはもちろん、アルの姿だって背中を向けた相手には見えていなかっただろう。

だが、もしも相手があのとき、こちらを向いていたらどうなっていたか。

「はぁ、はぁ……」

痛みを覚えた胸に手を当てて、アルは急速に荒くなる己の呼吸を意識する。

何度も何度も、文字通り『死線』であれば越えてきたし、味わってもきた。それなのに今、アルの全身を支配するのは避け難《がた》い死への恐怖だった。

苦痛や絶望、それを何度となく味わわされることが恐ろしい、のではない。

それがいずれ終わるものであるなら、何百でも何千でも挑んでやろうという気になる。

しかし、それが終わらないとしたらどうだ。

絶対に勝てない敵が、越えられない壁が、この世には存在するのだとアル――アルデバランは知っている。

――あの『剣奴女帝』は、そうした存在の一つだった。

「……は」

そう考えて、アルは自分の凝り固まった思考を吐息で嘲笑《あざわら》った。

何故《なぜ》、あれを勝てない敵と、越えられない壁だなどと決めつけてかかっているのか。そもそも、アルにあれと戦う理由などない。

アラキアにも宣言した通り、彼女への恩返しにはここまでの貢献で十分だろう。尻尾を巻いて逃げるときがきたのだ。

あれはアルを見つけたら、必ず再び殺しにかかってくる。

その毒牙にかかる前に、ここから一秒でも早く離れなくてはならない。

「嬢、ちゃん……悪《わり》ぃが、オレが付き合えんのはここまでだ……」

「――――」

「いっぺん……いや、ひゃっぺんはあいつに殺されかけてる。オレはもう、あいつとやり合ってどうにかできる自分を見つけられねぇ」

恩知らずと罵られるのも覚悟で、アルはアラキアに戦線離脱を宣言する。

もし、ここでアラキアが激昂《げきこう》して襲いかかってきたとしても、あの怪物と死合いを再開するよりはずっとマシだ。あの怪物は越えられない壁だが、アラキア相手なら勝機はきっと見つけられる。

「――ん、わかった。ありがとう」

だが、そんなアルの緊張を余所《よそ》に、アラキアはあっさりとそう言った。

その淡白な反応にアルは目を瞬かせたが、アラキアの態度に変化はない。彼女は自然とアルの臆病を受け入れ、目的達成のための戦力には数えないつもりだ。

しかし、それは彼女が怪物相手に引く気がないことの表れでもあり――、

「……悪いことは言わねぇ。嬢ちゃんも、諦めた方がいい。わかんだろ？」

「……たぶん、強い」

「たぶんじゃなく、本物なんだよ。少なくとも、オレの人生で見てきた生き物の中で三番目か四番目に強いのがあいつだ」

「一番と、二番は？」

「思い出したくもねぇ」

いずれの怪物も、心臓が凍るような思いを味わわされるのは変わらない。

挑むことを考えただけで、脳の一部が死んでいくような感覚が思い出される。だって、無理だったから。何回、何百回、何万回挑んでも、無理だったから。

越えられない壁の存在が、この世にあることを知ってしまったから。

「嬢——」

「——ばいばい」

だが、中年男の説教臭い訴えは、未来ある少女の無謀を止められなかった。

呼び止める言葉を振り切って、アラキアの半透明の姿が風に紛《まぎ》れる。そのまま、文字通り風のような速度で制御塔へ迫るアラキアは、こちらに背を向けて湖面など眺めているらしい長身の剣闘士、その意識の間隙へ滑り込もうと——、

「——あらん？　変な風だわん」

それをさせないのが、常外の理《ことわり》の中で生きる超越者たちというものだった。

いったい、風の異変の何に気付いたというのか、振り向きざまに超越者——ホーネット

が両腕に嵌《は》めた大剣を煩わしげに薙《な》ぎ払《はら》う。大雑把《おおざっぱ》な一振りだが、それは真《ま》っ直《す》ぐに突っ込んだアラキアを正面から打ち据えた。

無防備に受ければ、アラキアの胴体が上と下に分断されただろう一撃。しかし、少女はとっさに迫る死を察知し、瞬時に浮上してそれを回避した。

――だが、『死』の舞踏はそこでは終わらない。

「あらん、あららん、あららん」

「〰〰ッ！」

まさしく鼻歌まじりの凶気が渦巻き、ホーネットのダンス・マカブルが荒れ狂う。

風と同化し、速度も動きも常識の埒外《らちがい》にあるアラキア。それを、ホーネットの両腕の大剣は容赦なく、圧倒的な殺意を纏《まと》って追い詰める。

必死の形相で『死』の螺旋《らせん》から逃れようとするアラキア。彼女の奮闘ぶりが伝わってくるような状況だが、対峙《たいじ》するホーネットは遊びの領分を出ていない。

――否《いな》、彼女にとって戦いは遊興だ。殺戮《さつりく》は趣味で、虐殺は大好物。

故にアラキアを追い詰めるその攻防も、ホーネットの快楽の儀式に他ならない。

「言わんこっちゃ……」

ねぇと、アラキアの無謀を嘲る言葉は続けられなかった。

見えていた結果なのに、アラキアを力ずくで止めなかったのはアルの選択だ。

無論、力ずくでもあの少女を止められなかった可能性は高いが、それはチャンスが一回しかない人間の考え方であり、アルには当てはまらない。

止めようと思えば止められた。なのに、止めなかった。

もうアルには、誰かの意思を捻《ね》じ曲《ま》げるために自分を費やす気概がない。

だから、死ぬとわかっている戦場へ挑む少女を見送り、訳知り顔の傍観者として、遠からず血に沈む少女の最期を眺めている。

「――――」

胸の奥が軋《きし》み、重たいものが心臓を押し潰そうとするのを感じる。

これが耐え難《がた》いものと向き合わされるストレスの発露だとしたら、何故《なぜ》、自分はここで足を止めて、見たくないものを見届けようとしているのか。

自分の選択の結果を見届けるためなんて、そんな格好《かっこ》いい理由ではない。そんな大層な理由が持てるほど、自分は大した人間じゃない。

粗末な武器と、致命傷を何とか逃れた満身創痍《まんしんそうい》。心は折れ、夢も持てない中年男。

挑む理由も勝てる要因も、何かのために抗《あらが》う動機も何一つない。

それなのに、アルは――、

「あうっ」

「――あららん」

大剣が振るわれ、避けきれない一撃に夜の空へ血が散った。

風との同化が解かれ、半裸の少女がその場にひっくり返り、石畳に倒れ込む。それを見下ろす剣奴《けんど》孤島の女帝は、血に染まる少女を見て嫣然《えんぜん》と微笑《ほほえ》んだ。

「可愛《かわい》らしいお嬢ちゃんねえん。知らない顔だけど、どうやって入り込んだのかしらん」

「――――」

小首を傾《かし》げるホーネットの問いに、少女は何も答えない。ただ、強い敵意を宿した赤い隻眼に射抜かれ、ホーネットはますます愉《たの》しげに口の端を歪《ゆが》めた。

滴る血が少女の美しい銀色の髪を染め、色づく褐色の肌が凶気を昂《たかぶ》らせる。

次は何をしてくれるのかと、それを堪能するために大剣を掲げ――、

「――そこまでだ」

掲げた大剣に力を込める直前、そんな声がホーネットの遊興を邪魔した。

そのことへの不満は、しかし、声の主を目に留めたことで霧散する。

「あら、らら、ららら、らららん」

目を見開いて、ホーネットは月を背にした人影の正体に歓喜する。

自分と同じように四肢の一部を欠損し、自分と同じように珍しい黒髪をして、自分と同じようにこの死地で生き残り続けた男――、

「――アルデバラン」

「その名前で呼ぶんじゃねぇよ。……ただでさえ、死にたい気分なんだぜ」

吐き捨てるような自嘲があって、アルがホーネットに短剣を向ける。

粗末な、普段使っている身幅の厚い刀剣よりもさらに射程の短い武器。闘技場では逃げに徹し、かろうじて致命傷を避けただけの男が、自分に再び挑んでくる。

「意外だわん。アルちゃん、そんなに熱血漢だったかしらあん」

「そんなつもりねぇよ。ただ、若い身空で早死にさせるには惜しい美少女だったのと、銀髪が血に染まるのが思った以上に気分悪かったのと、あと……」

「あとおん?」

甘ったるいホーネットの問いかけに、アルは忌々《いまいま》しげに頬《ほお》を歪め、陰惨に笑った。

ゾクッと背筋を甘い寒気が駆け抜け、ホーネットもまた笑い返す。

そうして笑い合いながら、アルは言った。

「星が……いや、今日はオレの虫の居所が悪かったんだよ」

18

「そろそろ、巡った毒が効いてくる頃であろうよ」

「ああ?」

ふと、椅子に腰掛けたプリシラが呟《つぶや》くのを聞いて、半裸の小男が目を丸くした。

バルコニーでのウビルクとの密談のあと、ジョラーのいる部屋とは別室に移されたプリシラを見張る二人組、その片割れが半裸の男だ。

もう一人、全身甲冑《かっちゅう》の大男は寡黙だったが、注意はこちらに向けている。両者、プリシラの呟《つぶや》きに疑念を抱いたのは同じらしい。

故に、プリシラは二人に見えるように、たおやかな指を一本立ててやると、

「小難しい話ではない。暗愚な貴様らにわかるように話してやれば、毒というのは比喩的な話じゃ。実際に毒が巡っているわけではない。命を蝕《むしば》み、奪うものではあるがな」

「……ますますわからねえ。けど、馬鹿にされてんのはわかんだよなぁ」

島主の部屋と比べれば豪華さの足りない一室、退屈な見張りを任されていた小男は立ち上がり、両手の短剣をちらつかせてプリシラを睨《にら》んだ。

その下卑た顔を見れば、プリシラの発言に不快感を覚え、その上で不満を彼女で発散しようと目論《もくろ》んでいるのが手に取るようにわかる。

だが──、

「妾《わらわ》を脅かすつもりなら、何もかもが遅かったな」

「ああ？　いつまでそんなことが言ってられっと……」

「──いやぁ、きっとその方は死ぬまで言い続けるんじゃありやせんかねえ」

恫喝《どうかつ》を遮る声がして、小男が戦慄して振り返る。が、その動きは放たれる槍《やり》の一撃によって中断、顔面を貫通する一撃に命を奪われ、小男がその場に倒れ込んだ。

同時、甲冑の擦《こす》れ合うやかましい音を立てて、大男の方も赤い絨毯《じゅうたん》の上に沈む。それをしたのは、奇妙な髪型をした曲刀使い──ガジートと、そう呼ばれた男だ。

そして、同じ剣奴《けんど》を斬り倒したガジートと共にこの場へ馳《は》せ参《さん》じたのが――、

「ずいぶんと待たせるものよな」

「いやいやいや、これでも急いだんですぜ？　マイルズ兄ぃにゃぶん殴られるし、上級伯には待て伏せお預けってなもんでして……」

「言い訳なぞいらぬ。毒が巡り切る前にきたことだけは褒めてやろう」

そう言いながら、プリシラは肩を落としたバルロイをねぎらい、次いでガジートの方へと目をやった。

プリシラの撒《ま》いた『毒』――その一端であるガジートは、身内を斬り殺した曲刀の血を拭うと、こちらの視線に小さく舌打ちする。

己の運命を掴《つか》み取《と》るため、状況に抗《あらが》うことを決めたということだろう。ガジートが動いたなら、ジョラーのいる部屋の剣奴たちも腹を決めたはずだ。

「もっとも、妾の愛する夫諸共《もろとも》に全員死んだ可能性もあるが」

「おっかないこと言わんでくれやせんかね？　あっしは上級伯から、ペンダルトン中級伯もお守りするよう言われてやすんで……」

「せいぜい励むがいい」

冷徹に言い捨て、プリシラはドレスの裾を払ってその場に立ち上がる。

いい加減、乱痴気騒《らんちきさわ》ぎにも面白味《おもしろみ》はなくなった。首謀者であるウビルクの目論見《もくろみ》もおおよそ読めている現状、これ以上の退屈しのぎは望めまい。

となれば、プリシラ・ペンダルトンのすべきことは一つ――、

「――粗末な舞台の幕引きに、せめて妾《わらわ》という華を添えてやるとする」

19

――青く冴《さ》えた月を背負い、跳ね橋の制御塔の前で強敵と相対する。

「――――」


我ながら、ずいぶんとドラマティックな場面だとアルは自嘲する。

隻腕の剣士と、その傍らに倒れる血塗《ちまみ》れの少女。まるで英雄譚《たん》や一大叙事詩の一幕だが、それは両者が無事に窮地を脱せられればの話。

それが叶《かな》わなかった場合、これは物語を彩るありふれた悲劇となり果てる。

もし、この場にいたのが自分ではなく、もっと実力と華に恵まれた勇士であれば、さぞかし絵になる光景だったに違いあるまい。

「これも、絵になる光景といやそうだったかもな。ただし、地獄絵図だけど」

苦々しい表情で後悔を噛《か》み殺《ころ》し、アルは右腕で構えた短剣の先端を正面へ向ける。愛用の青龍刀《せいりゅうとう》ですら分が悪いのに、粗末な短剣しかないとはなんと頼りないことか。

早くも後悔が募り始めるアル、その様子を眺めながらホーネットが嫣然《えんぜん》と微笑《ほほえ》んだ。

「──虫の居所が悪かった、ねえん」

直前のアルの啖呵《たんか》を反芻《はんすう》し、揶揄《やゆ》するかの如《ごと》く嗤《わら》う『剣奴《けんど》女帝』。

二の腕から先がない両腕に大剣を接続し、二メートル以上の長身が三人並んでいるようにすら見えるホーネット。──途方もないシルエットだと改めて思う。

真の強者というものは、一目見るだけで勝ち目がないとわかるものだ。

その点、ホーネットは最初の条件を満たしている。本来、体の欠損とはハンデの表れであると思うが、ホーネットはそれを見事に強みへ昇華していた。

「くふん、くふふん、くふふふん」

そんなアルの感慨を余所《よそ》に、ホーネットが両腕の大剣を抱きすくめるように笑う。

旧知の相手に刃物を突き付けられているにも拘《かかわ》らず、何とも呑気《のんき》で上機嫌だ。

「な〜にがそんなにおかしいんだよ」

「知ってるでしょおん。アタシ、アルちゃんとずっと殺し合いたかったのよおん」

「知りたくないけど知ってたし、もう殺し合ったじゃん。オレ、ボロ負けしたじゃん。死体用の穴から蹴落とされてんだぜ？」

「でもおん、あなたはここにいるわあん。それってそういうことでしょおん」

「どういうことだよ……」

生憎《あいにく》と、戦闘狂の理屈はアルにはわからない。

剣奴孤島には十年もいるが、一度だって戦いを楽しんだことはない。嫌々でも戦い続けるなら、一度くらいは勝利の美酒に酔い痴《よし》れてもバチは当たるまい。

だが、アルには無理だった。他人の命を奪って喜ぶ、そんな精神性は持てない。

きっとこれから先も。だから——、

「オレとお前は永遠にわかり合えねぇよ、ホーネット」

「わかり合う必要なんてないのよおん、アルちゃん。アタシは、アタシが楽しめればそれでいいんだものおん」

まさしく女帝、一方的なホーネットの価値観は、いっそ帝国的で快いくらいだ。

もちろん、その価値観の犠牲者になるのが自分でなければの話だが。

「……ブ、男」

「そこで大人しく見てろや、嬢ちゃん。あと、ブ男ってほどじゃねぇってさっきの意見、オレは結構真に受けてたぜ」

「————」

ダメージを隠せない顔で、アラキアがアルを見つめている。

彼女の隻眼に宿る感情は乏しいものの、それがアルの不利を訴えかけているのは火を見るよりも明らかだった。

「圧倒的不利、そんなのはオレが一番よくわかってらぁ」

だが、言われるまでもないと、アルは自分の挑んだ馬鹿げた戦いの勝算を数える。

そして、それを数え終えるより早く——、

「じゃあん、いくわよん、アルちゃん。簡単には死なないでねえん」

軽々しく、甘ったるい声と共にホーネットの両腕の大剣が放たれ、嵐が橋上で荒れ狂った。とっさに身をすくめ、嵐に耐えようと短剣を掲げ――、

「――っ」

受けようとした短剣ごと胴体を薙《な》ぎ払《はら》われ、アルはものの見事に簡単に死んだ。

20

「――この乱痴気騒《らんちきさわ》ぎを起こした狙い、それは皇帝の首であろうよ」

「ととと、そりゃまたずいぶんと飛躍した答えが飛び出しやしたね？」

ドレスの裾を摘《つま》んで、通路に倒れる剣奴《けんど》の死体を跨《また》ぐプリシラ。彼女の言葉に目を丸くしたのは、今しがた剣奴の心臓を槍《やり》で貫いたバルロイだ。

どんどんと躊躇《ためら》わずに突き進むプリシラ、その道を切り開くのに奔走する青年は、しかし文句の一つも言わずに血濡《ぬ》れの槍の穂先で周囲を示し、

「島の剣奴が武装蜂起して、帝国相手に自分たちの解放を訴える……実際そうなってるんで、その筋書きなら信じられやす。けど、こっからどう皇帝の首を狙うんで？　まさか、人質を解放するために皇帝自らやってくるなんてありえんでしょう？」

「それこそまさか、じゃな。皇帝が自らの命を危うくする決断などすべきではない。それ

が相手の首を取るために必要な場合を除けばじゃが……」

「いやいや、それでもやりすぎってもんでやしょうよ」

堂々としたプリシラの物言いに、バルロイは頬《ほお》を掻《か》きながら苦笑した。

この剛胆な少女の発言には力があり、ぼんやりと聞いているとついつい頷《うなず》いたり、納得したりしそうになってしまう。

それでも、まるで皇帝を身近に知っているような言い方は剛胆すぎるというものだ。

「奥方の見立ては論理の飛躍ってやつじゃありやせんか？　せいぜい、引っ張り出せるのは皇帝直属の九神将が限度。実際、対岸にゃぁそれがきてるみたいですが……」

「どうやら、貴様は足りぬ頭をそれなりに働かせる性質《たち》と見える。ならば、もういくらか働かせてみよ。──九神将が出てきたら、島はどうなる？」

「それは……武装蜂起は失敗して、剣奴《けんど》は残らず制圧されるでやしょう」

それが当然と、疑いもなく言い切るバルロイに同行する剣奴のガジートが苦々しい顔をした。だが、それが事実だ。

武の頂点たる九神将の資質は、他国の選出基準とは全く違う。

家柄や人格も関係なく、ただ『強い』ことだけが尊ばれるのがヴォラキア流だ。

故に、剣奴は一人残らずねじ伏せられる。わかり切った結末だった。

「そう、わかり切った末路である。ならば、何故《なにゆえ》に首魁《しゅかい》は潰される反乱を企《たくら》んだ？」

「……ええと？　九神将が出張ってきて、絶対に潰されるって話で」

「必ず潰される。――しかし、その一時、九神将は皇帝の傍《そば》を必ず離れる」

「――――」

プリシラの重ねた言葉を聞いて、バルロイは目を見張った。

思わず唾を呑《の》み込《こ》み、言葉の意味を咀嚼《そしゃく》する。それからバルロイは「いやいや」と首を横に振って、

「そりゃ、理屈はわかりやすすよ。けど、一人や二人、九神将が傍を離れたぐらいじゃ皇帝の守りは揺るがんでしょう。九神将は九人いるから九神将。なのに……」

「ならば、九神将を派遣せねばならぬ乱痴気騒《らんちきさわ》ぎが、この剣奴孤島以外でも起こっていたとしたら、どうなる？」

「……まさか」

ここととは別の、周到な計画との合わせ技。

その可能性を提示され、バルロイは「馬鹿な」と頭からそれを否定できなくなった。

事実、バルロイたちは剣奴孤島に閉じ込められ、外の情報から遮断されている。あるいはこの島と同様に、別の場所で同じような騒ぎが起きていても知りようがない。

しかし、帝都はそうはいかない。同様の手口の騒動が起こったなら、それを鎮圧するために必要な戦力を投入する。――皇帝直属の、九神将を。

「皇帝も側近も迂闊《うかつ》ではない。九神将の全員を傍から外すことはあるまい。じゃが、それでも数は減る。その分、好機は生まれる」

「……島の剣奴《けんど》も、この騒ぎ自体も壮大な捨て駒ってわけですかい」

プリシラの推察を聞いて、バルロイは戦慄に乾いた唇を舐《な》めた。

相手方の、被害を顧みない計画も十分以上に称賛に値する。目的を達するため、多くの犠牲を許容した陰謀の組み立て、実に見事なものだ。

だがそれ以上に、それを看破したプリシラの洞察力に底冷えする感覚を隠せない。

いったい、この少女の紅《くれない》の瞳には世界がどのように映っているのだろうか。

ただ言えることがあるとすれば、この少女がジョラー・ペンダルトン中級伯の幼妻など、その程度の地位に甘んじていることはないだろうという確信だけだった。

「……冗談じゃねえ」

しかし、話の流れに納得のいくバルロイと違い、捨て駒の当事者とされたガジートはそうはいかない。

彼はわなわなと唇を震わせ、怒りに瞳を燃やしながら、

「皇帝の首？　そんなもん、俺たちが知ったことかよ！　俺たちはただ……」

「袋小路から抜け出したかっただけ、か？　ありきたりな動機故に、容易《たやす》く利用されたのであろうよ。──貴様らは、もっと頭を働かせよ」

「──っ、てめえ！」

容赦のないプリシラの首へ、ガジートが抜いた曲刀の刃《やいば》を向ける。

途端、張り詰める一触即発の気配に、バルロイは「ちょいちょい」と肩をすくめた。

「やめなせえや、お兄さん。あんたの怒りをぶつける相手は奥方じゃありやせんて。そんなことしても、何の意味もないでやしょうが」

「黙れ！　何の意味もない？　それを言い出したら、もう何をやったって無駄だろうが！　島の解放だけならまだしも、皇帝暗殺？　俺たちはその共犯者だ！」

「……いや、それも奥方の推測ってだけで本当のこととは」

「黙れよ、槍使《やりつか》い。てめえも、それがただの気休めだってわかってんだろう。俺は……俺はさっきの、このガキの話に納得しちまった」

顔をくしゃくしゃにしたガジートの訴えに、バルロイは答えを返せない。

バルロイの心中も、ガジートの納得と同意見だった。プリシラの意見には説得力があり、おそらく敵方の狙いは皇帝の首で間違いない。

となれば、ガジートたちは知らなかったとはいえ、皇帝暗殺の計画に加担したのだ。

当然、無事に事態が収束しても、死罪は免れまい。

「────」

ガジートの立場に同情しながら、バルロイは片目をつむり、思案する。

バルロイが本気を出せば、ここからでも槍の一突きでガジートの首や胸を狙える。一瞬で急所を貫けば、苦しませずに命を奪うことも可能だろう。

ただ、ガジートの力量なら致命傷を逸《そ》らし、プリシラに危害を加えることができるかもしれない。プリシラの負傷は避けたい。

主《あるじ》であるセリーナの命令もそうだが、バルロイ自身の判断がそう思わせる。

プリシラを失うようなことは、絶対にあってはならないのだと。

「――何をもたもたと考えておるか、バルロイ・テメグリフ」

しかし、そう逡巡《しゅんじゅん》するバルロイの名を呼んだのは、他ならぬプリシラだった。

彼女は首に曲刀を向けられながら、一切の動揺のない涼しげな顔で――否《いな》、常の炎の如《ごと》き眼差《まなざ》しをバルロイへ向け、言葉を紡いだ。

「この世界は妾《わらわ》にとって都合の良いようにできておる」

「――――」

「故に、貴様の決断も妾を害することなどできぬ。努々《ゆめゆめ》、それを忘れるな」

淡々と、己が世界の中心であると言ってのけたプリシラ。

その断言にバルロイとガジートが揃《そろ》って息を呑《の》んだ。――その直後だ。

「だらぁぁぁぁ――っ!!」

「がうっ!?」

勢いのあるだみ声と共に、横から投げ込まれる瓦礫《がれき》がガジートの側頭部を打った。

衝撃にガジートが苦鳴を上げると、そこへ飛び込む人影が今度は手にした瓦礫で容赦なく剣奴《けんど》の頭を上へ下へぶん殴る。

たまらずガジートは床に倒れ、曲刀が通路を転がる音が高らかに響いた。

「はん！　上級伯相手に剣を向けるなんざ、ふてぇ奴《やつ》がいたもんだ！」

「ま、マイルズ兄ぃ？」

ガジートを殴り倒し、そう勝ち誇った男——マイルズの姿にバルロイは驚く。

観客席でセリーナの護衛をしていたはずの男が、突然現れたのだから当然だ。しかし、当のマイルズは驚く弟分を睨《にら》みつけると、

「この大馬鹿野郎、何をうだうだとしてやがった！　お前が迷ってる間に、ペンダルトン伯の奥方が傷付いたらどうしやがる、大間抜け！」

「大馬鹿に大間抜けって、そりゃねえや、マイルズ兄ぃ……」

唾を飛ばして怒鳴るマイルズに、バルロイはがっくりと肩を落とした。

が、兄貴分の乱入のおかげで、直前の胸を締め付ける閉塞感は消えている。ガジート相手に態度を決めかねていた暗雲、それが晴れた思いだ。

「大器にも、その口を閉じる蓋があるというものよな。貴様の場合、どうやらずいぶんと見てくれの悪い蓋を選んだようじゃが」

などと、バルロイの安堵《あんど》を見取ったプリシラが目を細めながら呟《つぶや》いた。

その意味が途中参加のマイルズにはわからなかったようだが、バルロイにはわかる。確かにそうだ。兄貴分には昔から、足りないところを埋めてもらっている。

「あっしは頭があまりよくないもんで、マイルズ兄ぃには頼りっ放しでさぁ」

「なんだなんだ、何の話だ？　って、そんなのはどうでもいい！　奥方、ご無事ですか！　上級伯もご心配されてましたぜ！」

バルロイの言葉に被《かぶ》せ、ガジートを縛り上げるマイルズがプリシラの安否を確かめる。

呻《うめ》くガジートは死んでいないようで、決断は棚上げにしてもらった形だ。マイルズのその行動に感謝しつつ、バルロイは「当然でさぁ」と頷《うなず》いた。

「奥方にはひっかき傷一つありやせん。上級伯のお望み通りにしてありやす」

「うるせえ、お前にゃ聞いてねえよ！　大体、敵の前で棒立ちしてたお前の話に説得力なんかあるかい！　奥方、危ういところを助けたのはこのマイルズで……」

「やかましい。発情した猫のように騒ぐでないわ。妾《わらわ》に傷はない。――往《ゆ》くぞ」

手柄を主張し合うバルロイとマイルズを黙らせ、プリシラが勢いよく背を向ける。

そのまま歩き出す彼女の後ろに続こうとして、しかし、それが島主の部屋――ジョラーの監禁された部屋の方角でないことにバルロイは気付く。

「あの、奥方？　そっちいっても、ペンダルトン伯はおりやせんぜ？」

「たわけ。妾の愛《いと》しい夫のことなど後回しじゃ。相手方の真の狙いが皇帝の暗殺にあろうと、直近の窮地は島の中にある。まずはこの乱痴気《らんちき》騒《さわ》ぎを鎮めるのが先よ」

「へ？　敵の狙いが皇帝の暗殺？　な、なんだそりゃ⁉　どういうことだ⁉」

情報が遅れているマイルズの驚きを余所《よそ》に、バルロイは「それじゃ？」とプリシラの次なる一手の狙いを尋ねる。

ジョラーの救出ではなく、剣奴《けんど》孤島の騒ぎの収束を目的として動くのなら、いったい、彼女はどこへ向かおうというのか。

それは――、
「先の剣奴がよく示した。――自らの立ち位置を、剣奴共に知らせてやる」

21

剣奴孤島『ギヌンハイブ』では、剣奴を用いた様々な興行が催される。

シンプルなものなら、剣奴同士の一対一の死合い。

たまにチーム戦の形で、三対三や五対五などの複数人の死合いが行われることもある。

場合によっては魔獣が持ち込まれ、巨大な魔獣相手のレイド戦が行われることもあるなど、血と肉に飢えた観客の欲求を満たすためなら何でもござれだ。

暴力への渇望を潤すためなら、如何《いか》なる『戦い』も許容されるのが剣奴孤島。

だが、その剣奴孤島であっても、これを『戦い』と呼ぶのは憚《はばか》られるだろう。

なにせ――、

「――簡単には死なないでねえん」

その一言から繰り出される豪風を、アルはいつまで経《た》っても攻略できない。

嵐の如《ごと》く荒れ狂う斬撃は、上下左右から容赦なく世界を圧搾する破壊の顕現だ。後ろへ飛んでも、短剣で受けても、横へ前へ斜めへ、いずこへ飛び込んでも死ぬ。

頭を潰され、胴を断たれ、足を斬られ、腕をへし折られ、内臓をぶちまけて命を凌辱《りょうじょく》される。——その未来を、幾度やってても回避できない。

虐殺だ。起きている出来事は、凄惨なそれでしかありえない。

無論、剣奴《けんど》孤島にやってくる観客の中には羽虫が潰されるだけで喜べる珍客もいるかもしれないが、大抵のものはその結果に落胆するはずだ。

人死にが見たいだけなら、剣奴孤島へこられる権力者は自領で適当にやればいい。

彼らが見たいのは、命の奪い合いを、死合いを生業《なりわい》とするものたちの極地なのだ。

そういう意味では、全く以《もっ》てこの光景は期待外れという他にあるまい。

もっとも、自分が爆《は》ぜたあとの光景をどう思われるかなど、アルには関係ない。

「ドーナぁ!!」

都合二十回を数えたあたりで、破れかぶれに魔法を行使する。

狙いもつけずに行われた詠唱により、橋上の床がめくれ上がって岩塊が露出した。その先端がホーネットに迫り、大剣の標的がアルから逸《そ》れる。

瞬間、生じた隙に命懸けで飛び込んで、アルは最初の攻撃をかろうじて避ける。

距離を取り、最初の死線を乗り越えたことに安堵《あんど》の息を——、

「——ぶ」

吐こうとした直後、打ち下ろしの一撃に頭部を爆砕された。

「――簡単には死なないでねえん」

「ドーナぁ!!」

出鼻、先ほどの展開をなぞるように魔法が展開され、岩塊が砕かれる動きに合わせて後ろへ飛んだ。そこで一息つかず、すぐさま横っ跳びに。

唸《うな》る一撃が床に叩《たた》き付けられ、石橋全体が激しく揺れる錯覚。そのまま、大剣を床に突き立てるホーネットが身をひねり、斬撃が通路を砕きながらアルへ迫る。

その破断の一撃を跳躍して飛び越え、アルの刺突がホーネットへ届いた。ただし、渾身《こんしん》の一撃は虫を払うような仕草にあっさりと打たれ――、

「それよおん！　アルちゃん、やっぱりやるじゃなあぃん！」

「そうかね？　オレは文字通り、死ぬような思いしてこれじゃわりに合わねぇって心底思ってるとこだぜ」

喝采するホーネットには悪いが、生憎《あいにく》とアルと彼女では見えている世界が違う。

彼女にはアルが危急の事態において抜群の対応力を発揮する凄腕《すごうで》に見えているのかもしれないが、アルの自己評価は戦いが長引けば長引くほど凹《へこ》んでいくのが常だ。

強者とこうして相見《あいまみ》えるたびに思う。――自分は、彼女らのようにはなれないと。

それは隻腕だからでも、年齢的な問題でもない。もっと根本的な、存在としての、生き物としての素養の違いである。

虎は何故《なぜ》強いのか。それは虎だからだ、という名言がある。その通りだ。

強者が強いのは、強者として生まれつくから。

弱者が弱いのは、弱者として生まれついたから。

それ以上でも以下でもない。

故に――、

「まだまだん、もっと楽しませてねえん！」

愉《たの》しげに大剣を振り回すホーネットという強者に、アルという弱者は何回も、何十回も何百回も何千回も、踏《ふ》み躙《にじ》られることになるのだろうと。

22

凶悪な大剣使いと、隻腕の剣士の戦いをアラキアはじっと見つめていた。

戦いが始まって、まだほんの数十秒――しかし、その間に繰り広げられた攻防の数々はすさまじく、瀕死《ひんし》に喘《あえ》ぐ少女の目を引きつけてやまなかった。

「――――」

大剣使いホーネットと剣を交えるのは、アラキアをここまで案内してくれた男だ。

アルちゃんと、ホーネットにそう呼ばれていたから、アルという名前なのだろう。

そのアルが曲がりなりにもホーネット相手に生き延びているのが、アラキアには信じられない奇跡の連続に見えていた。

悲しいかな、アラキアの目から見てもアルの実力はいいとこ二流止まりだ。

剣奴《けんど》孤島で過ごした剣奴ということは、命懸けの戦いを幾度も乗り越えてきたのだろう。しかし、死線を潜《くぐ》り抜けてなお、それ以上の実力は望めない。

それがアルという男の実力の限界であり、『剣奴女帝』と称されるホーネットとの埋め難《がた》い実力、才能、力量の差というものだった。

その気になれば、アラキアでもアルを制圧するのに数秒とかかるまいと。

だが、現実はどうだ。

「すごい……」

アルの力量への評価が上がったわけではない。

しかし、ホーネットの剣撃をギリギリのところで受け流し、躱《かわ》し、拙い反撃へ転じるアルの戦いぶりは、そんなアラキアの評価をことごとく覆した。

死んでいるはずだ。あの程度の腕前では、ホーネット相手に二秒ともたないはずだ。

それなのに、アルは数十秒を生き延び、反撃さえも試みていた。

姑息《こそく》にも姿を消し、ホーネットを謀《たばか》ろうとして失敗したアラキアと違い、正面から堂々と勝負へ臨み、戦いを続けていた。

――それも、彼がホーネットに戦いを挑んだのは、アラキアを守るためだ。

「――っ」

ぐっと奥歯を噛《か》みしめ、アラキアは自分の手足に力を込める。

大剣の一撃は切れ味よりも、まるで叩《たた》き潰《つぶ》すような破壊を少女へもたらした。おそらく、骨が何本も折れ、内臓にもかなりの損傷があるだろう。

取り込んだ水の精霊の力を使って治療を進めているが、すぐには治らない。

それに――、

「ちらん」

と、わざとらしく口にするホーネットの注意がアラキアの方を向いている。

アルと戦っていながらも、ホーネットはアラキアの動向から目を離さない。この間、アラキアが制御塔へ取り付こうとすれば、即座に妨害を仕掛けてくるだろう。

悔しいが、アルと違ってアラキアにはそれを回避する目算が立たない。一撃の下に葬り去られ、アルが飛び出した意味を失わせてしまう。

ならば、アラキアにできることは何があるというのか。

最も大切な相手のためにも、何一つ報いることができなかったアラキアに――、

「姫様……」

俯《うつむ》いて、アラキアの唇が紡ぐのは半身のように大切に思っていた相手の呼び名。

生まれたときから傍《そば》にいて、もう傍にいられない人物。

尊大で、この世の全てを支配しているも同然の目をした少女は、アラキアにとっても支配者も同然で――、

『――聞け、剣奴《けんど》孤島に散らばる有象無象よ』

瞬間、剣奴孤島の空に響き渡ったのは、恐ろしく傲岸な呼びかけだった。
突然のことにアラキアが驚き、アルとホーネットも戦いの手を止める。怪訝《けげん》そうな顔をする両者だが、アラキアの驚きは彼らのそれより大きい。
彼らの驚きは突然の声についてだが、アラキアの驚きはそうではない。
その、突然の声に聞き覚えがあったことだ。

『この武装蜂起に先はない。首魁《しゆかい》の目論見《もくろみ》は帝都の皇帝の首にある。島にいる剣奴の解放など建前に過ぎん。貴様らは乗せられた、哀れな首無しの兵隊よ』

『愚か者に待ち受けるのは死のみである。じゃが、今代の皇帝も無慈悲ではない。貴様らが相応の姿勢を示せば、処遇を一考しよう。せいぜい、ない頭を働かせよ』

『――さあ、首無しの兵共よ。頭を取り戻すのならば、今よりあとはないぞ』
呆然《ぼうぜん》とするアラキアを余所《よそ》に、傲岸不遜な声は言いたいことを言い切った。

それは孤島のあちこちに張り巡らされた伝声管――金属の管を伝って届けられた声であり、アラキアたちのいる橋上だけでなく、島の各所に響いたはずだ。

衝撃を受けたアラキアには、その言葉の内容を噛《か》み砕《くだ》く余裕がなかった。

だが、アルやホーネットはそうではない。

「……どうやら、どこの誰だか知らねぇが、形勢をひっくり返す気らしい」

「そうみたいねえん。きっと、今ので臆病な連中は掌《てのひら》を返すことになるわん。やり方次第で計画の続行もできたかもしれないのにねん」

「はん、馬鹿言えよ。てめぇも、それがうまくいくなんて思っちゃいねぇだろ」

「くふふふん」

大剣を抱き合わせながら笑い、軋《きし》る音の中でホーネットが身悶《みもだ》えする。アルはそんな彼女を忌々《いまいま》しげに見つめながら、「あのよ」と言葉を続け、

「ここで安定した生活ってのも馬鹿げた話だが、お前がこの生活を手放してまでウビルクの奴《やつ》の話に乗ったのは、まさか皇帝暗殺が目的ってわけじゃねぇだろ？」

「ええん、違うわん。皇帝なんて天上人、アタシも興味ないものん。もしも、腕が立つならお相手してもらいたいぐらいだけどん、そうじゃないわけだしねん」

「ああ、らしい。つまり、お前の狙いはガチの腕試し……島を占拠して、派遣される九神将とやり合ってみたかったってことか。イカれてやがる」

そう吐き捨てたアルに、ホーネットの笑みは変わらない。

否定しないということは、アルの見立てが正しいということ。――ホーネットの目的は九神将と戦うことであり、それは跳ね橋を下ろせば叶《かな》う。

「なら、橋下ろさせてもらってもよくねぇ？」

「そうねえん。でもでも、こうしてアルちゃんと戦うのも甘美な誘惑なのよねん。他のたくさんの、アタシと戦ってない剣奴《けんど》ちゃんたちもよん。だから……」

「あ、待った、タンマ。その先、聞きたくない予感が……」

「島の中の人間を皆殺しにしてん、戦う相手がいなくなったら橋を下ろすわねん」

「聞きたくねぇって言ったじゃん……」

ホーネットの冒涜《ぼうとく》的な発想に、アルが心底嫌な話を聞いたと唇を曲げる。

剣奴孤島の人間を皆殺し。剣奴も関係者も、来訪者も含めた全員を殺し、自分の心残りを一掃してから九神将と激突する。――それはもはや、壮大な心中計画だ。

「まさか、自分が世界最強と思ってるわけじゃねぇだろ？　オレの知る限り、世界最強の生物は今、ルグニカ王国でランドセル背負《しょ》ってる頃だぜ」

「アタシが最強だなんて、そんな勘違いしちゃいないわよん。ええ、ええ、そうでしょうねえん。アタシは、戦ってる最中に力尽きて死ぬでしょうねん」

「――――」

「でも、それでいいのよん。戦いの中で派手に散るのがアタシの望みん。――アタシはアタシの氏族の名に懸けてん、ド派手にやらかして死んでやるわん」

自分の死に対する展望を語り、ホーネットが好戦的に自らの唇を舐《な》めた。

退《ひ》くつもりはないと、すでに固まった覚悟を示したホーネット。その狂戦士の答えを聞いたアルは黒瞳を細め、手の中の頼りない短剣の刃先で自分の首を掻《か》く。

そして――、

「どいつもこいつも、死ぬことに特別な価値を見出《みいだ》しすぎだ。馬鹿みてぇだぜ」

「――――」

「死は救いでも宝物でもねぇよ。ただ痛くて辛《つら》いだけだ。なんでそれがわからない？」

冷めた目と白けた顔で、アルがホーネットを心底軽蔑した。

アルの黒い瞳の奥、渦巻く感情の奥深さは見るものを底冷えさせる凶気に満ちていて、誰も覗《のぞ》いたことのない深淵《しんえん》がそこに眠っているかのようだった。

常に余裕の態度を崩さないホーネットが、自分の生き死にを懸けた目的をくだらないと言い切られてなお、言い返すことを躊躇《ためら》ったほどに。

「……わたしも、戦う」

「おいおい、嬢ちゃん、あんま無茶《むちゃ》しねぇ方がいいと思うぜ。まだ寝てろよ」

「そうも、いかないから」

その会話の切れ間で、ゆっくりとアラキアがその場に四肢をついて立ち上がる。

抉《えぐ》られた肩口や砕かれた骨の傷が埋まり、動いても千切れ落ちることはないところまで回復した。まだ万全とは言えないが、アル一人戦わせるわけにもいかない。

自分の不手際で巻き込んだ相手を死なせては、それこそ姫様に顔向けできない。

「――姫様」

伝声管から聞こえた声は、アラキアにとって最も大事な少女の声だった。

彼女が何も変わっていないことの証《あかし》。傲岸不遜で、世界を自分の手中どころか足蹴にしていると信じて疑わない、この世の支配者たる存在の声だった。

あの声を聞いて、アラキアの内側で魂が燃え上がる。――まだ、支配されている。

「わたし、まだ、姫様の所有物……！」

それを実感できることが、アラキアにとって何よりも喜ばしい。

そうして、爛々《らんらん》と隻眼を輝かせたアラキアを見て、アルはそれ以上は無粋なことを言うまいと決めたらしい。

握り直した短剣を正面に向け、アラキアと二人でホーネットを前後に挟み――、

「お望み通り、負かしてやるよ、ホーネット。――誰も、オレには勝てねぇんだから」

23

伝声管を掴《つか》み、島中に声を届けたプリシラが送話器から顔を離した。

直前の、ギヌンハイブでの武装蜂起の本当の狙い――皇帝暗殺のための布石の件を聞いて、島の各所がにわかに騒がしくなり始める気配。

プリシラの狙い通り、どうやら剣奴《けんど》たちの仲違《なかたが》いが始まったらしい。

「武装蜂起の成功を信じる輩《やから》と、多少なり頭の働く輩の目的はズレる。そうなれば、そこにいるのは武器を手にした目的の異なる二つの集団よ。なまじ命のやり取りをする死合いに慣れているなら、先制する方が有利なのは語るまでもあるまい」

「……そのようでやすなぁ」

耳を澄ましたバルロイが、プリシラ以上に正確に島の状況を音で拾い集める。

彼は優れた五感を働かせながら、「ふむふむ」と頷《うなず》いて、

「奥方の見立て通り、てんやわんやと争いが始まった様子でやす。この分なら、放っておいても全滅しそうなもんですが……」

「そううまくいくもんかい。奴《やつ》らも虫や魚じゃねえんだ。よっぽど数が減ろうもんなら、すぐにやべえと気付くだろう。それまでは引っ込んでていいと思いますが……」

「そうもゆかぬ。相応に頭の働くものが残れば、次の手を打ち始める頃よ。有力者を人質に、首魁《しゅかい》に頼らぬ形で新たな交渉を始める手合いがな」

「あー」と、納得するマイルズの横でバルロイが首をひねっている。

いささか血の巡りが悪いバルロイと、武力に劣る代わりに悪知恵を働かせるマイルズ。なるほどセリーナの見立て通り、互いを補い合う良い関係らしい。

見てくれも重要視するプリシラの琴線にマイルズが触れないが、バルロイだけ引き抜いてもいい結果は生まれまい。

ここは愛《いと》しの夫のためにも、上級伯との関係を維持できればよしとする。

「マイルズ兄ぃ、何やら値踏みされた感じがしやすぜ」

「わざわざ口に出すんじゃねえよ、馬鹿。……しかし、まだガキだってのに雰囲気のある娘だ。高貴で尊大、虐げたくなるぜ」

顔を寄せ合い、兄弟分が何やら密《ひそ》やかに言葉を交わしているが、プリシラの特別な耳にはその内緒話が筒抜けだ。マイルズの嗜好《しこう》は不敬に値するが、プリシラは思うだけならそれを罪とは判じない。

男がプリシラに情欲を抱き、欲得に身を滾《たぎ》らせるのは当然のことだからだ。

「――――」

それらの視線を受け止めたまま、先陣を切るプリシラがずんずんと通路を進む。

道中、前進を阻もうとする障害があれば、それはことごとくバルロイが排除した。万全の彼の槍捌《やりさば》きは、剣奴《けんど》孤島の歴戦の戦士すら歯牙にもかけない。

そして、プリシラは難なく目的の部屋へ到達し――、

「――どくがいい、凡愚共。妾《わらわ》の夫を返してもらう」

「なっ⁉」

堂々と島主の部屋の扉を蹴破ったプリシラ、その登場に室内の男たちが仰天する。

中でも一番驚いていたのは、中央の椅子に座らされたジョラーだ。彼は連れ去られたプリシラの登場に「プリシラ⁉」と声を高くした。

セリーナと偽証したことを忘れたその発言に、プリシラは小さく舌打ちし、

「五十路《いそじ》で惚《ほう》けるとは、妾の良人《おっと》には困ったものよな」

そう呟《つぶや》きながら、扉の脇にあった花瓶を掴《つか》んで室内に投げ込む。それは狙い違《たが》わず、ジョラーの座る椅子の背もたれを直撃、勢いよく彼をひっくり返した。

それで一瞬、ジョラーの姿が室内の男たちの視界から消える。その隙へ――、

「――ゆけ、バルロイ」

「へいへい、ご命令とあらば」

名を呼ばれ、命じられたバルロイが閃光《せんこう》の如《ごと》く部屋の中に飛び込んだ。

その闖入者《ちんにゅうしゃ》の存在に、プリシラへの反応が遅れた剣奴たちも一斉に武器を抜く。室内にいた六人が一斉に動いて、バルロイを迎え撃たんとした。

しかし、遅い。――瞬間、槍が遠大な半円を描いた。

「突くばかりじゃなく、薙《な》ぎ払《はら》うのも槍の特技。見誤りやしたね？」

バルロイが片目をつむった直後、腹を裂かれた三人の剣奴が内臓をぶちまける。そのまま彼らは前のめりに、自分の腹からこぼれた腸《はらわた》の上に倒れ込んだ。

「しいいいっ!!」

倒れた三人の屍《しかばね》を乗り越え、生き残った二人の剣奴がバルロイに反撃を試みる。

それぞれ、拳に鋲《びょう》を打ち付けた拳士と、二振りの手斧《ておの》を構える獣人だ。どちらも槍よりかなり射程は短いが、懐に踏み入れば小回りの利く彼らが有利。

実際、彼らはバルロイの懐に入り込み、そこで真価を発揮しようとした。

「槍《やり》使いは槍しか使えない。それも、ちょいと思い込みってもんでやしょうなぁ」

刹那、打ち下ろしの左拳が拳士の顔面を捉え、衝撃に拳士の意識と前歯が吹っ飛ぶ。槍を右手に戻しながら、空いた左手でバルロイが男をぶん殴ったのだ。

そのまま、殴られて意識の飛ぶ男の体が、獣人の打ち込む手斧《ておの》の軌道に割り込んだ。

硬い音が男の後頭部を砕き、吹っ飛んだ意識の戻る場所を永遠に奪う。だが、獣人は構わず腕に力を込め、拳士の頭ごとバルロイの細身を叩《たた》き潰《つぶ》さんとした。

その亜人特有の剛力は見物だったが――、

「それでも、あっしの方がまだ速い」

右手の槍を手放し、貫手が矢のように射出された。立てた二本の指が獣人の顔面へと突き刺さり、指先が眼球を貫いて相手の視力を奪い取る。

獣人の苦鳴が上がるが、のけ反って首を見せたのは痛恨の極みだった。

その喉笛が、バルロイが足で跳ね上げ、左手で受け取った槍の石突きで砕かれる。血泡を噴きながら後ろに倒れ、痙攣《けいれん》する獣人は断末魔もこぼせない。

これで、部屋にいた六人のうちの五人が死んだ。最後の一人は――、

「動くな！　動いたら、この男を――」

バルロイを狙うのではなく、倒れたジョラーへ駆け寄った男。

的確な判断をした剣奴《けんど》だったが、短剣をジョラーの首へ当てたところまでが彼にできた

精一杯の行動だった。

「――やれ、ガイウス!!」

「――――ッッ」

プリシラの後ろ、入口に立ったマイルズが叫んだ瞬間、部屋の天井が砕かれ、そこから伸びる翼竜の首がジョラーを押さえた男の頭に食らいついた。

そのまま男は抵抗できずに天井から外へ引きずり出され、断末魔が響く。

そして、天井の大穴から流れ落ちる大量の血が、真下にいたジョラーに浴びせられた。

「ぶあっ⁉　血……血だ⁉　プリシラ、私はもう……」

「たわけ。貴様の血ではない。凡俗の血じゃ」

血塗《ちまみ》れで卒倒しかけるジョラーを見て、プリシラが呆《あき》れながら鼻を鳴らす。ちらと上を見れば、天井から中を覗《のぞ》いている翼竜と目が合った。

見覚えがある。プリシラたちを竜船で剣奴孤島まで送った翼竜の一頭だ。命じたのはマイルズなので、彼の愛竜といったところか。

「大儀であった。じゃが……」

「ここにいるのはこれが全部、でやすかね？　首魁《しゆかい》ってのは？」

部屋の中を見渡し、死体の顔を拝んでも首魁の優男――ウビルクは見当たらない。

紅《くれない》の瞳を細めるプリシラの横で、槍を肩に担いだバルロイも同じ敵を探している。しかし、どうやらウビルクはこの場を離れた――否《いな》、島主の部屋だけではない。

「あるいは、島そのものから逃れたか」

「けど、跳ね橋は上がったまんまなんですぜ。逃げる方法なんてねえでしょう」

「容易《たやす》い手法ではないが、転移という可能性もある。離れた場所へ瞬時に飛ぶ魔法じゃ。帝都の皇帝の間にも、似たような仕掛けが隠されておるぞ」

「うわぁ、知ってるだけで殺されそうな情報」

何故《なぜ》そんな話を、と聞き返さないだけ教育の行き届いたものたちだ。

バルロイとマイルズへの評価を改めながら、プリシラは部屋のバルコニーから外を眺め、風に乗って届いてくる剣戟《けんげき》の音に身を預ける。

「プリシラ？　あの、ここに長居は危ないような……」

「すでに大勢は決した。あとは剣奴《けんど》共が己の足場を決めるだけよ。跳ね橋も、下ろす方法はいくらでもある。——今は、この風を聞くのが心地よい」

ジョラーの声という雑音を黙らせ、プリシラはそっと目をつむった。

ギヌンハイブの各所から聞こえる剣戟は、企てが砕かれ、崩壊していく足音だ。中でもとりわけ大きなものは、上がった跳ね橋の手前から聞こえてくる。

豪風と轟音《ごうおん》に紛《まぎ》れ、必死で抵抗する子鼠《こねずみ》のようなささやかな音が。

しかし——、

「——窮鼠《きゅうそ》は毒を持つともいう。はたして、喰《く》われるのはどちらじゃろうな？」

24

アラキアの参戦により、VSホーネット戦の形勢は大きく変わった。

自分だけでなく、アラキアの死にも気を配らなくてはならなくなった分、アルの頭の中はスパークする思考で破裂寸前に陥ったのだ。

「癖も何も知らねぇ奴《やつ》と連係なんてできるか！」

「合わせて……」

「そんな器用じゃねぇ！」

喰らった精霊の力を纏《まと》い、特殊な能力を発揮するアラキア。

『精霊喰らい』なんて体質、そもそもが特殊すぎて動きを合わせるシミュレーションをしたことがない。

四肢を地面につき、牙も利用する戦いぶりは獣じみていたが、未完成の美しい少女であるアラキアがすると、ひどく背徳的な淫靡《いんび》さがあった。

相手が両腕を欠損した美女というのも、その印象に拍車をかける。

「遠目で見る分には録画しときたくなるマッチングだけどな……」

「あらん、お褒めにお与《あずか》り光栄だわん」

微笑《ほほえ》みと共に叩《たた》き込《こ》まれる剣舞、掠《かす》めるだけで死へと繋《つな》げられるコンボの始動を、十数回にわたる再戦の間に何とか躱《かわ》す術《すべ》を見出《みいだ》した。

衝撃に弾《はじ》かれる腕の先、短剣は手放されないようがっちりと手に結び付けてある。頼りなくとも武器は武器。これを失うときは、腕をもう一本失うときだ。

「――っ、ドーナぁ！」

弾かれた衝撃でのけ反りながら、アルの詠唱が地面から岩塊を突き上げる。

ホーネットはその死角からの攻撃にも危なげなく対処、しかし、戦いの合間に割って入る小技にはうんざりした様子で、

「ちょっと、困り物ねん」

鼻で笑うような仕草のあと、ホーネットが両腕の大剣を石畳に突き刺す。そのまま、アラキアの炎を纏《まと》った吶喊《とっかん》を回避し、女帝が腕に力を込めて回転――床が崩壊する。

不意に足場が頼りなさを増し、アルとアラキアの二人も崩壊に巻き込まれた。

短い悲鳴を上げながら、跳ね橋の前から島の最深部へと落ちていく。為《な》す術《すべ》なく落ちるアルの体を、壁を蹴って飛びついてくるアラキアが確保、姿勢が制御される。

「があっ！……た、助かった」

「へーき。でも、助かってない。まだこれから」

落とされた最深部で、アルとアラキアが土煙の向こうに目を凝らす。と、立ち込める噴煙を切り裂いて、悠然とホーネットが現れた。

彼女は二振りの大剣を擦り合わせ、耳障りな音を奏でながら笑う。

「これでもうちょっと広く戦えるわねん。アルちゃん、頑張らないとダメよん」

「……足下を小技で攻めると、六割近くお前は地面をぶっ壊す」

「――？　なんですってん？」

アルの言葉の意味がわからず、ホーネットの笑みが固まった。しかし、頬《ほお》を引きつらせる『剣奴女帝《けんど》』にアルはなおも続ける。

「床が壊れた場合、落っこちるオレを嬢ちゃんは百パー助ける。義理堅《がて》ぇ話だ。――剣舞の始動に合わせて突いた場合、頭を潰される。見守ってたら剣風でバラバラ、逃げようとしても嬢ちゃんと噛《か》み合《わ》わないで死ぬパターンが七割強」

「――――」

「試行回数、七百十三回。今夜、オレはお前に七百十三回殺された」

「――――」

「いや、最初の闘技場の戦いを入れたら、七百九十二回だ」

押し黙ったホーネットが、アルの淡々とした説明を静かに聞いている。

口を挟まないのも、そんな馬鹿なと笑わないのも、大したものだとアルは思う。ホーネットにはこれが脅しや妄想語りでないことがわかっているのだ。

ならば――、

「――お前にも見えてるか？　オレに付きまとってる死神が」

「……見えないしん、意味もわからないわん。アタシは一度もアルちゃんを殺せてないものん。でも――」

そこで言葉を切り、ホーネットの瞳が殺意と情欲に濡《ぬ》れる。

「アタシが八百回ぐらいアルちゃんを殺してるだなんてん、夢のある話だわん」

言いながら、ホーネットが興奮に顔を赤くし、軽く姿勢を前に傾ける。

ホーネットの、致命必至の剣舞を始める前段階だ。あれが繰り出された場合、様々なパターンがあるが、今のところ全部の末路が死で決着している。

故に、あの剣舞は撃たせてはならない。それを防ぐためにも――、

「さ、無駄話はおしまいよん。アルちゃん、構えなさいなん」

「無駄話なんてしねぇよ」

「――?」

「――オレがするのは全部、必要な時間稼ぎさ」

アルの言葉を受け、ホーネットが訝《いぶか》しげに眉を顰《ひそ》め――効果が現れる。

「あ……？」と掠《かす》れた声をこぼして、ホーネットがその場に膝をついたのだ。その目が赤く充血し、呼吸が明らかに速くなる。

だが、そうして速く深く呼吸をすればするほど、ホーネットの命は蝕《むしば》まれる。

何が起きたのかと、血走った目で混乱している『剣奴女帝《けんど》』を見下ろし、アルは他人を跪《ひざまず》かせても嬉《うれ》しくも何ともないなと実感する。

実感しながら、アルは四年前の魔獣戦で助けられた恩返しに、種明かしをする。

「――毒だよ」

「……あ、く？」

苦悶《くもん》の表情を刻んだホーネット、彼女はアルの言葉に愕然《がくぜん》と目を見張った。

「昔の漫画から仕入れた知識だが……人間を一番殺した武器ってのは毒らしい」

「ど、く……？　そんな、のん……どこ、で……っ」

「ここで調達したんだよ。——この、死体置き場で」

首を巡らせ、アルはここが島の最深部——死体置き場であるとホーネットに明かす。

アラキアにも話したが、剣奴孤島を訪れる悪趣味な観衆の中には、壮絶に命を散らした剣奴の死体の買い取りを望むものもいる。特殊な出自や見目の麗しさ、秘伝の技法を解体するためなど、その理由は様々だ。

そのために保管された死体の中に、アルの目的の死体があった。

それは——、

「この間、オレが死合いで殺した毒手使いのシノビ崩れだよ。最後まで毒たっぷりの死体だ。それを嬢ちゃんに頼んで燃やしてもらった」

「——か」

「……毒の煙は風で送ってる。あなたはそれを吸った」

顔に血管を浮かび上がらせ、目を見開いたホーネットの上体が床に落ちた。びくびくと体を震わせる『剣奴女帝』、それはまるでアルやアラキアに許しを請うようだ。

これまで大勢を跪かせてきた『剣奴女帝』が、まるきり立場を逆転したように。

「毒が効いてくれてホッとしたぜ。お前がちょうどこの真上を崩すように誘導するのも、まぁかなり試行錯誤したしな。不発じゃなくて何よりだ」

「ま、ちなさい、よん……こん、な……アタシを、毒で、卑怯《ひきよう》……」

「ああ？　卑怯なんて冗談だろ？　剣奴《けんど》孤島で生き残るのに正道も邪道もねぇよ。それとも、そんなことも知らなかったのかよ、『新入り』」

血涙を流しながら、アルを卑怯と罵ったホーネットへと冷たく吐き捨てる。

剣奴孤島にいながら、華やかに自分の実力で全てをねじ伏せてきたホーネットは勘違いしていたらしい。——ここでは強いモノではなく、勝ったモノが勝者なのだということを。

毒の煙で燻《いぶ》そうが、二人がかりで囲もうが、勝ったモノが勝ったモノなのだ。

「もしも毒が通じなかったら、もう少し手こずるとこだった。島を崩すか跳ね橋で殺すか、勝ち筋があと十個もなかったからな。どれが通じるかわかったもんじゃねぇし」

「——っ」

血の涙で視界を曇らせるホーネットが、そう呟《つぶや》くアルに恐怖する。

試していなかった複数の勝ち筋、それが嘘偽《うそいつわ》りではないと彼女にはわかったのだ。仮に毒を用いなかったとしても、アルにはホーネットを殺す手段があった。

ホーネットの望んだ命懸けの戦い、遊興たるそれは実現し得なかったのだ。

アルと死合いをすることを選んでしまった時点で、可能性は潰えていたのだと。

「——」

その事実を噛《か》みしめ、ホーネットは苦痛の中に自身の納得を見出《みいだ》した。

勝ち残り、生き残った方が強者。ヴォラキア流の在り方に則《のっと》り、自らの敗北を認める。

それ故に、彼女は最後にアルへと這《は》いずり、

「アル、ちゃん……アタシ、を……トドメ……」

その手で決着をつけてほしいと、『剣奴女帝』に相応《ふさわ》しい最期を懇願する。そのホーネットの訴えに、アルは片目をつむった。

そして——、

「せめてトドメを刺せって？　いや、気持ちはわかるんだがよ……」

「——ぁ」

「近付いたら最後っ屁《ぺ》で何されるかわからねぇ。ここでお前が死ぬのを待つよ」

口を使い、右手に短剣を括《くく》り付けたボロ布を外し、アルはホーネットから距離を取る。

芋虫のように這いずるのに最後の力を使ったホーネットは、求めた介錯《かいしゃく》を拒絶し、後退したアルの言葉に改めて絶望した。

相応しき最期を望み、それを叶《かな》えられない『剣奴女帝』——自信に満《み》ち溢《あふ》れた彼女の表情を絶望が彩っていくのを見ながら、アルは自由になった手で頭を掻《か》いた。

頭を掻きながら、聞き分けのない知己に哀れみの目を向けて——、

「だから言ったろ、ホーネット。——オレとやってもつまらねぇってさ」

25

──跳ね橋が下ろされ、対岸から援軍が乗り込んだ時点で勝敗は決した。

もっとも、大勢という意味でなら、少女の声が伝声管で敵の目論見《もくろみ》を暴露した時点で決まっていたとも言える。

ならば、あとは九神将含めた援軍の仕事は単なる残党処理に過ぎなかった。

そして事実、残党処理は滞りなく進められ──、

「アラキよぉ、爺様《じいさま》は許さんぜ、こんな怪しい風体の年増男《としま》。お前さんとどんだけ歳《とし》離れてんだよ。どうせ世話できなくなって殺すだけじゃって、ホント」

「……何の話？」

「かかかっか！　ジジイ特有の話通じないやつじゃって、笑えね？　笑えんか。そうじゃな、ジジイがやるとシャレにならんわな。ワシ、失敗失敗」

と、そう呵々大笑《かかたいしょう》したのは白髪の小柄な老人──オルバルト・ダンクルケンだ。

九神将の『参』と名乗った老人の態度にアラキアは困惑気味だが、そんな老人の前に引っ張り出されたアルはもっと困惑していた。

心身共に疲労感が半端ではないため、もう手足投げ出して眠りたいのが本音だ。

そんなこと、文字通り死んでもオルバルトの前では言えない。なにせ──、

「で、お前さんがやってくれたわけじゃろ、跳ね橋。助かった助かった。なんせ、さっさと片付けんとワシが閣下にぶっ殺されるとこじゃったから」

などと、どことなくコミカルな仕草を見せる老人の実力が、あれほど試行錯誤して切り抜けたホーネットよりも上であると、アルの本能が必死で訴えていたからだ。

ホーネットは間違いなく、アルの人生で遭遇した人間の中で三番目か四番目の強さだったが、その順位が早くも変動した。

「世界は広いぜ……オレは、この島だけで十分だってのに」

「欲のねえ話じゃなぁ、オイ。若人《わこうど》ってほど若くねえが、ワシから見りゃどんな奴《やつ》でも大抵《わけ》は若ぇのよ。その観点から言やぁ、若ぇ奴は夢見るもんじゃぜ？」

「……夢なら、もういい夢を見たよ」

オルバルトの無責任な発破にそう答え、アルは老人の傍らのアラキアを見る。それから少女の頭に手を伸ばすと、土埃《つちぼこり》に塗《まみ》れたその銀髪を撫《な》でた。

アラキアは不思議そうな顔をしたまま、アルのその掌《てのひら》を受け入れて。

「銀髪の美少女の命を守った。――オレが人生全部でやんなきゃいけなかったことだ」

「おいおい、本気かよ。アラキはやれんぜ、夢見すぎじゃからそれ」

「いや、親愛と異性愛は別物だから。オレ、銀髪だけは絶対無理」

頭を撫でる手を引っ込めて、オルバルトの下世話な勘繰りを否定する。

それらのやり取りを余所《よそ》に、アラキアは「あの……」とオルバルトの横顔を眺め、

「このブ男、どうなる？」

「他意のない罵倒がオレの胸に突き刺さる……！」

「あー、どうもしれねえよ？　褒賞が欲しけりゃワシの権限でくれてやってもいいし、こっから出てえならその働きはしたじゃろうけどよ」

ちらっと流し目で問われ、アルは癪《しゃく》に障ると感じながらもオルバルトに頷《うなず》く。伊達《だて》に長生きしていない。人生経験豊富な老人には、アルの胸の内は看破されていた。

「ああ、何にもいらねぇよ。オレはここから出てくつもりはねぇ。強いて言うなら、この島がなくならないでくれるのが一番だ」

「それについちゃ心配いらんじゃろ。帝国は極悪人に事欠かんし、今回のことで犯罪人は山ほど出た。減った分はすーぐ補充される。かかかっか！」

そうまた馬鹿笑いして、オルバルトがバンバンとアルの肩を強く叩《たた》いていった。

そのままオルバルトが背を向けると、アラキアもその背に続こうとする。その小さな背中を見送り、別れとしようとするアルだったが、

「――ありがと」

一言、足を止めたアラキアが、首だけ振り向いてそう言った。

それを聞いて、アルは肩をすくめると、

「ユーアーウエルカム」

「……何言ってるのかわからない」

「その返しで百点満点だ。見てくれ、サブイボがすごい。……長生きしろよ」

眉を顰《ひそ》めたあと、アラキアはこくりと頷《うなず》いて、今度こそオルバルトの背を追った。

それを見送り、アルはぐっと背伸びをする。

剣奴《けんど》孤島の騒動は収束し、ホーネットを含めた顔見知りが大勢いなくなった。

ただ、聞いた話だと主犯のウビルクは消息不明らしいし、事はギヌンハイブだけでなく、帝国全土を巻き込んだ皇帝暗殺の一手だったというから驚きだ。

まぁ、皇帝の首は落ちなかったし、ウビルクは魚の餌になったと思っておく。それが誰の運命にも介入する資格のない、グズで間抜けな落人《おちゆうど》の定めだ。

「ああでも、アラキア嬢ちゃんの運命は変えちまったかもな」

結果、生き延びたアラキアが誰かと結ばれ、子どもを作り、子孫繁栄によって新たな命脈が築かれていけば、世界は大きな変革を迎えるのかもしれない。

それはそれで、アルが残した世界に対する爪痕の一環と言えるだろうか。

「なんて話したら、さぞかし先生にどやされそうなもんだが……」

頭を掻《か》きながら、アルは剣奴孤島の深部へ戻ろうとする。

誰がいなくなっても、誰に望まれたわけでなくても、ここがアルの居場所だ。アルが存在することを許される、爪弾《つまはじ》きにされたモノたちの楽園だ。

「……首無しの兵隊か」

ふと、伝声管越しに聞こえた少女の言葉、それがアルの脳裏に蘇《よみがえ》った。

首無しの兵隊、何も考えずに武装蜂起に乗った剣奴たちを指した蔑称だったが、アルも似たようなものだ。その愚か者たちに、頭を取り返せとは。

「残酷な女もいたもんだ」

真実を突き付けることが、偽《いつわ》りに生きる人々を救うわけではない。

優しさの欠片《かけら》もない、血の色をした宣告に身震いして、アルは渇いた唇を舐《な》めた。

せめて、自分とあの傲岸な声の主の人生が交わらぬことを望みながら。

26

「此度《こたび》の誘い、それなりに楽しめた。夫に代わって礼を言っておこう」

と、ペンダルトン邸の応接間で来客を迎え、カップを口元に運んだプリシラが傲岸不遜な態度のままに言い放った。

それを受け、彼女の正面に座った女傑、セリーナ・ドラクロイは唇を緩める。

「そう言ってもらえると、誘った手前、こちらの胸も痛まずに済む。それで、奥方？　顔を拝めていないが、奥方の良人《おっと》はどちらに？」

「あれ以来、数日伏せっておる。刺激が過ぎたらしい。軟弱なものよ」

「マイルズたちから聞いた話が事実なら、中級伯の反応も致し方あるまい。いずれにせよ、大事がなくて何よりだった」

苛烈で知られた『灼熱公《しやくねつ》』らしからぬ殊勝さに、プリシラは静かに目を細める。

プリシラの読み通り、武装蜂起や大規模な反乱は『剣奴孤島《けんど》』のみならず、帝国全土で一斉に起こっていたらしい。ただし、いずれも派遣された九神将によって早々に鎮圧された上、本命のはずの帝都には何の音沙汰もなかったとか。

結局、敵方の真の狙いは不明なままだ。ギヌンハイブでも首魁《しゆかい》のウビルクが姿を消しており、砂を噛《か》んだような不愉快さが今回の一件には残されている。

「代替わりしたばかりだというのに、皇帝も気が休まらぬものよ。もっとも、望んで背負い込んだ苦労故、うまく乗りこなせるか見ものじゃな」

「……皇帝閣下にすらその物言い。どうやら、奥方は本当に大物のようだ。それに」

「それに、なんじゃ？」

「いや、奥方には借りを作ってしまった。危険な目にも遭わせてしまったからな」

たくましい肩をすくめ、セリーナが剣奴孤島での身代わりの件に触れる。

客観的に見れば、プリシラがセリーナの名を騙《かた》ったのは、降りかかる災厄から身を挺《てい》して彼女を庇《かば》ったように思える。だが、実態がそう健気《けなげ》なものでないことは、当事者である二人にはしっかりとわかっていた。

バルロイとマイルズ、同行した二人の従者からの報告もあろう。バルロイはともかく、マイルズはプリシラの行動に関して、歯に衣着せぬ所見を報告したはずだ。

その上で、ただの身代わりに留《とど》まらない成果を出したプリシラを、セリーナは高く評価していると。――これは、その確認のための儀式のようなものだ。

「私は借りは好きではない。早々に返したいところだ。欲しいものはあるか？　生憎《あいにく》、私の部下はやれないが……」

「何度も言わせるな。あれらを妾《わらわ》が欲しいと思えば、わざわざ貴様の許可など取らぬ。貴様の部下の方から、妾の方にすり寄るようにするであろうよ」

「そうか。それも怖い。……では、このまま借りは残したままか」

「今しばらくは、な」

顔の左半分、縦に白い刀傷の入ったセリーナが頬《ほお》を歪《ゆが》め、プリシラを見る。その視線にプリシラは自分も左目をつむり、真《ま》っ直《す》ぐに見返した。

年齢差はあるが、共に男を震え上がらせる女傑同士、通ずるものがある。

故に察しのいいセリーナは、あの場でプリシラが名前を騙ったのは、彼女に貸しを作ることこそが目的だったのではとさえ思っただろう。

事実がどうだったか、それをプリシラが直接語ることはない。

ただ――、

「――いずれ、この貸しは返してもらう。そのときを楽しみに待つがいい」

「やれやれ、ずいぶんと重たい借りを作ってしまったものだ」

そう、幼くも妖艶な少女の言葉に、『灼熱公』は喉を鳴らし、吐息をついたのだった。

27

「――受け取れ、アルデバラン」

「だから、その名前で呼ぶなっつの」

形だけの手枷《てかせ》を外され、代わりに渡される青龍刀《せいりゅう》を受け取りながら応じる。

お決まりのやり取りだが、アルにそう声をかけたのは剣奴孤島《けんど》で珍しく心を許せた人物ではなく、死んだ彼に代わってアルについた嫌味《いやみ》な看守だった。

今も、死んだオーランが恋しくなることがある。ひょっとすると、ホーネット相手に挑んだのも、その腹いせや敵討ちの気持ちがあったのかもしれない。

「なんて、な。……皇帝の暗殺は失敗に終わって、剣奴孤島は剣奴を入れ替えつつも平常運転。結局のところ、大きな流れの中じゃ、世は並《な》べて事もなしと」

ウビルクの扇動も、ホーネットの凶気も、剣奴たちの願いも、アラキアの忠節も、オルバルトの老獪《ろうかい》さも、オーランの死さえも、何もかも諸行無常。

多くの蟻《あり》が喚《わめ》こうと、川の流れを止めることも変えることもできない。

それを痛感する出来事だったと、剣奴孤島を騒がした一件のことを振り返り、アルは観衆の熱狂が渦巻く闘技場へと進み出る。

対面の通路から、ゆっくりと今日の死合いの相手が現れ、アルは目を丸くした。

「ガジートか。なんだ、お前も生きてたのかよ。てっきり死んだと思ってたぜ」

「俺も死んだと思ったさ。だが、何の因果か生き残った。……今日、俺とお前のどっちかが死ぬってのも、因果なもんだが」

頭髪の半分を剃《そ》り落《お》とした曲刀使い。武装蜂起に率先して加わったと聞いていたが、どこかで温情を勝ち取って生き残っていたらしい。

そんな彼と、こうして死合いで顔を合わせるのだから、とかく世は無常である。

「恨みっこなしでいこうや、ガジート」

「……だな。結局、俺たちは死ぬまで剣奴だ。ホーネットも死ぬ。俺たちも死ぬ」

「――」

曲刀を構えるガジートを前に、アルは最後の言葉には青龍刀を構えることで応える。

誰もが死ぬ。みんな死ぬ。それは避けられない。――アル以外には。

「少なくとも、今はな」

観衆の熱が高まり、銅鑼《どら》の音と共に戦いの始まりが宣告される。

身を低くしたガジートが突っ込んでくるのを見ながら、アルは前に踏み込んだ。

首を刎《は》ねられる。その前に首を刎ねる。いつものことだ。

ただ――、

「――星が悪かったんだよ」

《了》

『緋色《ひいろ》の別離』

1

——初めて少女と引き合わされてから、日々は瞬く間に過ぎ去っていった。

「ずいぶんとしょぼくれた男よな」

「え、ええ……!?」

古くから付き合いのある地方貴族、下級伯の地位にある女性から強い要望を受け、ジョラーは彼女の孫娘との縁談を持ちかけられた。

五十路《いそじ》を目前としたジョラー・ペンダルトンにとって、婚姻はもはや縁遠く、自分とは無縁の世界の出来事のような感覚だった。無論、貴族として家を継いでいく義務感はあったが、後継ぎは養子を取ればいいと真剣に考えていた。

なので、縁談の席に着いたのも、あくまで相手の顔を立ててのこと。

そもそも、孫娘の年齢は十二歳と聞いていたから、自分とは親子どころかそれ以上の年齢差がある。わざわざ、未来ある少女を不幸にしたくはない。

必要なら生活の援助と、嫁ぎ先を紹介することもできるだろう。そんな考えで縁談に臨んだジョラーの考えは、ものの見事に打ち砕かれることとなった。

「妾《わらわ》の名はプリシラ。——元はプリスカ・ベネディクトと名乗ったヴォラキア皇族よ」

「ふええ!?」

齢《よわい》十二とは思えない風格の少女に気圧《けお》され、用意してきた断りの文句を何一つ出せないままに話が進み、その爆弾は唐突に投下された。

腐ってもヴォラキア貴族、プリスカ・ベネディクトの名前はすぐに思い当たった。

それが嘘偽《うそいつわ》りのない事実であることと、旧知の女性が自分を頼り、いったいジョラーにどんな役割を求めていたのかも、すぐに理解した。

故に、ジョラーは期待された役割、幼い少女を守るための庇護者《ひごしゃ》として——、

「——たわけ、妾がそのような役割を貴様に望むものか」

「ええ？　なら、どうして私を……」

「決まっていよう。——貴様の家の書庫には貴重な古書の類《たぐい》が眠っていると聞く」

それは清々《すがすが》しいぐらい、ジョラーの人間性ではなく、所有物に対する興味と期待。自身の置かれた苦境のことなど歯牙にもかけない、圧倒的な自我と在り方。

その、炎のような生き方をする少女——プリシラを、ジョラーは妻に娶《めと》った。

五十路近くにもなって本当に恥ずかしいことなのだが、誰かを焦がれるほど欲しいと思ったのは、それが初めての経験だった。

2

ジョラー・ペンダルトンは、帝国貴族としては見るべき点のない凡庸な男だ。

適者生存、弱肉強食、富国強兵。——そうした思想がまかり通るヴォラキア帝国において、真面目であることだけが長所のような男に居場所はない。

とどのつまり、帝国貴族に不向きな男、それがジョラーだった。

当人にも、帝国の水が合わない自覚があり、だからこそ、これまでジョラーは周囲と波風立たせず、日陰で細々とした生活に甘んじてきた。

人生の大勝負へ挑むことなど無縁。自分の役目は次代へ家を継いでいくこと。そんな弱気な考えのせいで、この歳《とし》まで良縁に恵まれなかったのは皮肉な話。

——だが、そうして独り身でいたからこそ、芽生えた奇跡もある。


「——じろじろと、ただ妾《わらわ》を眺めているだけがそんなに愉《たの》しいか？」

ふと、少女を見つめる視線を指摘され、ジョラーは目を丸くする。

全くの無自覚に、呼吸さえ忘れて読書する少女——妻であるプリシラに見惚《みほ》れていた。

その事実を思い知り、ジョラーは指で己の前髪を弄《いじ》る。

「す、すまない。ただ、つい見惚れてしまってね」

「ふん、そうか。仕方のないことよな。人が絵画や宝石に見惚れるのは、そこに理屈のない本物の美が宿るからよ。真なる美とは人を魅了する。妾であれば、なおのこと」

鼻を鳴らし、優雅に足を組み替える少女の何たる傲慢《ごうまん》な物言いか。しかし、それを否定する気が湧かないのは、事実、彼女が美しいからだ。

「――――」

会話の合間も、その紅《くれない》の瞳はジョラーを一瞥《いちべつ》もしない。彼女は膝の上に置いた本のページをめくり、読み進める物語を貪欲に咀嚼《そしゃく》している。

思えば、本を読む姿ばかり目にする娘だ。

溢《あふ》れる知性の出所は、彼女がこれまで読破してきた膨大な量の書物にあるのは間違いない。つまり、読書は彼女にとって知識を蓄え、より高みへと羽ばたくために、彼女という存在を昇華するために必要な行いなのだ。

それは言い換えれば、彼女が完成していく過程に立ち会っているとも言える。

理屈抜きで美しいモノに見惚れるのが人の本質。そう、今しがた彼女が語ったことが事実なら、ジョラーが彼女を妻に迎え、目が離せないのはそれが理由だ。

たぶん、彼女の言いなりになって、わがままを聞いてやりたくなるのも、全部。

故に――、

「プリシラ。短い時間だったが、君と過ごせて至福のひと時だったよ」

「――――」

「私は、臆病な男だ。これまで、自分の生まれに恵まれた幸運、それを少しずつ使い減らして生きてきた。小匙《こさじ》ですくうように、慎重にだ。だが……」

そこで、ジョラーが言葉に詰まった。

それはその先を考えていなかったとか、いつものように自信のなさから口ごもったであるとか、そんな後ろ向きな理由ではなかった。

理由は、簡単だ。

「――――」

――プリシラの瞳が、本ではなく、ジョラーを見ていた。

紅玉《こうぎょく》そのもののように美しい紅《くれない》の瞳が、ジョラーを真《ま》っ直《す》ぐに見据えている。何も言わずとも、話の先を促している視線を受け、ジョラーは喉を鳴らした。

ひどく馬鹿馬鹿しい話だが、ジョラーはこのとき、初めて実感を得たのだ。

自分というちっぽけな存在が、目の前の少女――プリシラの人生に、初めて登場人物としてまともに配役され、台詞《せりふ》を与えられたのだと。

だから――、

「――ジョラー・ペンダルトン伯！　国家反逆罪の疑いにて、身柄を拘束する！」

屋敷の外からの鋭い呼びかけにも、心を揺らされない自分が誇らしかった。

3

ジョラー・ペンダルトン中級伯の邸宅を、黄金の鎧《よろい》を纏《まと》った兵士が取り囲む。

頭から爪先まで金色の具足で固めるのは、神聖ヴォラキア帝国の中でも特別な立場にある『九神将』、その一人に名を連ねる武人の部下である証《あかし》だ。

それぞれ剣や槍《やり》、斧《おの》や弓で武装した金色の兵たちが示すのは強固な団結力——否《いな》、その認識は誤りだった。

金色の鎧を纏った一団に、連携や団結といった意識は微塵《みじん》もない。得意とする武器が違えば人間性も異なる集団、それが穏やかにまとまることなど不可能だ。

故に、彼らを統率する何かがあるとすれば、それは団結力などという形のないモノではなく、もっと明確で具体性を帯びたモノ。——すなわち、力だ。

純粋な力が彼らを束ね、統率する。それが帝国の、唯一にして絶対の決まり事。

「ラルフォン一将、配置が完了しました」

「うむ、わかった。下がれぃ」

傍らの部下の報告に、重々しく顎を引いたのは顔中に傷のある壮年の男だ。巨躯《きょく》をたくましい筋肉の鎧で覆い、その上から黄金の具足を纏った全身甲冑《かっちゅう》。

頭から爪先までどころか、流れる血の一滴まで『戦士』の矜持《きょうじ》で形作られている人物で、事実、彼はそうした印象を誉れと感じる気風の持ち主だった。

ゴズ・ラルフォン。――それがこの壮年の名前であり、ヴォラキア帝国における軍人の最高位である一将、その立場を預かる帝国最強格の一人だ。

そのゴズを筆頭に、屋敷を取り囲む一団は物々しい雰囲気に包まれている。それもそのはず、彼らの目的は帝国に対する反逆罪を犯した人物の拘束だ。場合によっては戦闘となることも予期され、だからこその彼らの派兵であるとも言える。

ただし、仮に荒事となった場合、最も警戒すべきはペンダルトン中級伯の私兵というよりは、彼がその懐に囲い込んでいると目される人物――。

「――――」

一瞬、刹那の思案に目を細めたゴズは、すぐに首を振って邪推を払った。

それからゴズは巨躯の背筋を正すと、自分の周囲にいる部下たちの列から前に出て、大きく息を吸い、

「――ジョラー・ペンダルトン伯！　国家反逆罪の疑いにて、身柄を拘束する！」

その掛け声と共に、黄金の鎧を纏った兵たちが屋敷の正面玄関を打ち破った。

すでに容疑は固まっており、弁明の機会を与える慈悲もない。早急に身柄を拘束し、そこから先はそれこそ聞き出す役割に適した人間が担当する。

「なればこそ！」

他者ではなく、自分にこの場が任された自負がゴズにはある。

黄金の兵たちが邸内に飛び込んでいった直後、響き渡るのは強烈な剣戟《けんげき》だ。どうやらペ

ンダルトン中級伯も屋敷に兵を伏せていたらしく、戦いが始まった。

「長く時間を与えるつもりはない」

短く言い、ゴズが自身の傍らに立てた得物を手に取る。それは両手持ちの長柄、その先端に丸く巨大な鉄球を付けた鎚矛《つちほこ》と呼ばれる類《たぐい》の武装だ。

百キロ近いそれを軽々と担ぐと、ゴズの巨躯《きょく》が兵たちの頭を一気に飛び越える。そして豪腕一閃《いっせん》、振るわれる鎚矛が立ちふさがる敵を横殴りに、まとめて吹き飛ばす。

「退《ひ》けぃ！　我々は閣下の勅命で動いている。それに歯向かうならば、貴様らもジョラー・ペンダルトン伯同様、反逆者となるぞ！」

「――――」

大気が震えるほどの大声が、武器を構える中級伯の兵士たちを威嚇する。ジョラーの前評判からすれば、武名の高い腹心がいるとは思えない。

当然、一将であるゴズ・ラルフォンを相手に、自らの武器を堂々と振るう気骨のあるものはいないと思われた。

しかし――、

「――まさか、ラルフォン一将がお出ましとは、参ったな」

正面玄関を抜けた先の大ホール、そのホールと二階とを繋《つな》ぐ大階段の上に、靴音を立てて細身の人影が現れる。それを見上げ、ゴズは厳《いか》つい眉を寄せた。

見知った顔――他ならぬ、探していた人物が姿を見せていたためだ。

「ペンダルトン伯、御自ら足を運ばれたか」

「私も、これでも帝国貴族の端くれなのでね。部下たちに任せ、後ろで震えて待っている、というのも外聞が悪いだろう。……震える場所が違うだけかもしれないが」

そう言って、引きつった苦笑を浮かべる人物こそ、ジョラー・ペンダルトンその人だ。

そうして、前線へ出てきたジョラーにゴズは意外な印象を受ける。

ゴズの知る限り、ジョラーは優柔不断で、争いを好まない弱腰の人物だったはずだ。それが、自らこうして戦いの場に姿を現すなどと――、

「心境に変化がおありか。そうなった切っ掛けをお聞きしたくはあるが……」

「九神将の一人に脅されると、何でも話してしまいそうになる。私は……弱い人間だ。だから、常に自分を奮い立たせていなくては」

唇を噛《か》み、震える声で応じるジョラー。彼の傍ら、仕える兵の一人が跪《ひざまず》き、恭しく剣を掲げた。ジョラーがそれを取り、鞘《さや》からゆっくりと抜き放つ。

ジョラー・ペンダルトンは剣技の達人――などと、聞いたことはない。

見るからに素人、形だけどころか、その形さえ整えられていない。

「それでも武器を持つ以上、手心は加えられませんぞ」

「そ、それで構わない。この道を選んだ時点で、こうなることはわかっていた。……妻とはすでに、別れを済ませてある」

「――左様か。ならば、これ以上の言葉は必要なし」

言い切り、真《ま》っ直《す》ぐ自分を見るジョラーにゴズは深々と頷《うなず》いた。そして、鎚矛《つちほこ》を力強く握り直すと、周囲の兵たちを鼓舞し、敵を打ち砕くために吠《ほ》える。

「ヴォラキア帝国九神将が一人、ゴズ・ラルフォン！　閣下の勅命により、帝国を内から喰《く》い破らんとする厄災の種を始末する！」

「ジョラー・ペンダルトン中級伯、我が妻のため、この細腕で抗《あらが》おう」

4

「――あの胴間声、ゴズ・ラルフォンがきておったか。何とも、妾《わらわ》一人を捕らえるために豪勢なことよ。まぁ、当然のことではあるが」

薄く微笑《ほほえ》み、そう嘯《うそぶ》く少女――プリシラが、森の中を颯爽《さっそう》と駆け抜けていく。

赤いドレスの裾を摘《つま》み、足場の悪い場所をものともせずに踏破する姿は、あるいは大自然の中を生き抜くのを当然としてきた野人のそれに近い。

しかし、その身のこなしを除けば、彼女を構成する全てのモノは野人とまさに正反対の出来栄えなのだから、それは奇跡的な感覚ではあった。

「――――」

背後、彼女が置き去りにしてきた屋敷では、夫と部下たちが帝国兵とぶつかっている。

最後の最後、ジョラーがプリシラに見せた微笑、それが瞼《まぶた》の裏を過《よぎ》った。

「──大儀である」

さして見所のある男ではなかった。

ヴォラキア帝国の主義と照らし合わせれば不適格そのもので、帝国貴族としても、男としても不足ばかり。──だが、最後の瞬間、彼は確かにプリシラの夫だった。

妻の想《おも》いを酌み、我が身を犠牲にして退路と時間を確保した。その功績や努力をも鼻で笑うなど、人品卑しい真似《まね》はできないし、させない。

そんな感慨を抱きながら、プリシラは森を飛ぶように駆け──、

「──そこまで、姫様」

「────」

不意に投げかけられた声に、森を行くプリシラの足が止まった。

そのまま、立ち止まったプリシラの紅《くれない》の瞳が頭上を見やる。すると、視線の先、大木の上から人影がプリシラのすぐ目の前へと落ちてきた。

それは薄布を体に巻いただけの、露出の多い格好《かっこう》をした少女だ。

年齢はプリシラとそう変わらず、十代の前半といったところ。健康的だが、煽情的《せんじょう》といういうにはまだ体の凹凸が少なすぎる成熟具合で、眠たげな赤い瞳と、その左目を覆った花柄の眼帯、ひと房だけ赤い銀髪と、犬人特有の犬耳が特徴的な人物だった。

その手にもいできたばかりの瑞々《みずみず》しい枝を握った少女、彼女は目の前のプリシラを赤い隻眼で見つめると、その唇を震わせて、

「……プリスカ様」

と、そうプリシラのことを呼んだ。

「――――」

古く、すでに捨てた名前で呼ばれ、プリシラは静かに吐息する。

それほど長い時間が過ぎたわけではないが、それでも時は流れている。だというのに、見慣れた少女の顔つきや瞳の色、出で立《い》ちには不自然なぐらい変化がない。

主《あるじ》を変えたはずにも拘《かかわ》らず、なおもプリシラに縋《すが》る目を向けているのがその証《あかし》だ。

「それにしても、この局面で妾《わらわ》の前に立ちはだかるのが貴様とは、皮肉な話よな」

「姫様、わたし、は……」

「妾を裏切り、兄上の側に与《くみ》した。そうした挙句、こうして自らの手で妾を縊《くび》る機会を手に入れた。申し開きがあるか？」

「ちが、違う！　わたしは、そんなんじゃ……っ」

酷薄なプリシラの弾劾を受け、感情に乏しい少女の表情が大きく歪《ゆが》んだ。

今にも泣き出しそうな顔になりながら、彼女は「姫様……っ」と声を震わせる。

「あのときも、今も、わたしは姫様のために……」

「――――」

「今日、だって……ヴィンセント様に、言われて……」

「たわけ。呼び方が違う。兄上はすでにヴォラキア皇帝であるぞ。貴様も帝国兵の一人であるなら弁《わきま》えよ。もっとも——」

　そこで一度言葉を区切り、プリシラがそっと腕を組む。それから彼女は切れ長な瞳で相手を見据え、その唇を挑発的に緩めた。

「真の意味で、兄上はヴォラキア皇帝を名乗る資格を手に入れてはおらぬわけじゃが」

「ぁ……」

「プリスカ・ベネディクトは死んだ。『選帝《せんてい》の儀』に参加したヴォラキア皇族は、兄上一人を残して全滅している。……妾の存在は、その前提を覆すからな」

　もしもこのことが明るみに出れば、ヴォラキア帝国始まって以来の醜聞だ。

　——帝国民は精強たれと、その在り方を体現すべき皇族が、弱肉強食の理《ことわり》に反した証。

　プリシラの存在は文字通り、帝国の根幹を揺るがす爆弾だった。

「プリスカ、様……」

「ああ、それと訂正せよ。今の妾はプリシラじゃ。夫の最後の奉公を評価してやれば、プリシラ・ペンダルトンである。努々《ゆめゆめ》、違《たが》えるでないぞ、アラキア」

「プリ、シラ……？」

「言葉遊びのようなものだがな。どこでどうあろうと、妾が妾であることに変わりはない。それ自体、兄上にとっては頭の痛いことであろうが」

　片目をつむり、プリシラは眼前の少女——アラキアと、そう呼んだ相手に鼻を鳴らす。

　そのプリシラの言葉に、アラキアは小さな肩に力を込めて、

「プリスカでも、プリシラでも……姫様は姫様。一緒にきて。ヴィンセント様……閣下が話を聞いてくださるから。だから……」

「……話が見えぬな。今さら戻れと？　戻ってどうなる。妾《わらわ》の存在を皇帝である兄上は許容できぬ。それでもなお、帝都に戻れと貴様が言うなら……」

「言うなら？」

「それは、改めて妾の命を奪うという宣言と受け取る」

「——ぁ」

淡々としたプリシラの語り口に、アラキアが愕然《がくぜん》とした顔をする。

乳姉妹のその様子を見ていれば、彼女がヴィンセントから命令の詳細を説明されていないのは明白だ。その上で、プリシラはヴィンセントの考えをおおよそ解した。

あえて、この状況でプリシラの下にアラキアを送り込む、その狙いは——、

「兄上が貴様を妾の下へ送ったのは、兄上なりの親愛よな」

「え……？」

「うむ、親愛じゃ。兄上は妾を愛している。妾も、兄上には相応に情がある。しかし、そのことと妾たちの立場は別の話。——兄上は、今度こそ妾を殺さねばならぬ。故に」

「——ッ!?」

言って、ふと声の調子を落としたプリシラにアラキアが目を見開く。そのまま、アラキアの小柄な体が大きく後ろへ飛んだ。理由は明白、赤い一閃《いっせん》だ。

横薙《よこな》ぎにされた、美しくも凶悪な斬撃、それがアラキアの首があった位置を正確になぞり、あわや首が焼け落ちるところだった。

それを為《な》したのは、いつの間にかプリシラの手に生まれた真紅の宝剣――、

「――『陽剣』ヴォラキア」

「これを扱えるものが二人いては、兄上にはさぞや都合が悪かろう。黴臭《かびくさ》い権威の象徴など兄上には不要だろうが、なければないでベルステツ辺りを黙らせられぬ」

「姫様、剣を仕舞《しま》って、それで……」

「妾になおも投降を促すか？　だとしたら、妾も己の道をこの輝きで切り開く他にない。さあ、どうするつもりじゃ、アラキア」

空から抜き放たれた『陽剣』を構え、プリシラがアラキアに覚悟を問う。

まだ手足の伸び切っていない少女には、その宝剣は大きく、勇壮すぎる。だが、プリシラはそれを自在に操る自信に溢《あふ》れ、実際、それを現実とするだろう。

そのプリシラと対峙《たいじ》し、アラキアは長いようで短い時間、思案のときを過ごし――、

「――いって、姫様」

そうして、アラキアが強く握りしめた枝をゆっくりと下ろす。それを見て、プリシラは「ほう？」と拍子抜けしたように片目をつむった。

「それは皇帝の勅命に逆らう行いのはずじゃが？」

「でも、ヴィンセント様……閣下は、わたしをこさせた、から」

「──────」

ヴィンセントの命令、その言葉の裏の真意を推し量り、アラキアが決断する。

あるいはそれは、自分の都合のいいように命令を解釈しただけだったのかもしれない。

しかし、言われるがままに忠実であるだけだったアラキアの、確かな変化だ。

それを見届けて、プリシラは握った陽剣を空へと戻し、消し去った。

「……わたしの、姫様は姫様。でも、プリスカ様が死んだんなら……これが、最後。お願いだから、もう目立たないで。剣奴《けんど》の島の、放送とか……」

「あれはあれで、妾《わらわ》なりの兄上への親愛表現であったのだがな。剣奴孤島の問題が解決したおかげで、帝都の守りを戻すこともできたろうに」

それに究極、プリシラの居所が割れるのは時間の問題だった。

隠れ潜み、世を儚《はかな》みながら過ごすなどプリシラに不向きもいいところだ。ジョラーとの日々はただの寄り道──思いがけず、居心地は悪くなかったが。

少なくとも、プリシラ・ペンダルトンと名乗ることに抵抗感がなくなるほどには。

「アラキア、大儀である。──次、妾と会ったときの心は決めておくことじゃな」

「……もう、会いたくない」

「だが、そうもゆかぬ。少なくとも、妾はそう思うがな」

それだけ言って、プリシラが目を細める。と、それと同時に森の彼方《かなた》──プリシラの逃げてきた、屋敷の方から激しい爆音のような音が響き渡る。

おそらく、何がしかの決着があったに違いない。そちらへ、アラキアの意識が一瞬だけ向き、すぐに正面へ戻ってくる。

しかし——、

「——姫様」

向き直ったときには、プリシラの姿はそこにはない。きょろきょろと視線を彷徨《さまよ》わせるが、それで見つかるほど迂闊《うかつ》な人物ではなかった。

それがアラキアの乳姉妹であり、唯一、ヴォラキア皇帝と血の通った兄妹《きょうだい》——。

「お願い、だから……」

どこか遠くで、できるだけ遠くで、自分の生涯を全うしてほしいと切に願う。

帝国の厳しい継承争いなど忘れて、はるか遠くで一人の少女として、生きてほしい。

だが、そんな願いと裏腹に、アラキアはわかっている。

「——絶対、無理」

彼女が、プリスカ・ベネディクトが、そんな生き方など容認しない。

いずれ必ず、自分は再び今日のように、彼女と向かい合う日がくるだろう。そうなったとき、自分はいったい、プリシラ＝プリスカ相手に何ができるのか。

心を決めておけと、そう言われた。言われたが——、

「……プリスカ様の、バカ」

少なくとも今は、そう呟《つぶや》くのが精一杯だった。

5

——ジョラー・ペンダルトン中級伯の目論《もくろ》んだ、国家反逆計画は失敗に終わった。首魁《しゆかい》であった中級伯は、帝国一将のゴズ・ラルフォンによって討たれ、新たに皇帝の座に就いたヴィンセント・ヴォラキアの最初の統制の礎《いしずえ》となったと言える。

中級伯に血縁はなく、結果、代々続いたペンダルトン家は取り潰しとなった。それはほんのふた月前、中級伯と姻戚関係になった年下の妻の自害により、確定する。

夫の行いを悔やみ、まだ幼い夫人は自ら命を絶った。——それは、のちにヴォラキア帝国九神将の一人となる、アラキアの証言が裏付けている。

故に、逃亡者はいない。剣狼《けんろう》の国に不安はなく、皇帝の治世は守られる。

——ただ、日輪は陰らず、これからも在り続けるのであった。

《了》

あとがき

惰弱死すべし、慈悲はない！　どうも！　長月達平《ながつきたつぺい》です！　鼠色猫《ねずみいろねこ》でもあります！

冒頭の一言はヴォラキア帝国の国家的なスローガンですが、本編もそんな感じの内容でありました。丸々一冊ヴォラキア帝国編、いかがだったでしょうか？

今回のＥｘは王選候補者であるプリシラの過去編であり、絶賛進行中の本編七章における『神聖ヴォラキア帝国』という舞台の紹介でもありました。

なかなか大変な常識がまかり通ったお国柄ですので、リゼロ世界でも『行きたくない国』ナンバー１といって過言ではないと思います。少なくとも、作者は嫌だ。

しかし、厳しい反面、競争意識が育まれたヴォラキア帝国は豊かさではルグニカ王国にさえ勝《まさ》っており、国民満足度は非常に高いと推測されます。時の皇帝、ヴィンセント・ヴォラキアの治世が評価されているというのもありますね。

現在のヴォラキアがどうなっているのかは、リゼロ本編の26巻から始まりました七章にて語られておりますので、気になる方はぜひともお買い求めください。

今後もこんな塩梅《あんばい》で、本編のナツキ・スバル視点では語りようもない過去や視点、そういった物語をＥｘや短編集で紡がせていただくつもりなので、本編だけではなく、こちらも追っていただけると、よりリゼロ世界を楽しめるかなと思う次第です！

と、そんな調子で早くも紙幅が尽きてまいりましたので、恒例の謝辞へ。

担当のＩ様、合間のどこに今回のＥｘを入れるか苦心しながらも、本編のタイミング的にもここしかない！と決め打ちしていただけて助かりました。七章も駆け抜けます。

イラストの大塚《おおつか》先生、過去編で今回死んじゃうキャラもいるのに、一気に九人ものキャラデザをいただき、本当にありがとうございました。国が変わると服装の様式も変わり、ガラッと印象変わって非常に楽しめました！　七章の今後もよろしくお願いします！

デザインの草野《くさの》先生、カバーいっぱいに大勢のキャラクターがわちゃわちゃとおります一枚で、今回も見事な仕上がりにしていただいてありがとうございました。どのキャラクターにも物語がある。いつも思惑汲《く》んでくださり、非常に助かります。

月刊コミックアライブ様では四章コミカライズで花鶏《あとり》ハルノ先生＆相川有《あいかわゆう》先生に、非常に難しい章を美麗に、わかりやすく再構成いただいております。ありがとうございます。

その他にも、ＭＦ文庫Ｊ編集部の皆様、校閲様や各書店の担当者様、営業様とたくさんの方々に日々、本当にお世話になっております。

そして何より、本編だけでなく外伝にも熱心に手を伸ばしてくださる読者の皆様へ、持てる限りの最大の感謝を。本当にいつもありがとうございます。

では、また次回、ヴォラキア帝国を描いた本編でお会いできましたら！

２０２１年８月《雨と雷がうるさい夜にアイスを食べながら》

EX5
Character

バルロイ

「ってなわけで、あっしらが大事な巻末を任されたわけで、気合い入れてまいりやしょうじゃありやせんか、マイルズ兄ぃ」

「……待て待て待て、本気か？　なんでオレたちがこんな大役なんだ？　普通、ペンダルトン伯と奥方とか、オレらの主人の上級伯が出張るとこだろ!?」

「兄ぃが慌てふためく理由もわかりやすけど、どちらの御仁もお忙しい方々でありやすからねえ。ちょうど、あっしらしか空いてなかったんじゃ？」

「信じられねえ……本編じゃどっちも死人なんだぞ!?」

「本編の話をするとややこしくなりやすから！　ほら、せっかくお鉢が回ってきたんですから、ここはビシッと仕事をこなしていいとこ見せようじゃありやせんか」

「クソ、頭が痛くなるぜ……ああ、わかった、仕事だ！　まず何がある！」

「それでこそでさぁ！　まず、次は十二月に本編の28巻が発売予定って話でやすね」

「ヴォラキア帝国編の続きって話か。間に今回のＥｘを挟んでんのも、色々と人間関係が錯綜してやがるからだろうぜ。奥方もまぁ、ずいぶんでかくなって」

「美人さんになると思ってやしたが、想像以上であっしも驚きでさぁ。容赦がないところも、さぞかし成長されてるんでやしょうねえ」

「だろうな。やっぱり、ガキの間に躾けてやりたかったぜ……次は！」

マイルズ

「へいへい、お次は同じく十二月に同時発売、大塚真一郎先生のリゼロの画集第二弾の登場と相成ってやす！」

「第一弾と同じで、これまでの書籍に掲載されたイラストが収録されてる上に、描き下ろしのイラストまであるって話か……また景気のいい話があったもんだ」

「これまた前回同様、店舗特典として配布された小説をまとめた冊子も同梱される予定らしいんで、そっちも合わせてリゼロの世界をお楽しみにって感じでやしょ」

「あとは九月ってなると、毎年恒例のイベントがあるらしいって聞いてるぜ」

「へい、毎年恒例のエミリア誕生日、そちらを記念したイベントが今年も開催中って話でさぁ！　生憎と、あっしらはとんと面識ありやせんが……」

「こんな美人と会う機会を逃したたぁ、もったいねえ真似したもんだ」

「とはいえ、ハーフエルフって話でやすぜ、マイルズ兄ぃ」

「半魔だろうがなんだろうが、重要なのは美人ってとこだろうが。さらに言えば、生意気で躾け甲斐があるとなおさらいいぜ」

「ははぁ、なるほどなるほど。マイルズ兄ぃはホント、底意地悪いお人でやすねえ」

「うるせえぞ！　仕事が終わったんなら酒だ、酒！　付き合え、バルロイ！」

「へーい、喜んでー！　底意地悪くても、面倒見はいいのが兄ぃのいいとこでさぁ」

MF文庫J

Re:ゼロから始める異世界生活Ex5
緋色姫譚

2021年 9月 25日　初版発行

著者　長月達平
発行者　青柳昌行
発行　株式会社 KADOKAWA
〒102-8177 東京都千代田区富士見 2-13-3
0570-002-301（ナビダイヤル）

印刷　株式会社廣済堂
製本　株式会社廣済堂

Printed in Japan　ISBN 978-4-04-680768-7 C0193

【 ファンレター、作品のご感想をお待ちしています 】
〒102-0071 東京都千代田区富士見2-13-12
株式会社KADOKAWA　MF文庫J編集部気付「長月達平先生」係　「大塚真一郎先生」係